MEURTRE
AU CHAMPAGNE

AGATHA CHRISTIE

MEURTRE
AU CHAMPAGNE

(Sparkling Cyanide)

Traduction et adaptation de
Michel Le Houbie

PARIS
LIBRAIRIE DES CHAMPS-ÉLYSÉES
17, RUE DE MARIGNAN

NOTE DE L'ÉDITEUR

Les volumes de la collection sont imprimés en très grande série.

Un incident technique peut se produire en cours de fabrication et il est possible qu'un livre souffre d'une imperfection qui a pu échapper aux services de contrôle.

Dans ce cas, il ne faut pas hésiter à nous le renvoyer. Il sera immédiatement échangé.

Les frais de port seront remboursés.

PREMIÈRE PARTIE

ROSEMARY

Six personnes pensaient à Rosemary Barton, morte depuis près d'un an...

CHAPITRE PREMIER

IRIS MARLE

I

Iris Marle pensait à sa sœur Rosemary.

Pendant près d'un an, elle s'était délibérément efforcée de bannir de sa mémoire l'image de Rosemary. Elle ne voulait pas se souvenir.

C'était trop pénible, trop affreux.

Ce visage tout bleu, ces mains raidies, avec leurs doigts crispés...

Le contraste entre cette vision et la Rosemary de la veille, si adorablement gaie... C'est-à-dire, *gaie,* peut-être pas exactement... Elle venait d'avoir la grippe, elle était déprimée, abattue. Cela, on l'avait souligné à l'enquête. Et c'est un point sur lequel Iris elle-même avait insisté. Il expliquait le suicide de Rosemary, n'est-ce pas ?

L'enquête close, Iris s'était appliquée à chasser tout cela de son esprit. A quoi bon se souvenir ? Mieux valait oublier...

Oublier toute cette horrible affaire...

Mais, maintenant, elle s'en rendait compte, *il fallait se souvenir...* Penser fortement au passé... Se rappeler les plus petites choses, même celles qui paraissaient n'avoir pas d'intérêt...

Cette extraordinaire conversation d'hier soir, avec George, le commandait.

La chose avait été si inattendue, si bouleversante... Au fait, avait-elle été *vraiment* inattendue ? Certains signes ne la laissaient-ils pas prévoir ? L'air chaque jour plus préoccupé de George, par exemple, sa distraction, ses façons inexplicables et... mon Dieu, oui, c'était le mot, sa *bizarrerie*... Tout cela, c'étaient des indications...

Et, hier soir, l'ayant appelée dans le bureau, il avait tiré ces lettres de son tiroir...

Non, maintenant, elle ne pouvait pas faire autrement. Il fallait qu'elle pensât à Rosemary. *Qu'elle se souvînt.*

Rosemary... Sa sœur...

Avec étonnement, Iris s'avisait soudain que c'était la première fois de sa vie qu'elle pensait à Rosemary. Du moins, qu'elle pensait à elle objectivement, *comme à quelqu'un.*

Elle avait toujours accepté Rosemary sans rien se demander à son propos. On ne pense pas à sa mère, à son père, à sa sœur ou à sa tante. Ils existent, voilà tout. En cette seule qualité. On ne se pose pas de questions à leur sujet.

On ne pense pas à eux *comme à des gens.* On ne se demande même pas *qui* ils sont.

Rosemary, qui était-elle ?

Il pouvait être, maintenant, très important de le savoir. De cette connaissance pouvaient dépendre bien des choses. Iris tourna résolument sa pensée vers le passé.

Elle se revit enfant.

Avec Rosemary, son aînée de six ans.

Des morceaux de passé lui revenaient. Des tableaux fugitifs, des scènes rapides.

Elle se revoyait toute petite, en train de déjeuner : du pain trempé dans du lait. Rosemary, avec ses tresses, prenait des airs importants : elle avait des devoirs à faire.

Puis, c'était le bord de la mer en été. Iris enviait Rosemary, qui était « une grande » et qui savait nager.

Puis, c'était Rosemary pensionnaire, ne revenant à la maison qu'aux vacances.

Ensuite, elle se revit elle-même en pension. Rosemary, elle, allait terminer ses études à Paris. Elle partait écolière, gauche, tout en bras et en jambes. Et elle rentrait transformée. Une Rosemary nouvelle, surprenante, élégante, gracieuse, parlant d'une voix douce et marchant avec un onduleux balancement du buste. Elle avait de beaux cheveux châtains, tirant sur l'acajou, et de grands yeux bleu sombre, frangés de longs cils noirs. Une magnifique créature, qui semblait se mouvoir dans un monde tout différent de celui d'Iris.

A partir de ce moment, elles s'étaient vues très peu. Jamais l'écart de six ans qui les séparait ne devait paraître plus considérable.

Iris était toujours au collège. Rosemary épuisait les plaisirs de la « season ». Même quand Iris était à Londres, elles demeuraient loin l'une de l'autre. La vie de Rosemary ? Grasses matinées, dîners avec des amies, comme elle très mondaines, et bal presque tous les soirs. Iris, elle, restait dans la salle d'étude avec « Mademoiselle », la gouvernante française, se promenait avec elle dans Hyde Park, dînait à neuf heures et, à dix, gagnait son lit.

Les relations entre les deux sœurs se limitaient à l'échange de courtes répliques, telles que : « Iris, tu voudrais m'appeler un taxi ? Tu serais un amour ! Je vais être terriblement en retard ! » ou bien : « Je n'aime pas ta nouvelle robe, Rosemary. Elle ne te va pas. Il y a trop de garnitures ! »

Puis, Rosemary s'était fiancée à George Barton. Période d'agitation : courses dans les magasins, monceaux de paquets, toilettes des demoiselles d'honneur.

Au mariage, marchant dans la nef derrière Rosemary, elle entend murmurer :

— Quelle ravissante mariée elle fait !

Pourquoi Rosemary avait-elle épousé George ? Même

à l'époque, Iris fut vaguement surprise de cette union. Il y avait tant de jeunes gens charmants qui appelaient Rosemary au téléphone et sortaient avec elle ! Pourquoi choisir George Barton, son aîné de quinze ans ? Gentil, agréable, mais si incurablement triste !

George était riche, mais elle ne l'épousait pas pour son argent. Elle en avait. Beaucoup.

L'argent de l'oncle Paul...

Iris s'interrogeait scrupuleusement, essayant de séparer ce qu'elle savait maintenant de ce qu'elle savait alors. Pour l'oncle Paul, par exemple ?

Il n'était pas réellement leur oncle, cela elle le savait. On ne le lui avait jamais expliqué expressément, mais elle connaissait certains faits. Paul Bennett avait été très épris de leur mère. Elle lui préféra un autre homme, moins riche. Il avait pris sa défaite dans un esprit très romanesque. Il était resté l'ami de la famille, adoptant vis-à-vis de leur mère l'attitude d'affectueuse dévotion d'un amoureux platonique. Il devint « l'oncle Paul » et le parrain du premier enfant du ménage, Rosemary. A sa mort, on découvrit qu'il laissait toute sa fortune à sa petite filleule, alors une enfant de treize ans.

Rosemary, indépendamment de sa beauté, était « un joli parti ». Et elle avait épousé l'aimable et triste George Barton.

Pourquoi ? Iris se l'était demandé à l'époque, elle se le demandait encore maintenant. Elle ne croyait pas que Rosemary eût jamais été amoureuse de lui. Mais il semblait qu'elle avait été très heureuse avec lui et qu'elle l'aimait bien. C'est ça, elle l'aimait bien. Iris était placée pour le savoir : un an après le mariage, leur mère, Viola Marle — si gentille et si fragile — était morte, et Iris, à ce moment-là une jeune fille de dix-sept ans, était allée vivre avec Rosemary et son époux.

Une jeune fille de dix-sept ans. Iris essaya de se retrouver telle qu'elle était. A quoi ressemblait-elle ? Quels étaient ses sentiments, ses pensées ?

Elle en vint à conclure que cette jeune Iris Marle n'était pas très intelligente. Elle ne pensait à rien et prenait les choses comme elles venaient. Avait-elle, par exemple, éprouvé quelque dépit de la préférence maternelle pour Rosemary ? Tout considéré, il lui semblait bien que non. Elle avait accepté de bonne grâce l'idée que Rosemary était « celle qui comptait ». Il était naturel que la maman s'intéressât surtout à sa fille aînée. C'était normal. Le tour d'Iris arriverait un jour. Viola Marle était une mère un peu lointaine, très préoccupée de son état de santé, se déchargeant de ses enfants sur des nurses, des institutrices, des collèges, mais toujours adorable avec elles dans les rares moments où elle venait à les rencontrer. Hector Marle était mort quand Iris avait cinq ans. Il buvait plus que de raison. Elle le savait. Mais comment l'avait-elle appris, elle n'en avait pas la moindre idée.

Oui, cette Iris Marle de dix-sept ans acceptait la vie telle qu'elle était. Elle avait enterré sa maman comme il convenait, puis, dans ses vêtements de deuil, s'en vint habiter avec Rosemary et son mari dans leur demeure d'Elvaston Square.

Quelquefois, l'existence dans cette maison n'était pas drôle. Officiellement, Iris n'était pas en âge de sortir. Elle devait patienter un an encore. En attendant, elle prenait des leçons de français et d'allemand trois fois par semaine et suivit des cours d'enseignement ménager. Il y avait des moments où elle n'avait rien à faire et personne à qui parler. George, toujours gentil, lui portait une affection véritablement fraternelle. Son attitude envers elle n'avait jamais changé. Elle était encore la même aujourd'hui.

Et Rosemary ?.. Iris la voyait très peu. Rosemary sortait beaucoup : couturiers, « cocktail-parties », bridges...

A la réflexion, que savait-elle *réellement* de Rosemary ? De ses goûts, de ses espoirs, de ses craintes ?... C'est effrayant, vraiment, ce que l'on peut savoir peu de chose de ceux auprès de qui l'on vit !

Il fallait réfléchir encore. Il était indispensable de se souvenir. Ce pouvait être si important !...

Certainement, Rosemary *avait l'air* d'être heureuse...

Qu'elle était heureuse, on avait pu le croire jusqu'au jour où...

C'était une semaine avant... avant « la chose ».

Et ce jour-là, Iris ne l'oublierait jamais. Rien n'était dans l'ombre. Elle retrouvait tout. Tous les mots. Tous les détails : la table d'acajou, qui brillait, la chaise repoussée en arrière, les lettres griffonnées en hâte sur le papier...

Iris ferma les yeux.

Elle revit d'abord son entrée dans le petit salon de Rosemary...

Puis, son arrêt soudain. Sa stupeur...

Assise devant sa table à écrire, Rosemary pleurait. La tête enfouie dans ses bras. De gros sanglots la secouaient. Iris n'avait jamais vu pleurer Rosemary et cette scène la bouleversait.

Bien sûr, Rosemary avait eu une vilaine grippe. Elle n'était rétablie que depuis un jour ou deux. Et la grippe, tout le monde le sait, est terriblement déprimante. Tout de même...

D'une voix aiguë, elle dit, ou plutôt cria :

— Eh bien, Rosemary, qu'est-ce qu'il se passe ?

Rosemary avait levé le front et balayé de la main les mèches qui tombaient sur son visage déformé par les larmes. Très vite, luttant pour se dominer, elle avait répondu :

— Ce n'est rien... Rien du tout !

Puis, elle ajouta :

— Mais ne me regarde donc pas comme ça !

Et brusquement, elle se leva et, passant devant sa sœur, sortit en courant.

Interdite, intriguée aussi, Iris alla jusqu'à la table. Sur une feuille de papier, elle lut son nom, de l'écriture de Rosemary.

Rosemary avait-elle donc à lui écrire ?

Elle s'était penchée sur la feuille de papier bleu, couverte de la grande écriture carrée de Rosemary, plus étalée encore qu'à l'ordinaire, parce que les lettres avaient été tracées en hâte par une main fébrile.

Elle lut :

Iris, ma chérie,

Il n'est pas question que je fasse un testament, puisque de toute façon c'est à toi que reviendra mon argent, mais je voudrais que certaines de mes affaires fussent remises à différentes personnes.

A George, les bijoux qu'il m'a donnés et le petit coffret avec des émaux que nous avons acheté ensemble au moment de nos fiançailles.

A Gloria King, mon étui à cigarettes en platine.

A Maisie, mon cheval de porcelaine de Chine qu'elle a toujours admiré...

Le texte s'arrêtait là. La plume avait laissé sur la feuille une large balafre, quand Rosemary l'avait jetée pour s'abandonner à son irrésistible envie de pleurer.

Iris resta sur place, pétrifiée.

Qu'est-ce que cela voulait dire ?... Rosemary n'allait pas mourir ? Elle avait été très malade, avec cette grippe, mais maintenant elle était guérie. D'ailleurs, on ne meurt pas de la grippe. Ça arrive, mais c'est rare. Et Rosemary, maintenant, se portait très bien, malgré un peu de faiblesse encore.

Elle relut le texte et, cette fois, une phrase lui sembla se détacher de l'ensemble, une phrase qui la laissait stupide :

... puisque de toute façon c'est à toi que reviendra mon argent...

Elle lui donnait, cette phrase, la première indication qu'elle eût jamais eue sur les dispositions testamentaires de Paul Bennett. Elle avait su, dès son enfance, que Rosemary avait hérité la fortune de l'oncle Paul, que Rosemary était riche, alors qu'elle était, elle, relativement pauvre.

Mais jamais, jusqu'à ce moment, elle ne s'était interrogée sur ce qu'il adviendrait de la fortune de Rosemary si celle-ci venait à mourir

Le lui eût-on demandé, elle aurait répondu qu'elle croyait que cet argent irait à George, en sa qualité d'époux, mais elle aurait ajouté qu'il lui semblait ridicule d'imaginer que Rosemary pût disparaître avant George.

Or, c'était écrit là, noir sur blanc, et de la main même de Rosemary ! A sa mort, c'était à elle, Iris, que l'argent devait aller... Mais était-ce légal ? Un mari hérite de sa femme, et réciproquement. On n'hérite pas de sa sœur. Fallait-il donc croire que cette disposition se trouvait dans le testament même de l'oncle Paul ?... Oui, ce ne pouvait être que cela. C'est l'oncle Paul lui-même, très certainement, qui avait stipulé que sa fortune irait à Iris à la mort de Rosemary. Comme ça, les choses étaient moins injustes...

Injustes ? Elle s'étonna : le mot s'était glissé comme par surprise dans ses pensées. Est-ce donc qu'elle avait toujours considéré qu'il était injuste que Rosemary eût hérité *tout* l'argent de l'oncle Paul ? Elle admit qu'au fond d'elle-même ce devait être ce qu'elle avait toujours pensé. Et, évidemment, *c'était injuste*. Elles étaient deux sœurs, toutes les deux les enfants d'une même mère. Pourquoi l'oncle Paul avait-il tout laissé à Rosemary ?

C'est toujours Rosemary qui avait tout !

Des toilettes, du bon temps, des amoureux et un mari qui l'adorait...

Il n'y avait jamais eu qu'un événement désagréable dans l'existence de Rosemary : cette attaque de grippe. Encore n'avait-elle guère duré plus de huit jours !

Debout près du petit bureau, Iris s'interrogeait. Cette feuille de papier, Rosemary eût-elle souhaité qu'elle restât là ?... Pour être vue de tous les domestiques ?

Après une minute d'hésitation, elle la prit, la plia en deux et la glissa dans un des tiroirs.

C'est là qu'elle devait être trouvée, après la tragique réunion d'anniversaire. Preuve supplémentaire, mais à vrai dire, superflue, elle démontrait que dès ce moment-là, Rosemary, abattue par la maladie, songeait vraisemblablement au suicide.

Dépression nerveuse, consécutive à une attaque d'influenza. Tel fut le mobile allégué à l'enquête. Le témoignage d'Iris contribua à établir son exactitude. Il était bien faible, sans doute, mais on l'accepta parce qu'il était le seul qu'on pût découvrir. La grippe était mauvaise, cette année...

Ni Iris, ni George ne purent suggérer quelque autre raison qui eût pu pousser Rosemary au suicide. *Du moins, à ce moment-là...*

Car, maintenant, réfléchissant à la découverte faite dans le grenier, Iris se demandait comment elle avait pu être aveugle à se point ?

Tout avait dû se passer sous ses yeux. Et elle n'avait rien vu, rien remarqué !

Un court instant, elle revit en esprit la réunion d'anniversaire et la tragédie qui l'avait marquée. Mais non, ce n'était pas à *cela* qu'il fallait penser ! C'était fini, terminé. Ces horribles instants, il fallait les laisser de côté. Et aussi l'enquête, le visage torturé de George, ses yeux injectés de sang...

Il fallait en venir tout de suite à ce qu'elle avait découvert dans le grenier.

II

Il y avait à peu près six mois que Rosemary était morte.

Iris avait continué à vivre dans la maison d'Elvaston Square. Après les obsèques, l'avoué de la famille Marle, un vieil homme très courtois, avec une calvitie étincelante et des yeux remplis d'une malice inattendue, avait eu avec elle un long entretien. Il lui avait exposé avec beaucoup de clarté les dispositions testamentaires prises par Paul Bennett. Rosemary avait hérité de tous ses biens, à charge pour elle de les transmettre, à sa mort, aux enfants qu'elle pourrait avoir. Si elle venait à décéder sans progéniture, ces biens revenaient à Iris en toute propriété. Il s'agissait, expliqua-t-il, d'une fortune considérable, dont elle pourrait disposer librement lorsqu'elle aurait atteint l'âge de vingt et un ans, ou plus tôt si elle se mariait auparavant.

Pour le moment, la première question à régler était celle de sa résidence. Mr George Barton se montrait très désireux qu'elle continuât à vivre avec lui. Une sœur du père d'Iris, Mrs Drake — qui se trouvait dans une situation financière difficile, du fait des frasques de son fils, « la honte de la famille » — pourrait venir s'installer avec eux et servir de chaperon à la jeune fille.

Iris approuva le projet, contente de voir ainsi résolu un problème qui la préoccupait. Elle se souvenait de la tante Lucilla comme d'une personne d'âge, pas désagréable et à peu près dépourvue de volonté.

La vie reprit dans la maison d'Elvaston Square. George, heureux de conserver auprès de lui la sœur de sa femme, lui témoignait l'affection fraternelle d'un aîné pour sa cadette. Mrs Drake manquait un peu d'entrain, mais elle se pliait sans discussion à tous les caprices d'Iris. Le temps passait sans heurts...

Et puis, au bout de six mois environ, dans le grenier...

On se servait des mansardes comme de débarras : il y avait là tout un bric-à-brac, de vieux meubles et quantité de valises et de malles.

Un jour, Iris était montée au grenier, après avoir vainement retourné la maison pour mettre la main sur un vieux chandail rouge qu'elle affectionnait. George l'avait suppliée de ne pas s'habiller de noir, Rosemary, lui avait-il affirmé, ayant toujours eu horreur des vêtements de deuil. Iris, sachant que c'était exact, s'habillait donc « comme avant ». Désapprouvée en cela par Lucilla Drake qui, ennemie des « idées modernes », tenait à ce qu'on observât ce qu'elle appelait « les convenances ». Pour sa part, elle portait encore un crêpe, en mémoire d'un mari mort quelque vingt ans auparavant.

Iris s'était souvenue d'une malle où l'on entassait toutes sortes de vêtements dont on n'avait pas besoin, et, toujours à la poursuite de son chandail, elle en faisait l'inventaire. Elle trouva, lui appartenant, une vareuse beige et une jupe, dont elle avait perdu le souvenir, plusieurs paires de bas, son costume de ski et deux ou trois maillots de bain.

Et puis une vieille robe de chambre de Rosemary, qui, pour une raison ou pour une autre, n'avait pas été donnée aux pauvres comme les autres affaires de la morte. C'était une fantaisie assez originale, de coupe presque masculine, avec de vastes poches.

Iris la secoua, constata qu'elle était en excellent état et elle la repliait avec soin pour la remettre dans la malle lorsque ses doigts, passant sur une poche, firent craquer quelque chose. Elle plongea la main dans la poche et en sortit une feuille de papier chiffonnée, couverte de l'écriture de Rosemary.

L'ayant défroissée, elle lut :

Mon Léopard adoré, ce n'est pas vrai, tu ne parles pas sérieusement... Ce n'est pas possible !... Nous nous aimons et tu es à moi comme je suis à toi !... Cela, tu le sais comme je le sais et tu sais aussi que nous ne pouvons pas, ni toi ni moi, nous dire gentiment « au revoir ! » et nous en aller vers la vie, toi de ton côté, moi du mien ! C'est impossible, mon amour, tu le sais. Impossible et impensable. Je t'appartiens, je suis tienne... et tu es à moi pour toujours ! Pour toujours !... Je n'ai pas de préjugés et je me moque de ce que diront les gens ! Pour moi, il n'y a qu'une chose qui compte : notre amour ! Le reste n'existe pas. Nous partirons ensemble... et nous serons heureux !... Tu verras !... Tu m'as dit, un jour, que tu ne pouvais vivre sans moi, que sans moi l'existence ne valait pas d'être vécue... Tu t'en souviens, mon Léopard aimé ? Et, aujourd'hui, tu m'écris sans rire qu'il vaudrait mieux qu'on s'oublie... Et cela pour moi, pour ma tranquillité personnelle !... Pour moi ! Mais comprends donc, mon amour, que, moi non plus, je ne puis pas vivre sans toi !... J'ai beaucoup de

*chagrin pour George, qui a toujours été si gentil avec moi,
mais je suis sûre qu'il comprendra et me rendra ma liberté...
Pourquoi s'obstiner à vivre ensemble lorsqu'on ne s'aime
plus ? Dieu nous a faits l'un pour l'autre, mon aimé,
c'est pour moi une certitude absolue et nous allons être
terriblement heureux ! Seulement, il faudra avoir du courage ! Pour moi, je dirai tout à George moi-même, car j'entends me conduire loyalement envers lui. Mais je ne lui parlerai de rien avant le jour de mon anniversaire.*

*Je sais, mon Léopard chéri, que je fais ce que je dois
faire. Je ne peux pas — tu comprends, je ne peux
pas — vivre loin de toi. Je ne peux pas... Faut-il que
je sois bête, hein ? pour t'écrire ça tout au long, quand
deux lignes auraient suffi : « Je t'aime et je ne te laisserai
jamais partir ! » Il faut bien se dire, mon amour...*

Le texte s'arrêtait là, brusquement.

Iris, incapable de faire un mouvement, restait sur
place, comme pétrifiée, considérant la lettre avec une
sorte de stupeur.

Comme on pouvait mal connaître les êtres qui vous
sont le plus cher !

Ainsi, Rosemary avait un amant ! Elle lui écrivait des
lettres passionnées, elle projetait de s'enfuir avec lui...

Mais qu'était-il arrivé ?... Cette lettre, après tout, n'avait
pas été mise à la poste. Rosemary en avait-elle envoyé
une autre ? Et comment rédigée ? En fin de compte,
que s'était-il passé entre Rosemary et cet inconnu ?

« Léopard ! » Que les gens sont bêtes quand ils sont
amoureux ! On imaginerait difficilement plus ridicule que
« Léopard » !

Ce « Léopard », qui était-ce ? Aimait-il Rosemary
comme elle l'aimait ?... Probablement. Rosemary était si
incroyablement adorable !... Pourtant, d'après la lettre, il
estimait qu'il valait mieux « oublier ». Cela donnait à
penser... A penser quoi, au fait ?... Eh bien, qu'il était
adroit. Evidemment, il prétendait que cette rupture était

nécessaire dans l'intérêt de Rosemary, pour sa tranquillité à elle. Mais, ce genre de discours, est-ce que ce n'est pas celui que les hommes tiennent toujours en pareille circonstance ?... Est-ce que ça ne voulait pas plutôt dire que l'inconnu était las de Rosemary ?... Sans doute cette aventure n'avait été pour lui qu'une passade ! Peut-être même n'avait-il jamais aimé vraiment Rosemary ?... Iris, sans trop savoir pourquoi, avait l'impression que l'homme, quel qu'il fût, était, lui, bien décidé à rompre, et de façon définitive.

Rosemary, pourtant, en avait jugé autrement. Rien ne semblait devoir lui coûter. Elle avait pris sa résolution. Définitive aussi...

Et Iris n'avait rien su, rien soupçonné ! Elle avait tenu pour acquis que l'union de George et de Rosemary était heureuse, que Rosemary ne souhaitait rien, n'espérait rien. Et Rosemary ne songeait qu'à s'en aller !... Fallait-il qu'elle fût aveugle pour n'avoir rien deviné !

Tout de même, cet inconnu, qui était-ce ?

Elle réfléchissait avec application, anxieuse de se rappeler. Il y avait tant de jeunes hommes autour de Rosemary, tant d'admirateurs qui la sortaient et lui téléphonaient dix fois par jour ! Aucun ne se détachait du lot. Pourtant, il fallait bien admettre que l'un d'eux ne pouvait être confondu avec tous les autres, que ceux-ci, justement, n'étaient là que pour donner le change. Il y en avait un, un seul, qui comptait ! Lequel ? Iris fronçait les sourcils, perplexe, épluchant soigneusement ses souvenirs.

Deux noms s'imposaient... Oui, ce ne pouvait être que l'un ou l'autre, Stephen Farraday ?... Ce devait être lui. Mais qu'est-ce que Rosemary avait bien pu lui trouver de remarquable ? C'était un homme d'aspect sévère, pénétré de son importance... et plus tellement jeune ! Bien sûr, on disait de lui qu'il était brillant. Un politicien plein d'avenir, que l'on voyait sous-secrétaire d'Etat dans un délai plus ou moins rapproché. Certains même, tenant compte de ses attaches familiales avec les Kidderminster, prédisaient qu'il ferait un jour un premier ministre. Est-ce cela qui avait séduit Rosemary ?... Mais non, l'homme était froid et se livrait peu. Comment croire que c'était à lui qu'était destinée cette lettre brûlante de passion ?... Pourtant, on racontait que sa femme l'adorait et il était bien vrai qu'elle s'était dressée contre toute sa puissante famille pour l'épouser, lui, un petit politicien de rien du tout, riche de ses seules ambitions. Une femme l'avait aimé à la folie, une autre pouvait recommencer... Oui, *il fallait que ce fût Stephen Farraday !*

Parce que, si ce n'était pas Stephen Farraday, c'était Anthony Browne.

Et Iris ne voulait pas que ce fût Anthony Browne !

Il avait été, c'est vrai, quelque chose comme le chevalier servant de Rosemary, un peu son esclave. Avec son beau visage brun, si sympathique ! Mais la dévotion qu'il portait à Rosemary était trop visible, trop affichée, trop franchement avouée pour cacher quelque chose...

A la mort de Rosemary, il avait disparu. On ne l'avait plus revu. C'était curieux...

Après tout, non, ce n'était pas si curieux. Il voyageait énormément. Il parlait toujours de l'Argentine, du Canada, de l'Ouganda et des Etats-Unis. Iris n'était même pas loin de le croire Américain ou Canadien, bien qu'il n'eût presque pas d'accent. Non, réflexion faite, il n'était pas étrange qu'on ne l'eût pas revu...

C'était Rosemary qui était son amie. Il n'y avait pas de raison qu'il vînt les voir, eux. Il était l'ami de Rosemary. Mais rien de plus... Elle ne voulait pas qu'il eût été plus. Cela lui aurait fait mal. Terriblement mal !

Elle tenait toujours la feuille de papier à la main. Elle la chiffonna en boule. Cette lettre, il fallait la détruire, la brûler...

Mais une sorte d'instinct la retint.

Cette lettre, il pouvait être important de la produire un jour...

Elle défroissa le papier et, descendant à sa chambre, alla le mettre dans son coffret à bijoux.

Il pouvait être important, quelque jour, de pouvoir montrer pourquoi Rosemary s'était donné la mort.

III

Et après ?

C'était ridicule, peut-être, mais il fallait qu'elle continuât à fouiller dans sa mémoire.

Elle en avait fini avec la surprenante trouvaille faite au grenier.

Mais elle ne pouvait en rester là.

Car il y avait encore la conduite de George, de jour en jour plus étrange. La chose n'était pas nouvelle. Il y a longtemps que lui avaient paru bizarres de menus détails qui s'expliquaient maintenant, à la lumière de l'étonnante conversation d'hier soir. De petites remarques, de petits faits aussi, prenaient aujourd'hui leur signification véritable.

Il y avait également la réapparition d'Anthony. Et même, c'est d'elle qu'il convenait de s'occuper d'abord, puisqu'elle venait la première dans l'ordre chronologique.

Elle avait suivi de huit jours exactement la découverte de la lettre.

Iris se rappelait bien...

Rosemary était morte en novembre. Au mois de mai suivant, chaperonnée par Lucilla Drake, Iris avait fait dans le monde sa première sortie officielle. Puis elle avait assisté à des dîners, à des thés, à des bals. Sans d'ailleurs y prendre grand plaisir. Elle attendait mieux et elle était déçue.

Et c'est à la fin du mois de juin, au cours d'un bal assez morne, qu'elle avait entendu, dans son dos, une voix qui disait :

— Mais, c'est Iris Marle !

Elle s'était retournée, rougissante, et elle avait vu Anthony.

Tony et son ironique sourire...

— Je ne pense pas que vous vous souveniez de moi, avait-il dit. Mais...

Elle l'avait interrompu.

— Oh! mais si, je me souviens de vous! Très bien, même!

— C'est magnifique! J'avais peur que vous ne m'eussiez oublié. Il y a si longtemps que je ne vous ai vue!

— C'est vrai. Depuis la partie organisée pour l'anniversaire de...

Elle s'était tue brusquement. Les mots étaient venus à ses lèvres joyeusement, tout naturellement, sans qu'elle y pensât. Les couleurs disparurent de ses joues. Elle était devenue pâle, comme exsangue, et il y avait de la détresse dans ses grands yeux.

— Pardonnez-moi, avait-il dit. Je suis une brute de vous avoir rappelé...

La gorge serrée, elle avait dit :

— Ce n'est rien.

Dans sa tête, des phrases couraient : « Pas vu depuis la partie organisée pour l'anniversaire de Rosemary. Ce suicide auquel je ne veux pas penser. Dont je ne veux pas me souvenir! »

Il avait renouvelé ses excuses. Puis :

— Voulez-vous m'accorder cette danse ?

Elle accepta. Pourtant, cette danse qui commençait, elle l'avait déjà promise...

Et elle était partie dans ses bras, à la stupéfaction du jeune danseur qui venait la chercher. Un grand dadais, gauche et encore imberbe, avec un col trop vaste pour son cou trop maigre. Le genre de danseur dont les toutes jeunes filles doivent se contenter, pensait-elle, avec un peu de dédain pour les autres « débutantes ». Car, elle, c'est avec un homme qu'elle dansait. L'ami de Rosemary...

Cette réflexion lui avait donné un choc. *L'ami de Rosemary*... Tout de suite, elle pensa à la lettre. Avait-elle été écrite à cet homme avec qui elle valsait... Il y avait en lui une souplesse, une grâce féline, qui auraient justifié ce petit nom d'amitié de « Léopard »...

— Où avez-vous été tous ces temps-ci ? avait-elle demandé.

Il l'avait un peu éloignée de lui pour mieux la regarder. Il ne souriait plus et c'est d'une voix indifférente qu'il rémandé.

— J'ai voyagé... Pour mes affaires.

Malgré elle, elle avait posé une autre question :

— Et pourquoi êtes-vous revenu ?

En souriant, et cette fois d'un ton léger, il avait dit :

— Qui sait ?... C'est peut-être pour vous voir, Iris Marle !

Puis, l'attirant contre lui, il l'avait entraînée à travers les couples dans un tourbillon d'une audace folle. Une merveille de précision et d'adresse. Iris se demandait pourquoi, à ce moment-là, elle s'était sentie partagée entre le plaisir et la peur.

Depuis, Anthony faisait partie de sa vie. Elle le voyait au moins une fois par semaine.

Elle le rencontrait dans Hyde Park. Au bal aussi. Ou bien, dans des dîners, elle se trouvait placée, à table, à côté de lui.

Le seul endroit où il ne vînt jamais, c'était la maison d'Elvaston Square. Il mettait tant d'habileté à esquiver les invitations, à les refuser, qu'elle fut quelque temps à s'en apercevoir. Quand elle en fit la remarque, elle s'étonna. Etait-ce parce que Rosemary et lui ?...

Et puis, un jour, à sa profonde surprise, George, toujours si discret et si facile à vivre, George lui avait parlé de lui.

— Qui est ce Mr Anthony Browne, avec lequel on vous voit tout le temps ?... D'où le connaissez-vous ?

Stupéfaite, elle avait répondu :

— D'où je le connais... Mais, c'était un ami de Rosemary...

— Oui, bien sûr !

La voix de George était triste, son visage douloureux. Elle s'était mise à pleurer.

— Je vous demande pardon, George. Je n'aurais pas dû vous rappeler...

Secouant la tête, il avait dit d'une voix douce :

— Du tout, Iris, du tout !... Je ne tiens pas à ce qu'on l'oublie... Jamais !

Il parlait lentement, avec gravité, et les yeux au sol. Il la regarda bien en face :

— Je vous demande, Iris, de ne jamais oublier votre sœur !

Elle se sentait la poitrine oppressée :

— Je ne l'oublierai jamais ! avait-elle déclaré.

Puis George, sur un autre ton, avait repris :

— Pour ce qui est du jeune Anthony Browne, il se peut que Rosemary ait eu pour lui une certaine sympathie, mais j'ai l'impression qu'elle ne savait pas grand-chose de lui. Vous devez faire très attention, Iris. Vous êtes une jeune fille très riche !...

Une angoisse montait en elle :

— Mais Tony... Anthony a lui-même beaucoup d'argent... Quand il est à Londres, il vit au Claridge...

George avait souri :

— C'est une maison éminemment respectable... et très chère ! Il n'empêche que nul ne me paraît bien connaître Mr Anthony Browne...

— Il est Américain.

— Peut-être ! Mais, dans ce cas, il est assez singulier que l'ambassade se montre si réservée en ce qui le concerne. On ne le voit pas souvent ici, n'est-ce pas ?

— Non. Et ça ne m'étonne pas si vous avez laissé entrevoir vos sentiments !

Il la rassura d'un geste :

— J'ai vu juste, à ce que je m'aperçois !... Quoi qu'il en soit, Iris, je tenais à vous mettre en garde... Du reste, je vais en toucher deux mots à Lucilla...

— Lucilla !

Il y avait dans le ton un tel dédain qu'il s'était inquiété :

— Est-ce que vous ne vous entendriez plus, toutes les

deux ? Elle ne ferait pas tout ce qu'elle peut pour que
vous n'ayez pas le temps de vous ennuyer ?

— Si, si... Elle se donne beaucoup de peine, au contraire !

— Parce que, voyez-vous, mon enfant, s'il en allait autrement, il faudrait me le dire. Nous trouverions quelqu'un d'autre. Quelqu'un de plus jeune, qui serait...
comment dire ?... plus « à la page »... Je veux que vous
vous amusiez, Iris !

— Mais je m'amuse, George, je m'amuse !

— Alors, c'est parfait !... Je ne suis pas très fort moi-
même sur le chapitre des divertissements, je ne l'ai jamais été, mais j'entends que vous ayez tout ce que vous
pouvez désirer. Veillez-y vous-même... et n'oubliez pas qu'il
n'est pas question de faire des économies !

Cela, c'était George tout entier : maladroit jusqu'à la
gaffe, mais très gentil.

Conformément à sa promesse — ou à sa menace — il
avait donc « touché deux mots » à Lucilla de Mr Anthony Browne. Mais le destin voulut qu'il eût mal choisi
son moment ; il était, ce jour-là, à peu près impossible de
capter l'attention de la brave dame.

Elle venait de recevoir un câble de son fils, un vau-
rien qu'elle chérissait et qui ne savait que trop bien
comment, à des fins très intéressées, faire vibrer chez sa
mère la corde sensible.

Peux-tu, disait le câble, *m'envoyer deux cents livres ?
Désespéré. Question de vie ou de mort.*

VICTOR.

Lucilla avait pleuré.

— Victor est un très brave garçon, disait-elle. Il sait
combien je suis gênée actuellement, et pour faire appel
à moi, il faut qu'il soit dans une situation terrible.
J'ai tellement peur qu'il ne se tire une balle dans la
tête !

— Il n'y a pas de risque, avait dit George de son ton le plus calme.

— Vous ne le connaissez pas, mais, moi, je suis sa mère et je sais de quoi mon fils est capable ! Je ne me pardonnerais jamais de ne pas faire aujourd'hui ce qu'il me demande ! Je peux y arriver en vendant mes valeurs...

George Barton soupira :

— Ecoutez-moi, Lucilla. Je vais câbler à mon correspondant de là-bas pour avoir des renseignements précis. Nous saurons très exactement dans quel pétrin Victor s'est fourré... Mais, à mon avis, vous devriez lui faire un peu tirer la langue ! Il ne fera rien de bon tant qu'il n'aura pas mangé un peu de vache enragée.

— Vous êtes si dur, George ! Le pauvre enfant n'a jamais eu de chance...

George avait là-dessus son opinion. Il la garda pour lui — à quoi bon discuter avec les femmes ? — et dit seulement :

— Ruth va s'occuper de ça tout de suite. Nous devrions avoir les renseignements demain...

Lucilla se sentit en partie tranquillisée. George obtint de ramener les deux cents livres à cinquante. Mais, ces cinquante, elle tenait absolument à les envoyer...

Cet argent, Iris le savait, c'est George qui allait le fournir. Il raconterait ensuite à Lucilla qu'il avait vendu ses valeurs. La générosité de George faisait l'admiration d'Iris et elle le lui dit, après le départ de Lucilla.

— Voici comment je vois la chose, avait-il répondu. Dans les familles, il y a toujours une brebis galeuse, quelqu'un qui a toujours besoin d'aide... C'est le cas de Victor. Il faudra toujours que l'un ou l'autre se dévoue pour l'entretenir... et ça, jusqu'à sa mort !

— Mais il n'est écrit nulle part que ce quelqu'un, ce doit être vous ! Il n'est même pas de *votre* famille !

— La famille de Rosemary est *ma* famille.

— Vous êtes un amour, George ! Mais est-ce que je ne pourrais pas, *moi*, faire quelque chose pour lui ?... Vous dites toujours que j'ai de l'argent...

— Ma jeune dame, avait-il répliqué, vous ne pouvez rien faire dans cet ordre d'idées jusqu'à l'âge de vingt et un ans et, si vous avez le moindre bon sens, vous ne commencerez pas à ce moment-là ! Je vais vous donner un bon tuyau. Quand un type vous télégraphie qu'il en finira avec l'existence si vous ne lui envoyez pas deux cents livres par retour, dites-vous bien que, neuf fois sur dix, vingt livres suffiront à lui sauver la vie... Vingt livres ou même dix shillings !... On ne peut pas empêcher une mère de lâcher son argent, mais on peut limiter les dégâts. N'oubliez pas ça !... J'ajoute que vous pouvez être bien tranquille : Victor ne se supprimera pas. Les gens qui menacent de se suicider ne le font jamais !

Jamais ?... Iris avait pensé à Rosemary. Mais elle avait tout de suite chassé l'idée de son esprit. Ce n'est pas à elle que George songeait, mais à un jeune homme assez peu recommandable qui se trouvait à ce moment-là à Rio de Janeiro.

Au surplus, le plus clair de l'histoire — et, du point de vue d'Iris, c'était une victoire — c'est que les préoccupations maternelles de Lucilla l'avaient empêchée de rien entendre de ce qu'on lui avait dit au sujet des relations d'Iris et d'Anthony Browne...

Elle en vint ensuite à son second problème : le changement d'attitude de George.

Quand avait-il commencé et à quoi fallait-il l'attribuer ?

Même maintenant, en y réfléchissant, elle ne pouvait préciser une date. Depuis la mort de Rosemary, George avait eu des moments d'absence. Il était distrait et tombait dans de sombres rêveries. Qu'il parût vieilli, tassé, c'était bien naturel. Mais un jour arriva où ses comportements cessèrent d'être *naturellement* explicables.

C'était, lui semblait-il, peu après leur brève discussion relative à Anthony Browne, qu'elle avait remarqué pour la première fois qu'il la regardait « drôlement », dans une sorte d'hébétude. Il avait pris l'habitude de rentrer tôt de son bureau et de s'enfermer dans son cabinet de travail. Il ne semblait pas qu'il y fît quoi que ce fût. Une fois, elle était entrée et l'avait trouvé, assis à sa table, les yeux fixés droit devant lui, perdus dans le vague. Il avait l'air d'un homme assommé. Mais, quand elle lui avait demandé « ce qu'il avait », il s'était contenté de répondre laconiquement : « Rien. »

Des jours avaient passé. Il allait et venait avec l'allure soucieuse d'un homme rongé de chagrin.

Personne, à vrai dire, n'y avait porté grande attention. Il avait des soucis ?... Dans les affaires, on en a toujours...

Puis, par intervalles et sans raisons apparentes, il s'était mis à poser des questions. C'est alors qu'elle commença à trouver que ses manières devenaient vraiment « bizarres ».

— Dites-moi, est-ce que Rosemary vous parlait quelquefois ?

Elle l'avait regardé, très surprise, avant de répondre, un peu embarrassée :

— Mais, naturellement, elle me parlait quelquefois... Enfin... Si elle me parlait de quoi ?

— Eh bien... d'elle-même, de ses amis, de sa vie ! Vous disait-elle si elle était heureuse ou non ?... Vous voyez bien...

Elle crut deviner ce qu'il avait dans l'esprit. Il devait avoir eu vent du malheureux roman d'amour de Rosemary.

Lentement, elle avait dit :

— Mon Dieu ! vous savez, elle ne me racontait pas grand-chose... Elle était toujours si pressée, elle avait toujours tellement à faire...

— Oui... Et puis, vous étiez encore une enfant... Pourtant, elle aurait pu vous dire quelque chose...

Il y avait une prière dans ses yeux. Des yeux de bon chien fidèle.

Mais elle ne voulait pas lui faire de peine. Et puis, après tout, Rosemary ne lui avait rien *dit*.

De la tête, elle fit « non ».

Il avait poussé un soupir et, d'une voix lasse murmuré :

— Bah ! Ça n'a plus d'importance...

Un autre jour, il lui avait brusquement demandé quelles étaient les meilleures amies de Rosemary.

Iris après réflexion, avait répondu :

— Gloria King, d'abord. Puis Mrs Atwell..., Maisie Atwell... Et, enfin, Jean Raymons...

— Etait-elle très intime avec elles ?

— Ça, je ne peux pas dire exactement...

— Bien entendu. Mais croyez-vous qu'il y en ait une, dans le nombre, à qui elle aurait pu faire des confidences ?

— Vraiment, je n'en sais rien... Mais j'en doute... De quelle sorte de confidences voulez-vous parler ?

Immédiatement, elle avait regretté sa phrase. Elle ne s'attendait guère à la réponse de George. Une nouvelle question d'ailleurs.

— Rosemary ne vous a jamais dit qu'elle avait peur de quelqu'un ?

— Peur de quelqu'un ?

Son étonnement était sincère.

— Oui. Je veux en venir à ceci : Rosemary avait-elle des ennemis ?

— Vous voulez dire des *ennemies*...

— Non, non, ce n'est pas de ce genre d'ennemies que je veux parler. J'entends des ennemis, des vrais. Il n'y avait personne, à votre connaissance, qui aurait pu vouloir... la tuer ?

La stupéfaction d'Iris était telle que George se sentit un peu honteux de l'avoir provoquée. Rougissant, il avait murmuré :

— Je sais, ça paraît idiot... mélodramatique... Et pourtant, je me demandais...

Deux ou trois jours plus tard, il commença à parler des Farraday.

— Est-ce que Rosemary les voyait beaucoup ?

— Ça, je ne sais pas...

— Parlait-elle d'eux quelquefois ?

— Non, il ne me semble pas...

— Pourtant, elle était très liée avec eux...

— C'est-à-dire que Rosemary s'intéressait beaucoup à la politique.

— Oui. Depuis qu'elle avait rencontré les Farraday en Suisse. Avant, elle se souciait de politique comme d'une guigne !

— C'est exact. Je crois que c'est Stephen Farraday qui lui en avait révélé l'intérêt. Il lui prêtait des livres, des brochures...

— Et qu'est-ce que Sandra Farraday pensait de ça ?

— De « ça », quoi ?

— Eh bien, de... de ces prêts ?

Très embarrassée, elle avait dit :

— Je n'en ai aucune idée.

Et George avait continué :

— Sandra Farraday est une femme très réservée. Elle paraît froide comme de la glace, mais on la dit très éprise de son mari. Elle est de ces femmes qui sont capables d'être jalouses d'une amitié féminine... et de se venger. Comment Sandra Farraday s'entendait-elle avec Rosemary ?

— J'ai surtout l'impression qu'elles ne s'entendaient pas. Rosemary trouvait Sandra ridicule. Elle disait qu'elle ressemblait à un cheval — le rapprochement n'est pas si mauvais — et elle ajoutait que ce cheval était bourré de politique comme une poupée est bourrée de son !

George avait émis un vague grognement.

Puis, après un silence, il avait dit :

— A propos, vous voyez toujours beaucoup Anthony Browne ?

— Oui, pas mal...

La réponse était donnée d'un ton détaché. Iris attendait une nouvelle mise en garde. Mais George, ce soir, semblait s'intéresser vivement à Anthony.

— Il a beaucoup circulé, je crois. Vous a-t-il déjà parlé de sa vie ? Elle a dû être passionnante...

— Il ne m'en a pas dit grand-chose. Mais vous avez raison, il a beaucoup voyagé.

— Pour ses affaires ?

— Je crois.

— Et que sont-elles au juste, ses affaires ?

— J'ignore.

— Est-ce qu'il ne serait pas dans les industries d'armement ?

— Il ne me l'a jamais dit.

— En tout cas, ne lui dites pas que je vous l'ai demandé. Je ne posais la question que parce qu'il a beaucoup fréquenté, l'automne dernier, Dewsbury, qui est le président de l'United Arms Ltd... Rosemary le voyait beaucoup, n'est-ce pas ?

— Oui... Oui, elle le voyait.

— Mais elle le connaissait assez peu. C'était pour elle plutôt une relation qu'un ami. Il l'accompagnait au bal, je crois ?

— C'est arrivé.

— Je dois avouer que j'ai été un peu surpris qu'elle l'eût invité à fêter avec nous son anniversaire. Je ne les savais pas si liés...

— Il danse tellement bien !

— Oui, oui... C'est juste...

Un tableau s'imposait à Iris malgré elle. Elle revoyait par la pensée cette soirée d'anniversaire.

Le Luxembourg, les lumières voilées, l'orchestre de danse broyant du rythme. Et, autour de la table ronde, sept personnes : elle-même, Anthony Browne, Rosemary, Stephen Farraday, Ruth Lessing, George et, à sa droite, la femme de Farraday, lady Alexandra Farraday, avec sa chevelure plate, ses narines un peu trop ouvertes et sa voix arrogante.

La soirée avait été joyeuse et, au beau milieu, Rosemary... *Non, non, elle ne voulait pas penser à ça !...* Elle préférait se souvenir de la joie qui l'avait inondée quand Tony lui avait demandé une danse. C'était la première fois qu'elle le rencontrait vraiment Auparavant, il n'avait été pour elle qu'un nom, une ombre entrevue dans le hall, une silhouette descendant les marches du perron pour accompagner Rosemary jusqu'à un taxi. Depuis, Tony...

Elle avait sursauté, brusquement rappelée à la réalité par la voix de George, reprenant une question qu'elle n'avait pas entendue.

— Curieux, n'est-ce pas, qu'il ait disparu aussitôt après ?... Savez-vous où il était passé ?

— Je crois qu'il est allé à Ceylan. Ou aux Indes.

— Un voyage dont il n'avait pas soufflé mot, ce soir-là...

— Pourquoi l'aurait-il fait ?... Et faut-il vraiment que nous parlions de... de cette nuit-là ?

Le visage de George s'était empourpré.

— Non, bien sûr, non... Je vous demande pardon... Invitez donc Browne à dîner un de ces soirs. Je serais content de le revoir.

Iris s'était retirée, enchantée. George s'amadouait.

L'invitation fut transmise et acceptée, mais au dernier moment, Anthony, appelé dans le Nord par ses affaires, avait dû s'excuser.

IV

Vers la fin de juillet, George avait stupéfié Lucilla et Iris en leur annonçant qu'il venait d'acheter une maison de campagne.

Iris avait accueilli la nouvelle avec incrédulité.

— *Acheté* une maison ? avait-elle dit. Mais je pensais que nous allions louer à Goring pour deux mois ?

— Il est bien préférable d'avoir sa villa à soi... Nous pourrons aller là-bas en fin de semaine d'un bout à l'autre de l'année...

— Et où est-ce ?

— A Marlingham, dans le Sussex. Ça s'appelle le Petit Prieuré... Deux hectares de terrain avec une petite maison datant du début du siècle dernier...

— Mais, si je comprends bien, vous l'avez achetée sans la voir ?

— Mais oui !... C'était une véritable occasion... On venait

à peine de la mettre en vente et j'ai bondi dessus !

— J'imagine, fit observer Mrs Drake, que nous n'allons pas manquer de travail ! Il faudra changer les papiers.

George l'avait interrompue pour dire négligemment :

— Tout est arrangé déjà !... J'ai demandé à Ruth de faire le nécessaire...

Un silence avait suivi. Ruth Lessing, la secrétaire de George — l'excellente secrétaire de George — était une manière d'institution qu'il convenait de respecter. Jolie, portant toujours des robes blanches et noires de coupe assez sévère, elle était un peu de la famille, mais se tenait à sa place et abattait une besogne considérable. Que de fois on avait entendu Rosemary dire : « Laissez Ruth s'occuper de ça ! C'est une femme merveilleuse ! Je vous en supplie, laissez-la faire ! »

De fait, il n'était pas de difficulté dont elle ne vînt à bout, surmontant tous les obstacles avec le sourire et comme en se jouant. Elle gouvernait le bureau de George et on la soupçonnait de gouverner George par-dessus le marché. Elle paraissait n'avoir ni besoins ni désirs.

En cette occasion, pourtant, Mrs Drake considérait son intervention comme très inopportune.

— Mon cher George, avait-elle dit, je ne mets pas en doute les capacités de Ruth, mais enfin... Dans une maison, voyez-vous, les femmes aiment s'occuper elles-mêmes de la décoration de leur chambre... Vous auriez dû consulter Iris. Je ne parle pas de moi, je sais que je ne compte pas. Mais, pour Iris, c'est très regrettable...

George parut touché.

— C'était pour vous faire une surprise !

Mrs Drake avait bien été obligée de sourire.

D'ailleurs, Iris ne protestait pas.

— Je m'accommoderai certainement de la couleur des papiers, disait-elle, et je suis sûre que Ruth, qui a tant de goût, les aura admirablement choisis. Ce que j'aimerais savoir, c'est ce que nous ferons là-bas. Il y a un court de tennis, j'espère ?

— Bien sûr ! Et des links de golf à six kilomètres. A

vingt kilomètres, la mer !... Et, ce qui est mieux, nous aurons des voisins. A mon avis, il vaut toujours mieux aller dans un coin du monde où l'on connaît quelqu'un...

— Et à quoi ressemblent-ils, ces voisins ? avait demandé Iris.

George évita de la regarder pour répondre :

— Ce sont les Farraday. Ils habitent de l'autre côté du parc, à moins de deux kilomètres...

Iris écoutait avec une véritable stupéfaction. Tout s'éclairait. Cette histoire de maison de campagne, brusquement achetée et aménagée en hâte, tout cela s'expliquait par le désir de George d'approcher les Farraday. Leurs propriétés se touchant, ils seraient forcés d'entretenir des relations de voisinage. Elles seraient amicales ou distantes, mais elles seraient...

Mais pourquoi George poursuivait-il ainsi les Farraday ? Et où voulait-il en venir avec ce plan, d'une réalisation coûteuse et d'un objet mystérieux, au moins pour Iris ? Soupçonnait-il Rosemary et Stephen d'avoir été plus que des amis ? Fallait-il voir dans sa conduite une manifestation de jalousie rétrospective ? Mais que pouvait-il attendre des Farraday ? Que pensait-il obtenir d'eux ?

Et puis, pourquoi continuait-il à l'assaillir de questions, elle, Iris ? Est-ce qu'il ne devenait pas un peu bizarre depuis quelque temps ?

Elle commençait à se le demander et elle songeait à ce regard éteint qu'il avait parfois, le soir, et que Lucilla attribuait charitablement à deux ou trois verres de porto excédentaires...

Oui, depuis quelque temps, il devenait bizarre. A des périodes d'exaltation que rien ne justifiait, succédaient des moments de complète apathie, durant lesquels il restait assis dans son fauteuil, le regard absent, dans une sorte de torpeur...

On avait donc passé à la campagne la seconde partie du mois d'août. Iris eut tout de suite le Petit Prieuré en horreur. La maison était jolie, bien distribuée et gentiment meublée, les papiers étaient gais — Ruth Lessing ne commettait jamais d'erreur — mais, c'était curieux et un peu effrayant, *l'ensemble demeurait vide*. Le Petit Prieuré, ils ne l'habitaient pas. Ils l'occupaient. Comme des soldats occupent un cantonnement...

Ce qui aggravait les choses, c'est qu'on était esclave de la vie monotone et classique des vacances d'été : réceptions des gens qui venaient du samedi au lundi, tournois de tennis, dîners sans cérémonie avec les Farraday. Sandra s'était montrée charmante. Elle avait été parfaite, les accueillant comme elle devait faire de voisins qui sont déjà des amis. Elle leur avait montré le pays, avait donné à George et à Iris quelques conseils à propos de leurs chevaux et, dès le premier contact, témoigné à Lucilla la déférence due à une femme de son âge.

Mais derrière son masque d'affabilité, nul ne pouvait savoir ce qu'elle pensait.

On voyait de moins en moins Stephen qui, très pris par la politique, s'absentait souvent. Mais Iris avait l'impression qu'il faisait tout ce qu'il pouvait pour éviter les gens du Petit Prieuré.

Août et septembre passèrent. Enfin on décida de rentrer à Londres en septembre, au grand soulagement d'Iris, qui espérait que rendu au cadre habituel de sa vie, George redeviendrait lui-même.

Puis, dans la nuit d'hier, elle fut réveillée par de petits coups frappés à sa porte. Elle donna la lumière, la pendulette marquait une heure. S'étant couchée vers dix heures elle avait cru qu'il était beaucoup plus tard.

Au lieu de crier « Entrez » elle passa un peignoir et alla ouvrir. Elle trouva George en smoking, il ne s'était pas couché.

Sa respiration était saccadée, son visage extrêmement pâle.

— Voulez-vous descendre un moment dans mon bureau ? lui dit-il. J'ai besoin de vous parler ! J'ai besoin de parler à quelqu'un !

Etonnée, à demi endormie, elle le suivit. La porte du bureau refermée, il la fit asseoir, lui offrit une cigarette, qu'il lui alluma d'une main tremblante et dut s'y prendre à plusieurs fois pour allumer la sienne.

— Qu'est-ce qui ne va pas George ? lui demanda-t-elle très inquiète.

Il lui faisait l'effet d'un spectre.

Il parla, par petites phrases haletantes, comme quelqu'un qui vient de courir.

— Je n'en peux plus, Iris !... Je ne peux pas garder ça pour moi seul !... Il faut que j'aie votre avis... Que vous me disiez si c'est vrai... *si c'est possible !*

— Mais, George, de quoi parlez-vous ?

— Il n'est pas possible que vous n'ayez *rien vu, rien remarqué*. Elle doit avoir *dit quelque chose*... Il y avait forcément *une raison*...

Elle le considérait avec stupeur.

— Evidemment, avait-il repris, passant sa main sur son front moite, vous ne comprenez pas de quoi je parle, je m'en rends bien compte... N'ayez pas l'air si effrayé, petite fille ! Il faut que vous m'aidiez, voilà tout... Il faut que vous vous rappeliez tout ce que vous pouvez... Oui, oui, tout ça vous paraît incohérent... Mais, dans une minute, vous aurez compris... Il suffit que je vous montre les lettres...

Ouvrant un tiroir de son bureau, il en tira deux feuilles de papier.

Deux feuilles d'un bleu innocent, sur lesquelles on avait écrit quelques mots en lettres imitant les caractères d'imprimerie.

— Lisez ! avait-il dit.

Les textes étaient clairs, sans ambiguïté :

Le premier disait :

Vous croyez que votre femme s'est suicidée. C'est faux. On l'a tuée.

Le second :

Votre femme ne s'est pas donné la mort. Elle a été assassinée.

Iris, consternée, releva les yeux sans mot dire.

— J'ai reçu ça il y a environ trois mois, expliqua George. D'abord, j'ai cru à une plaisanterie... à une plaisanterie cruelle et odieuse. Et puis j'ai réfléchi. *Pourquoi Rosemary se serait-elle donné la mort ?*

D'une voix sans timbre, comme mécanique, Iris répondait :

— *Dépression nerveuse consécutive à une attaque d'influenza.*

— Je sais. Mais, à l'examen, ça ne tient pas debout ! Des tas de gens ont eu la grippe, qui ont été ensuite plus ou moins déprimés. Ils sont toujours là... Alors ?

Iris avait fait un effort pour dire :

— Peut-être... Peut-être n'était-elle pas heureuse ?

L'hypothèse ne le révoltait pas.

— C'est possible, dit-il avec calme. C'est possible, mais je ne vois pas Rosemary se tuant parce qu'elle était malheureuse. A la rigueur, elle aurait peut-être menacé de le faire... Mais le faire, non !

— *Il faut* pourtant bien qu'elle l'ait fait, George ! Il n'y a pas d'autre explication ! Et rappelez-vous qu'on a trouvé du poison dans son sac !

— Je sais. On a tout expliqué. Mais, depuis que j'ai reçu ces lettres, j'ai tourné et retourné les choses dans mon esprit et, plus j'y songe, plus je suis convaincu qu'il y a du vrai là-dedans !

Sa main agitait les deux feuilles de papier bleu.

— C'est pourquoi, poursuivit-il, je vous ai posé tant de questions ces temps derniers, pourquoi je vous ai demandé si elle avait des ennemis ou si vous lui aviez jamais entendu dire qu'elle avait peur de quelqu'un. *On ne peut pas l'avoir tuée sans motif !*

— Voyons, George, vous êtes fou !

— Il y a des moments où je le crois... et d'autres où je suis sûr de ne pas me tromper !... De toute façon, *il faut que je sache !* Il faut que je trouve la vérité ! Et il faut que vous m'aidiez, Iris !... Il faut penser à ce qui s'est passé... Il faut réfléchir, vous rappeler... C'est ça, *vous rappeler...* Il faut revoir tous les événements de cette nuit-là, les passer en revue... Parce que vous vous rendez bien compte, Iris, que, si elle a été assassinée, *elle a nécessairement été tuée par l'un de ceux qui étaient à table avec nous cette nuit-là.* Vous vous en rendez bien compte ?

Il avait bien fallu, cette fois, qu'elle l'admît. Il ne lui était plus permis maintenant, de chasser loin d'elle le souvenir de l'horrible scène. Elle devait tout se rappeler. La musique, le roulement de tambour, l'électricité qui s'éteint, l'attraction, puis, la lumière revenue, Rosemary, écroulée sur la table, avec un visage tout bleu et convulsé...

Elle frissonna.

Elle avait peur, maintenant. Terriblement peur.

Et pourtant, il fallait penser... réfléchir... se rappeler...

Il fallait se rappeler et ne rien oublier.

Rien...

CHAPITRE II

RUTH LESSING

1

Ruth Lessing, au cours d'une pause dans une journée bien remplie, songeait à Rosemary Barton, la femme de son patron.

Rosemary, elle l'avait terriblement détestée. Elle n'avait vraiment su à quel point que ce matin de novembre où elle avait pour la première fois parlé avec Victor Drake.

D'ailleurs, cette conversation avec Victor avait été le commencement de tout. C'est à ce moment-là seulement qu'elle avait pris conscience de certaines pensées, de certains sentiments qu'elle avait ignorés jusqu'alors et qui pourtant...

Elle était dévouée à George Barton. Depuis toujours. Elle connaissait déjà bien son affaire quand, à l'âge de vingt-trois ans, elle était venue travailler avec lui. Tout de suite, elle s'était rendu compte qu'il avait besoin d'être pris en main. C'est ce qu'elle avait fait. Elle lui épargnait du temps, de l'argent, des soucis, choisissant ses amis, l'orientant vers les distractions qui lui convenaient, l'empêchant de se jeter dans des affaires aventureuses, l'encourageant, par contre, en d'autres occasions, à prendre des risques raisonnables. Et jamais, au cours de leur déjà longue association, il ne s'était douté qu'elle était pour lui tout autre chose qu'un sous-ordre, fidèle et zélé, dont il s'imaginait posséder l'absolu contrôle.

Il avait toujours plaisir à la voir. Il aimait le lustre de ses beaux cheveux noirs, ses tailleurs bien coupés, ses chemisiers, les petites perles qui paraient ses oreilles bien ourlées, son visage à peine poudré et le rose atténué de son rouge à lèvres.

Ruth, à son sentiment, était la secrétaire modèle. La perfection.

Aussi avait-il l'habitude de l'entretenir assez fréquemment de ses affaires personnelles. Elle l'écoutait gentiment et c'est plus d'une fois qu'elle lui avait donné un bon conseil.

Cependant, elle n'avait été pour rien dans son mariage. Il ne lui plaisait pas mais elle en avait pris son parti et, soulageant Mrs Marle de la plus grande partie de ses préoccupations, elle s'était montrée extrêmement précieuse dans les jours de fièvre qui avaient précédé la cérémonie.

Dans les premiers temps qui suivirent le mariage, les rapports de Ruth avec son patron furent un peu différents. Ne recevant plus de confidences, elle s'occupait exclusivement des affaires du bureau, que George lui abandonnait presque entièrement.

Mais Rosemary ne tarda pas à découvrir les extraordinaires qualités de la secrétaire de son mari, qui, agréable et toujours souriante — elle avait maintenant vingt-neuf ans, mais elle était restée exactement telle qu'elle était six ans plus tôt — savait se rendre utile de mille façons. Bientôt elle venait fréquemment déjeuner à Elvaston Square et, à l'exemple de George, Rosemary et Iris l'appelaient Ruth.

George ne lui confiait rien de sa vie sentimentale, mais elle le connaissait trop bien pour que rien lui en échappât. Elle sut quand aux premières félicités supra-terrestres du mariage succédèrent des bonheurs plus tempérés, elle sut quand ces mêmes bonheurs firent place à quelque chose de plus malaisé à définir. Elle en fut avertie par des distractions fréquentes de George, par des négligences de détail auxquelles sa prévoyance à elle parait avec sûreté. Et toujours avec une discrétion dont George lui savait gré.

C'est un matin de novembre qu'il lui parla de Victor Drake.

— Ruth, lui dit-il, je voudrais vous charger d'une mission plutôt désagréable.

Elle leva les yeux vers lui, attendant les ordres. Son acceptation allait de soi. Il ne lui paraissait même pas nécessaire de l'exprimer avec des mots.

— Dans toutes les familles, poursuivit-il, il y a un mauvais sujet. Le nôtre est un cousin de ma femme et, autant qu'il me semble, une assez franche canaille. Il a à demi ruiné sa pauvre femme de mère, une brave dame aussi sotte que sentimentale, qui, par sa faute, a dû vendre les quatre malheureuses valeurs qu'elle possédait. Il avait commencé ses exploits à Oxford, en imitant une signature sur un chèque. On a étouffé l'affaire. Depuis, il voyage. On l'a vu aux quatre coins du monde et il n'a rien fait de bon nulle part.

Ruth écoutait, à peine intéressée. Elle connaissait l'espèce. L'homme était de ces gens qui se lancent dans la production intensive des oranges ou l'élevage rationnel des poulets, quand ils n'imaginent pas quelque mirifique combinaison avec les fabricants de viande congelée de Nouvelle-Zélande ou les trappeurs du Grand Nord. Des types qui n'arrivaient jamais à rien, ne restaient jamais longtemps nulle part et s'arrangeaient invariablement pour engloutir l'argent qu'on avait la bêtise de mettre dans leurs entreprises. Ces aventuriers ne lui inspiraient aucune sympathie. Elle préférait les hommes qui réussissent.

— Il est actuellement à Londres, poursuivait George, et je me suis aperçu qu'il s'est mis à embêter ma femme. Elle ne l'a pas vu depuis qu'ils allaient en classe ensemble, mais ça n'a pas empêché le bonhomme de lui écrire pour lui demander de l'argent. Je ne veux pas de ça. J'ai donc pris rendez-vous avec lui pour aujourd'hui. Je dois le voir à son hôtel, vers midi, et j'aimerais que vous y alliez à ma place. C'est, en effet, un individu avec lequel je préfère ne pas entrer en contact. Je ne l'ai jamais vu, je ne veux pas le voir et je ne veux pas qu'il rencontre Rosemary. J'estime que la chose peut se régler comme une affaire. C'est faisable, je crois, à condition que les négociations soient conduites par un tiers.

- C'est évidemment plus sage. Et cet arrangement, on le conclut sur quelles bases ?

— Cent livres et son passage pour Rio de Janeiro. L'argent lui sera remis en billets, mais pas avant qu'il ne soit à bord !

— C'est prudent, remarqua Ruth avec un sourire. Vous tenez à être sûr qu'il s'en va...

— Je vois que vous m'avez compris.

— Le cas n'est pas tellement exceptionnel.

— Oh ! bien sûr ! Il y en a pas mal, hélas, qui sont taillés sur le même modèle !... Au moins, vous êtes certaine que cette... mission ne vous ennuie pas ?

— Bien sûr que non ! Et je puis même vous garantir que je la mènerai à bien...

— Rien ne vous est impossible, Ruth, il y a longtemps que je le sais !

— Il faudra s'occuper du billet. Au fait, comment s'appelle le... le monsieur ?

— Victor Drake. Quant au billet, le voici ! J'ai téléphoné ce matin à la Compagnie Maritime. Il partira par le *San-Cristobal* qui quitte Tilbury demain.

Elle prit le billet, vérifia sa validité d'un coup d'œil, et le mit dans son sac à main.

— Entendu, donc, conclut-elle. Comptez sur moi !... J'y serai à midi. Quelle adresse ?

— Il est au Rupert, près de Russell Square.

Tandis qu'elle notait l'adresse, il ajouta :

— Vraiment, Ruth, ma chère, je ne sais ce que je deviendrais sans vous !

Affectueusement, il avait mis la main sur son épaule. Un geste qui ne lui était jamais arrivé auparavant.

— Vous êtes mon bras droit. Ou, mieux, un autre moi-même !

Elle rougit, contente.

— C'est vrai, poursuivit-il. Il n'est pas mauvais que je vous le dise une fois ! J'ai toujours l'air de considérer comme un dû tout ce que vous faites pour moi, mais je veux que vous sachiez que je me rends très bien compte des choses. En fait, je m'en rapporte à vous pour tout, *absolument tout,* et vous êtes la plus gentille secrétaire du monde entier, la plus charmante et la plus capable !

Riant pour cacher sa joie et sa confusion, elle dit :

— Avec de tels compliments, vous me gâterez !

Il protesta :

— Mais ce ne sont pas des compliments, c'est simplement l'expression de la vérité ! Sans vous, je ne sais pas ce que deviendrait la firme !... Mais la vie sans vous est une chose que je ne veux même pas imaginer !

Elle s'en fut toute rayonnante de ces paroles, qui lui sonnaient encore aux oreilles quand elle arriva à l'hôtel Rupert.

La tâche qui lui incombait ne l'effrayait pas et elle était sûre de venir à bout de toutes les difficultés, s'il s'en présentait. Les gens malchanceux et le récit de leurs mésaventures ne l'impressionnaient pas. Elle considérait cette explication avec Victor Drake comme du travail ordinaire, tel que la routine quotidienne lui en apportait chaque matin.

Il était bien tel qu'elle s'attendait à le trouver. Un peu plus sympathique, peut-être... Malgré cela, elle ne se trompa pas sur le personnage et, dès l'abord, le jugea sans erreur. L'homme ne valait pas grand-chose. C'était, sous des dehors agréables, un coquin sans scrupules. Cela, elle s'en avisa tout de suite. Ce qui lui échappa, par contre, c'est qu'il avait le don de lire dans les pensées d'autrui et qu'il savait comme personne émouvoir les gens pour jouer ensuite de leurs sentiments. Peut-être aussi s'illusionnat-elle sur ses propres forces. Victor savait plaire. Et sans doute son charme, indéniable, agit-il sur elle plus qu'elle ne le croyait possible...

Il l'accueillit avec un air de joyeuse surprise :

— Un émissaire de George !... Quelle chance et quel honneur !

D'une voix assez brève et de son ton le plus officiel, elle lui fit part des termes de l'arrangement proposé par George. Il y souscrit avec beaucoup de bonne grâce.

— Cent livres ? fit-il. C'est très honnête !... Ce bon George ! Je me serais contenté de soixante... N'allez pas le lui dire, surtout !... Conditions : ne pas importuner l'adorable cousine Rosemary... ne pas donner de mauvais exemples à l'innocente petite cousine Iris... ne pas gêner le digne cousin George... D'accord sur tous les points !... Qui est-ce qui m'accompagne à bord du *San-Cristobal* pour bien s'assurer de l'exil du mauvais sujet ?... Vous, miss Lessing ?... J'ai toutes les veines !

Il lui dédiait un sourire aimable. Il avait la peau très brune et, par une sotte comparaison, elle se dit à ce moment qu'il avait « une tête de torero ». Indiscutablement, il avait du charme. Et il le savait !

Aimable, il demandait :

— Il y a déjà longtemps que vous travaillez avec Barton, n'est-ce pas ?

— Six ans.

— Et il ne pourrait pas se passer de vous !... Oh ! je suis au courant !... Je vous connais beaucoup mieux que vous ne pensez, miss Lessing !

— Comment cela se fait-il ?

— C'est Rosemary qui m'a renseigné.

— Rosemary ?... Mais...

— Ne vous affolez pas. Je n'ai pas l'intention de l'embêter... D'ailleurs, elle s'est très bien conduite vis-à-vis de moi... Très bien... Je peux vous dire qu'elle s'est laissé faire de cent livres...

— Vous avez...

Elle ne finit pas sa phrase et il éclata de rire. Elle s'aperçut, peu après, qu'elle riait aussi.

— Ce n'est pas bien, monsieur Drake, dit-elle.

— Mais si, c'est bien ! Ça prouve que je connais la musique ! J'ai une technique très sûre, très poussée. La maternelle, par exemple, lâchera toujours son fric si je lui envoie un télégramme lui laissant entendre que je suis au bord du suicide...

— Vous devriez avoir honte.

— Mais j'ai honte, miss Lessing. Je ne vaux pas cher, je le sais ! Mais je ne suis pas fâché que vous soyez, *vous,* un peu mieux renseignée sur moi.

— Moi ? Mais pourquoi ? demanda-t-elle, sa curiosité éveillée.

— Je ne sais pas. Peut-être parce que vous n'êtes pas comme les autres. Avec vous, je ne pourrais pas essayer de mes petits trucs ordinaires... Avec ces grands yeux clairs que vous avez, ça ne prendrait pas !... Non, je vois ça... Avec vous, rien à faire ! Vous manquez de pitié.

Le visage de Ruth se durcit :

— Je méprise la pitié.

— Un cœur de pierre, alors ?

— Non, mais la faiblesse ne m'inspire aucune sympathie.

— Qui vous a dit que j'étais faible ?... Non, ma chère, là, vous vous trompez !... Un peu crapule, peut-être, mais faible, non ! Et il y a une chose que je puis dire...

— Et c'est ?

La lèvre ironique, elle attendait l'excuse. L'inévitable, la classique excuse, invoquée par tous les ratés.

— C'est, fit-il, que je jouis de la vie. Enormément. Vous savez, Ruth, je commence à bien la connaître, la vie ! J'ai tout fait, ou peu s'en faut ! J'ai été acteur, magasinier, garçon de café, homme de peine, porteur de bagages, agent de publicité dans un cirque, j'ai navigué sur des bateaux de pêche et j'ai été candidat à la présidence de la République, quelque part en Amérique du Sud ! J'ai même été en prison ! Il n'y a, en somme qu'une seule chose que je n'ai jamais faite : une bonne journée de travail honnête !

Il la regardait en riant. Elle sentait qu'elle aurait dû être révoltée, mais elle ne s'indignait pas. Il y avait chez cet homme quelque chose de diabolique. Avec lui, le mal cessait d'être le mal pour devenir quelque chose de drôle, d'amusant.

Devinant ses pensées, il dit :

— Ne faites pas la fière, Ruth ! Vous n'êtes pas parfaite, vous non plus, bien que vous ne soyez pas loin de le croire ! Vous avez la religion du succès et vous êtes de ces filles qui finissent par épouser le patron !... C'est d'ailleurs ce que vous auriez dû faire avec George, qui n'aurait jamais dû prendre pour femme cette petite bécasse de Rosemary ! Celle qu'il devait épouser, c'était vous ! Pour lui, ça aurait cent fois mieux valu !

— Vos propos sont de ceux qu'on n'a pas le droit de tenir !

— Rosemary est une sotte et elle l'a toujours été ! Jolie comme un cœur et bête comme une oie ! Le genre de femme dont on peut tomber amoureux, mais qu'on laisse rapidement tomber. Vous... Vous, c'est autre chose ! J'ai idée que si quelqu'un tombe amoureux de vous, il ne se lassera jamais !

Il avait touché le point sensible. Elle réagit avec sincérité :

— Si !... Seulement, voilà, ce quelqu'un n'est pas tombé amoureux de moi !

— C'est de George que vous parlez ?... eh bien, je suis tranquille ! Qu'il arrive quelque chose à Rosemary et George vous épouse, ça ne fait pas un pli !

Il ajouta :

— Mais vous savez ça aussi bien que moi !

Elle songeait à la main de George posée sur son épaule, aux mots gentils qu'il lui disait d'une voix douce...

Victor, cependant, poursuivait :

— Voyez-vous, Ruth, vous devriez avoir plus de confiance en vous. Rosemary est une sotte et vous pourriez enrouler George autour de votre petit doigt !

Elle était obligée de s'avouer qu'il avait raison. Si Rosemary n'avait pas été là, rien ne lui aurait été plus facile

que d'amener George à la demande en mariage. Et elle
savait qu'elle l'aurait rendu heureux...

Une sourde rage montait en elle, tandis qu'elle se découvrait des sentiments passionnés qu'elle ne se connaissait
pas. Victor Drake, cependant, la regardait avec amuse-
ment. Il aimait mettre des idées dans la tête des gens.

Ou, comme il venait de le faire, leur révéler les idées
qu'ils avaient déjà...

II

Oui, c'est comme cela que ça avait commencé. Par une
conversation toute fortuite avec un homme qui, le lendemain, s'en allait à l'autre bout du monde. La Ruth Lessing
qui revint au bureau n'était pas tout à fait celle qui en
était partie, encore que rien ne fût changé dans son apparence, non plus que dans ses manières.

Peu après son retour, le téléphone sonna. C'était Rosemary qui demandait son mari. Ruth répondit :

— Mr Barton vient de sortir. Est-ce que je puis faire
quelque chose ?

— Oh ! Ruth, vous seriez si gentille !... Je viens de recevoir un télégramme du colonel Race. Le vieux crampon ne
sera pas rentré à temps pour fêter avec nous mon anniversaire... Voulez-vous demander à George qui il faut
inviter à sa place ?... Il nous faut absolument un quatrième cavalier, puisque nous serons quatre femmes : Iris,
moi, Sandra Farraday et... Qui diable peut bien être la
quatrième ? Je ne me rappelle plus !

— Il me semble que c'est moi. Vous avez bien voulu
m'inviter...

— Mais oui, voyons !... Je vous avais complètement oubliée !

Ruth entendit dans l'appareil le rire clair de Rosemary
et ses mâchoires se serrèrent, tandis que ses joues se colo-
raient de rose vif.

Son invitation à cette partie, c'était une concession à George, une faveur qu'on lui faisait... « Mais oui, nous l'inviterons, ta Ruth Lessing ! Elle sera bien contente de venir et, après tout, elle ne s'habille pas trop mal ! »

En cette minute, Ruth Lessing sut qu'elle haïssait Rosemary Barton.

Elle la haïssait parce qu'elle était riche, parce qu'elle était jolie, sans soucis et sans cervelle. Pour elle, pas de travail et pas de tracas ! Tout lui arrivait sur un plateau d'argent. Elle avait des amoureux à ne savoir qu'en faire, un mari bien dressé, elle était belle, futile, heureuse...

Ruth reposant le téléphone sur son socle, dit :

— Si seulement tu pouvais être morte !

Ces mots, dits tout haut et presque malgré elle, l'avaient surprise. Cet éclat ne lui ressemblait pas. A l'ordinaire, elle savait se dominer...

Oui, cet après-midi-là, elle avait compris qu'elle haïssait Rosemary Barton. Et elle la haïssait encore aujourd'hui, après un an.

Peut-être un jour oublierait-elle Rosemary Barton. Mais ce jour n'était pas encore venu...

Et c'est pourquoi elle s'appliquait à reporter ses pensées vers les événements de novembre.

Elle se revit assise devant le téléphone, le cœur plein de haine, puis ensuite transmettant à George le message de Rosemary d'une voix calme, ayant retrouvé son sang-froid. Elle offrit même de rendre son invitation afin que les convives se retrouvent en nombre pair. Mais George s'y opposa vivement.

Le lendemain elle avait rendu compte à son patron du départ du *San-Cristobal*, ce qui parut le soulager.

— Alors, il est tout de même parti ?

— Oui, je lui ai remis l'argent deux minutes avant qu'on n'enlève la passerelle.

Après une hésitation, elle ajouta :

— Alors que le bateau s'éloignait il m'a fait au revoir de la main en criant : « Embrassez George pour moi, dites-lui que ce soir je boirai à sa santé ! »

George lui demanda ce qu'elle pensait de lui.

— Il est bien tel que je l'imaginais. C'est un faible !

Elle s'était appliquée à parler d'un ton détaché et George n'avait pas pu deviner qu'elle aurait voulu lui crier :

— Pourquoi m'avoir envoyée vers lui ? Vous ne saviez pas tout le mal qu'il pourrait me faire ? Je ne suis plus aujourd'hui celle que j'étais hier. Je ne sais plus de quoi je suis capable. Maintenant je me sens *dangereuse*.

Au lieu de cela, elle prit sa voix la plus normale pour dire :

— Que fait-on pour la lettre de Sao Paulo ?

Elle était redevenue la bonne, l'excellente secrétaire à qui l'on peut se remettre de tout...

Cinq jours avaient passé.

Puis ce fut le jour anniversaire de la naissance de Rosemary... Une journée calme au bureau. Une station chez le coiffeur, une robe noire toute neuve, un maquillage soigné qui lui fit un visage un peu différent de celui de tous les jours. Visage un peu triste cependant, mais résolu.

Plus tard ce fut Rosemary écroulée sur la table !

Devant sa figure bleuie, déformée par la souffrance, elle n'avait éprouvé aucun sentiment de pitié. C'était vrai ce que Victor Drake lui avait dit : « Il n'y a pas de pitié en vous. »

Aujourd'hui, onze mois plus tard, elle repensait à Rosemary Barton...

Et soudain Ruth Lessing s'aperçut qu'elle avait peur...

CHAPITRE III

ANTHONY BROWNE

Anthony Browne songeait à Rosemary Barton et son front était soucieux.

Un rude imbécile, voilà ce qu'il avait été ! Fichue idée d'avoir fréquenté cette femme-là ! Il avait une excuse, bien sûr : il était un homme et elle une femme fichtrement agréable à regarder ! Au Dorchester, ce soir-là, il n'avait positivement vu qu'elle ! Belle au-delà de toute expression. Mais d'un bête !...

Bête ou pas, il était tombé amoureux d'elle. Terriblement. Il dépensa des trésors d'énergie pour dénicher quelqu'un qui pût le présenter. Une erreur qu'il se pardonnait difficilement. C'est pour affaires qu'il était à Londres et il n'aurait pas dû perdre de vue que, s'il jouait les oisifs au Claridge, ce n'était pas précisément pour son plaisir !

Oui, il avait oublié ses devoirs. Mais Rosemary Barton était si jolie qu'en toute conscience il ne pouvait décidément pas le regretter ! D'ailleurs, être sage *après*, c'est facile ! Et puis, tout compte fait, il n'y avait pas eu de dégâts sérieux. Le charme commença à s'évanouir dès qu'il lui eut parlé. Tout de suite les choses s'étaient trouvées ramenées à leurs véritables proportions. Il ne s'agissait pas d'amour. Pas même un fort « béguin ». Mais simplement d'une petite aventure qui ne devait pas être désagréable aux intéressés. Pas plus, pas moins !

De cette aventure, ma foi, il pouvait dire qu'elle lui avait procuré des satisfactions !... A Rosemary aussi, d'ailleurs. Elle dansait comme une déesse et, quand elle entrait quelque part, les hommes n'avaient plus d'yeux que pour elle. Flatteur, ça, pour le monsieur qui lui donnait le bras ! Seulement, tout était gâché quand elle ouvrait la bouche. A ce moment-là, on remerciait le ciel de l'avoir donnée en mariage à un autre ! Car, une fois qu'on s'était habitué à la perfection de son visage et de son corps, que vous restait-il ?... Elle ne savait même pas écouter et il n'y avait, en fait, qu'un moyen de retenir son attention : lui répéter qu'elle était belle et qu'on serait mort pour un baiser d'elle !

Evidemment, il se disait tout ça aujourd'hui...

Mais à l'époque, il était bel et bien amoureux. Et pas seulement un peu ! Il l'appelait au téléphone, il la conduisait au bal, l'embrassait dans le taxi, recommençait le lendemain. Il se rendait ridicule. Cela dura jusqu'au jour où elle lui fit cette révélation si stupéfiante qu'un instant il douta de ses sens !

Tous les détails restaient dans sa mémoire : la boucle de cheveux tombant sur sa tempe, le regard des beaux yeux bleus à travers les cils empesés, la petite moue gracieuse des lèvres qui s'ouvrirent pour lui dire :

— Anthony Browne, c'est un joli nom !

Il avait répondu, sur le mode léger :

— Un nom éminemment connu et respectable. Un Anthony Browne était chambellan d'Henry VIII.

— Un ancêtre, sans doute ?

— Je n'en jurerais pas.

— Ça vaudrait peut-être mieux !

Il avait souri, en ajoutant :

— J'appartiens à une branche cadette qui a émigré aux colonies.

— Ne serait-ce pas plutôt en Italie ?

En riant, cette fois ;

— Allusion à mon teint pain d'épices ?... Ma mère était Espagnole.

— Ça explique tout !

— Tout quoi ?

— Bien des choses, monsieur Anthony Browne !

— Mon nom a décidément l'air de vous plaire.

— Je vous l'ai dit, c'est un très joli nom...

Sur quoi — coup de tonnerre dans un ciel bleu — elle avait lâché sa petite phrase :

— Bien mieux que Tony Morelli, par exemple.

Un instant, il n'en avait pas cru ses oreilles. C'était inimaginable ! Impossible !

Il lui avait pris le bras. D'une poigne si ferme qu'elle chercha à se dégager en s'écriant :

— Mais vous me faites mal !

La voix rude, menaçante, il lui avait demandé d'où elle tenait ce nom et l'invraisemblable idiote avait éclaté de rire, ravie de l'effet de sa « plaisanterie ».

— Ce nom, répondez-moi, qui vous l'a dit ?

— Quelqu'un qui vous a reconnu.

— Qui ?... Je parle sérieusement, Rosemary... Il faut que je sache !

Toujours enchantée d'elle-même, avec un regard en coulisse, elle avait répondu :

— Je l'ai appris par un cousin à moi qui est un fort mauvais sujet : Victor Drake.

— Je n'ai jamais connu personne de ce nom.

— J'imagine qu'il en portait un autre quand vous l'avez rencontré. Par égard pour la famille...

Alors gravement et lentement il avait demandé :

— Aurions-nous été ensemble... en prison ?

— Exactement. Je faisais à Victor une leçon de morale, lui démontrant qu'il était la honte de la famille. Paroles qui le laissaient très froid. Quand j'eus terminé, il m'a dit :

— Ma chère cousine, tu parles comme un livre. Seulement je te ferai remarquer qu'en ce qui te concerne, tu n'y remarques pas de si près. Je t'ai vue dansant l'autre soir avec un copain que j'ai connu en prison et avec qui tu as l'air d'être dans les meilleurs termes. Il se fait appeler Anthony Browne, mais au pénitencier c'était Tony Morelli. »

Affectant l'insouciance, il déclara :

— Il faut que je renoue connaissance avec cet ami de jeunesse. Entre vieux camarades de collège, il faut garder le contact !

— Trop tard ! Il vogue vers l'Amérique du Sud. Il a pris le bateau hier...

Il s'était senti un peu moins inquiet.

— Alors, vous êtes seule à connaître mon secret ?

— Oui. Et rassurez-vous, je le garderai pour moi !

— Ça vaudra mieux !

Puis, d'une voix grave, il avait ajouté :

— Ecoutez-moi bien, Rosemary ! Ce secret est dangereux. Je suppose que vous tenez à votre jolie frimousse ?... Eh bien, n'oubliez pas qu'il y a des gens qui ne verraient aucun inconvénient, aucun, à la taillader à coups de couteau ! Et rappelez-vous qu'il y a une chose qui s'appelle « se faire descendre » ! Ça n'arrive pas seulement dans les livres et au cinéma, ça arrive aussi dans la vie.

— Mais, Tony, est-ce que vous me menacez ?

— Je vous préviens...

Cet avertissement, serait-elle capable de le prendre au sérieux ? Se rendrait-elle compte, la petite sotte, qu'il s'agissait d'une question de vie ou de mort ?... Non, avec sa cervelle d'oiseau, jamais elle ne comprendrait qu'il y avait pour elle une nécessité vitale à se taire ! C'eût été courir un risque terrible que de lui faire confiance. Pourtant, il fallait essayer de mettre au moins une idée nette dans cette tête folle.

— Rosemary, ce nom de Tony Morelli, il faut absolument oublier que vous l'avez entendu ! Comprenez-vous ?

— Mais, Tony, ça m'est complètement égal ! J'ai l'esprit plus large que vous ne pensez et je trouve au contraire passionnant d'être l'amie d'un criminel ! Vous n'avez pas à avoir honte !

La pauvre idiote !

Il la contempla d'un regard froid, se demandant comment, lui qui ne pouvait souffrir les sots, il avait pu devenir amoureux d'elle ?

— Oubliez Tony Morelli, répéta-t-il, ne prononcez jamais ce nom, c'est un ordre !

Il lui fallait à présent sortir du paysage, rien d'autre à faire. On ne pouvait compter sur le silence d'une pareille écervelée. Le jour où ça lui passerait par la tête, elle parlerait !

Elle souriait. D'un sourire charmant, mais qui ne le touchait plus.

— Ne faites pas cette figure-là, avait-elle dit, et promettez-moi que nous irons danser au Jarrow la semaine prochaine !

— Je ne serai plus là. Je m'en vais !

— Vous ne ferez pas ça ! Nous organisons une petite fête pour mon anniversaire et je compte absolument sur vous. Vous ne pouvez pas me refuser ! Je viens d'être très malade, avec cette maudite grippe, je suis encore très faible et il ne faut pas me contrarier ! Dites-moi que vous viendrez !

Il aurait pu hausser les épaules, tourner les talons et disparaître...

Mais, par la porte ouverte, il aperçut Iris qui descendait l'escalier. Iris, grande et mince, avec son visage pâle, ses cheveux bruns et ses grands yeux gris-bleu. Iris, bien moins jolie que Rosemary, mais avec une personnalité que Rosemary n'aurait jamais.

A ce moment-là, il se reprocha sa sottise. Comment avait-il pu, fût-ce pour un temps, succomber aux charmes faciles de Rosemary ? Ses sentiments lui rappelaient ceux de Roméo pour Rosalinde, après sa première rencontre avec Juliette.

Alors, brusquement, il changea d'avis.

En une seconde, il avait arrêté un nouveau plan d'action.

CHAPITRE IV

GEORGE BARTON

Rosemary...

George Barton baissa la main qui tenait son verre et d'un œil vague regarda danser les flammes du foyer.

Il avait bu juste assez pour s'attendrir sur lui-même.

Qu'elle était donc adorable, Rosemary ! Toujours, il l'avait passionnément aimée. Elle le savait. Mais il pensait toujours qu'elle se moquerait de lui s'il se déclarait...

Et c'est sans grande conviction qu'un jour il s'était décidé à la demander en mariage.

Il se revoyait devant elle, ce jour-là. Parfaitement ridicule, gauche et bafouillant.

— Alors, voilà... Vous n'avez qu'un mot à dire... Je sais que vous ne le direz pas et que je ne compte pas pour vous. Je sais que je ne suis pas un aigle et que je commence à prendre du ventre. Mais je veux être sûr que vous connaissez mes sentiments... Vous les connaissez ?... Alors, je suis là... Mes chances sont minimes, mais il fallait tout de même que je vous dise ça...

Rosemary avait ri et l'avait embrassé sur le front, disant :

— Vous êtes gentil, George, et je me souviendrai de cette honnête proposition. Mais, pour le moment, je ne veux épouser personne.

Sérieux, il répondit :

— Vous avez raison, Rosemary. Prenez votre temps et regardez autour de vous ! Vous n'avez que l'embarras du choix.

Car à ses propres chances, il n'osait y croire. C'est pourquoi c'est avec stupeur et incrédulité qu'il l'entendit un jour lui dire qu'elle était prête à devenir sa femme.

— Ne me demandez pas un amour fou, mais ce que je voudrais, lui expliqua-t-elle loyalement, c'est un intérieur où je me sentirais tranquille, apaisée, heureuse. Vous seul pouvez me le donner... Voyez-vous, j'en ai assez des aventures ! Ça casse toujours et toujours ça finit mal ! Vous êtes gentil, vous êtes doux et je trouve que vous êtes un type épatant ! Alors, si vous êtes d'accord !...

Il avait répondu d'enthousiasme :

— Entendu comme ça ! On va être heureux comme des rois !

Il ne s'était pas tellement trompé. Heureux, ils l'avaient été. Il ne demandait pas l'impossible et il savait fort bien, dès le départ, qu'elle aurait une vie à elle. Il se doutait bien qu'elle ne se contenterait pas d'un type aussi ordinaire, aussi banal que lui. Il lui arriverait encore de se toquer d'un homme ou d'un autre. C'était fatal et il s'était raisonné pour en prendre son parti, espérant seulement que ces aventures ne se prolongeraient jamais exagérément et que toujours, en fin de compte, Rosemary lui reviendrait. Cela accepté, rien ne s'opposerait à ce qu'ils fussent heureux. D'autant plus qu'elle avait pour lui une réelle affection, un sentiment sincère et profond que ses flirts et aventures n'entamaient jamais.

En épousant une femme d'une beauté exceptionnelle, libre d'allure et pleine de vie, il s'était résigné à l'inévitable. Cependant il ne tarda pas à s'apercevoir qu'il ignorait ce que seraient ses réactions.

Les flirts de Rosemary avec des jeunes gens restaient sans importance. Mais, dès que George comprit qu'il s'agissait de quelque chose de plus sérieux, alors...

Qu'il y eût « quelque chose », il s'en aperçut assez rapidement. Rosemary lui était apparue comme changée. Plus exubérante, plus jolie, plus éclatante. Et ce que son instinct lui avait fait pressentir, les faits bientôt le lui avaient confirmé.

Un jour qu'il était entré dans le petit salon de Rosemary, il l'avait vue couvrir de sa main, d'un geste qu'elle n'avait pu contrôler, la lettre qu'elle était en train d'écrire. Il comprit. Elle écrivait à son amant.

Lorsqu'elle fut sortie, emportant sa lettre, il avait examiné son buvard. Il lui suffit de le présenter devant la glace pour lire, tracés de la grande écriture carrée de Rosemary, les mots : « *Mon adoré à moi...* »

Cette certitude le bouleversa. Il avait senti monter en lui la jalousie d'Othello. Les sages résolutions, les acceptations raisonnées, c'était très joli ! Mais un homme reste un homme et on ne va pas contre ça ! Il aurait aimé l'étrangler !... Quant à cet homme, il aurait voulu pouvoir le tuer lentement à petit feu !... Mais qui était-ce ?... Ils étaient deux, surtout, qui la regardaient avec des yeux... ma foi, oui, des yeux de poisson frit !... Ce Browne, venu on ne savait d'où, et cette grande tige de Farraday !

Il avait vu son visage dans la glace. Il était si congestionné qu'il s'était demandé s'il n'allait pas avoir une attaque.

Comme il se rappelait cet instant, il laissa tomber le verre qu'il tenait à la main. Il retrouvait les sensations éprouvées alors : le sang qui vous bat les oreilles, cette suffocation qui vous étreint la poitrine... Maintenant encore...

Avec un effort, il chassa ces souvenirs de son esprit. C'était fini. Il ne voulait plus souffrir.

Rosemary était morte. Elle reposait en paix. Et, lui aussi, il se sentait en paix, maintenant. Il ne souffrait plus.

Curieux de penser ce que la mort de Rosemary représentait pour lui !

La paix...

Cela, il ne l'avait jamais dit à Ruth. Une bonne fille, Ruth, avec une tête solide. Vraiment, il se demandait ce qu'il deviendrait sans elle. Elle faisait admirablement son travail, elle le comprenait, et, enfin, autre avantage, elle semblait ne pas avoir de sexe. Celle-là, les hommes ne l'affolaient pas. Ce n'était pas comme Rosemary...

Rosemary. Il la revoyait à table, au cabaret. Le visage encore amaigri par la maladie, un peu fatiguée, mais jolie. Si jolie !... Et puis, une heure plus tard...

Mais non, il ne voulait pas penser à ça ! Pas maintenant. Il lui fallait se concentrer sur son projet.

Sur son plan...

Pour commencer, il parlerait à Race et lui montrerait les lettres. Qu'est-ce qu'il en dirait ?... Iris avait été stupéfaite. Evidemment, elle ne se doutait de rien.

Après... Eh bien ! après, il avait pris l'affaire en main et il la conduirait jusqu'au bout.

Son plan, il était prêt. La date, arrêtée. L'endroit, aussi.

Le 2 novembre, le Jour des Morts. Un choix qui pouvait se révéler utile. Pour l'endroit, le Luxembourg, bien entendu. Il essaierait d'avoir la même table.

Quant aux convives, les mêmes : Anthony Browne, Stephen Farraday et sa femme. Et naturellement, Ruth, Iris et lui-même. Pour arriver à un nombre impair, Race. Race, qui aurait dû être là pour l'anniversaire de Rosemary.

Une place resterait vide.

Ce serait magnifique. Et dramatique !

Une répétition du crime. Ou presque...

Malgré lui, son souvenir revenait à cette soirée d'anniversaire.

Il revoyait Rosemary...

Rosemary, écroulée sur la table, morte...

CHAPITRE V

STEPHEN FARRADAY

Stephen Farraday pensait à Rosemary.

A l'ordinaire, il chassait de son esprit l'image de Rosemary dès qu'elle se présentait. Mais, tenace dans la mort comme elle l'avait été dans la vie, il arrivait que Rosemary se refusât à disparaître.

Pour lui, sa première réaction était toujours la même, quand il se rappelait la scène du cabaret : un frisson lui glaçait l'échine. Du moins pouvait-il, s'il lui fallait absolument penser à Rosemary, ne pas penser à *cela*. Ses souvenirs pouvaient se reporter plus en arrière. Il pouvait revoir une Rosemary vivante, souriante et gaie, la Rosemary qui aimait se mirer dans ses yeux...

Quel invraisemblable imbécile il avait été !

Il en était encore surpris. Plus que surpris : stupéfait. Comment tout cela avait-il pu arriver ?... C'est bien simple, il ne comprenait pas. C'était comme si sa vie se trouvait divisée en deux parties : dans la première, la plus longue, il s'était montré un individu équilibré, qui allait heureusement son chemin ; dans la seconde très courte, il s'était révélé fou, incontestablement. Les deux parties ne s'ajustaient pas l'une à l'autre.

Du moins, il le croyait. Car, si intelligent qu'il fût, il ne s'apercevait pas que ces deux parties allaient fort bien ensemble et que la seconde s'expliquait par la première.

Il lui arrivait quelquefois de jeter un coup d'œil en arrière sur sa vie passée et de la juger froidement, avec impartialité, mais pourtant avec un certain sentiment de satisfaction, assez éloigné de toute modestie. Depuis sa plus tendre enfance, il avait voulu réussir. Et, malgré toutes les difficultés, malgré aussi certains handicaps au départ, *il avait réussi*.

Il avait toujours cru à la vertu des idées simples. Il croyait à la volonté. « Quand on veut, on peut », répétait-il.

Tout gosse, Stephen Farraday avait cultivé sa volonté. Il savait que, dans la vie, il ne devrait guère compter que sur lui-même. Cette conviction, il l'avait dès l'âge de sept ans. Il se revoyait : un petit bonhomme, avec un grand front, une mâchoire assez lourde... et la volonté de s'élever. De s'élever très haut. Ses parents, il le pressentait, ne lui seraient d'aucun secours. Sa mère s'était mariée au-dessous de sa condition et elle le regrettait. Son père, un petit entrepreneur, intelligent, travailleur, mais vulgaire, était méprisé par sa femme... et un peu aussi par son fils. Quant à sa mère, sans grande personnalité, sans but dans la vie, d'humeur extraordinairement changeante, Stephen ne l'avait comprise que du jour où il l'avait trouvée étendue sur le parquet, inconsciente, à côté d'une bouteille d'eau de Cologne vide. Il n'avait jamais pensé à expliquer le caractère bizarre de sa mère par l'alcoolisme : elle ne buvait jamais ni vin ni liqueurs, et les maux de tête qu'elle invoquait n'expliquaient pas seuls sa véritable passion pour l'eau de Cologne.

C'est vers la même époque qu'il se rendit compte qu'il n'aimait pas ses parents, qu'il soupçonnait de ne pas l'aimer beaucoup. Il était très petit pour son âge, très calme et, par moments, il bégayait. Parce qu'il était sage et qu'il ne faisait pas de bruit dans la maison, son père le trouvait maniéré. Il aurait préféré un enfant turbulent. « A son âge, disait-il, moi, au moins, je faisais des bêtises ! » Stephen lui rappelait qu'il avait épousé une femme d'une classe sociale qui n'était pas la sienne. Il tenait de ses grands-parents maternels.

Avec une tranquille détermination, qui devait aller s'affermissant avec les années, Stephen s'était tracé un plan pour l'existence. Il voulait réussir. Comme première épreuve de volonté, il s'imposa de se débarrasser de son bégaiement. Il s'appliqua à parler lentement, prenant son temps avant chaque mot. Efforts pénibles, mais non point inutiles. Un jour vint où il ne bégaya plus. En classe, il travaillait avec tant d'ardeur que ses professeurs s'intéressèrent à lui, lui obtinrent une bourse et consultèrent ses parents, les assurant que l'enfant promettait. Mr Farraday qui à ce moment gagnait de l'argent avec la construction des habitations à bon marché se laissa convaincre et consentit à quelques sacrifices pour que son fils fît de plus longues études.

A vingt-deux ans, Stephen quittait Oxford, avec des diplômes, une réputation naissante d'orateur disert et spirituel, des dons certains de journaliste et quelques amitiés susceptibles de lui être utiles. Il avait réussi à vaincre sa timidité native et appris à se tenir dans un salon. Ses manières étaient aimables et réservées et un certain brillant faisait dire de lui : « Voilà un jeune homme qui ira loin ! »

La politique l'attirait. D'inclination, il se sentait porté vers le libéralisme, mais il s'était rendu compte que, pour le moment du moins, le parti libéral était mort. Il s'inscrivit donc chez les travaillistes et son nom fut bientôt celui d'un jeune militant plein de promesses. Cependant, ce parti lui donna peu de satisfactions. Il le trouvait moins ouvert aux idées nouvelles que le parti conservateur et plus freiné par ses traditions que son puissant rival. Et puis, les conservateurs cherchaient de jeunes talents...

Stephen leur plut d'emblée. C'étaient des hommes comme lui qu'il leur fallait. Il se lança à l'assaut d'une position travailliste solidement tenue et, après une campagne sévère, finit par l'emporter de justesse. Lorsqu'il s'assit pour la première fois à la Chambre des Communes, il eut le sentiment du triomphe. Sa carrière commençait et elle était celle-là même qu'il avait choisie, celle où ses dons trouveraient à s'employer et ses ambitions à se satisfaire. Il se sentait l'étoffe d'un homme de gouvernement. Il savait manier les foules, les flatter au bon moment, les rudoyer quand il était nécessaire. Un jour, il en aurait juré, on le verrait au banc des ministres.

Cependant, quand il eut épuisé la joie toute neuve de siéger au Parlement, sa désillusion fut vive. La rude bataille qu'il avait dû livrer pour conquérir son mandat l'avait mis en vedette, mais pour quelques jours seulement. Maintenant, il rentrait dans le rang, il n'était plus qu'une unité parmi bien d'autres, un sous-ordre insignifiant, soumis à des disciplines de groupes et qui devait se tenir strictement à sa place. Sortir de l'ombre, ce n'était pas facile. Ici, la jeunesse était suspecte et le talent ne suffisait pas. Il fallait des appuis...

On les trouvait, ces appuis, auprès de certains groupements d'intérêts, auprès de certaines familles influentes. Sans leur soutien, on restait obscur...

Il songea au mariage. Jusqu'alors le sujet ne l'avait point préoccupé. Il rêvait d'une jolie créature qui marcherait à ses côtés, la main dans la main, partageant ses joies et ses ambitions. Elle lui donnerait des enfants, il lui confierait ses pensées, ses inquiétudes. Il imaginait une femme à son image, comme lui avide de succès et fière de ses triomphes.

C'est à peu près vers l'époque où ces songes l'habitaient qu'il fut invité à une grande réception chez les Kidderminster. Les Kidderminster formaient une véritable *gens*, et la plus puissante d'Angleterre. Famille de politiciens, depuis des générations et des générations. La haute silhouette aristocratique de lord Kidderminster et sa petite barbiche étaient célèbres. Le profil chevalin de lady Kidderminster ne l'était guère moins : elle patronnait toutes les œuvres de bienfaisance, tous les comités d'assistance. Ils avaient encore cinq filles, dont trois très jolies, et un fils, encore élève au collège d'Eton.

Les Kidderminster se faisaient un point d'honneur de ne pas ignorer les jeunes membres du parti. C'est ce qui valut à Stephen son invitation.

Il ne connaissait pas grand monde dans les salons, et les vingt premières minutes qui suivirent son arrivée, il les passa debout, tout seul, dans l'embrasure d'une fenêtre. Peu à peu, la foule qui s'écrasait autour du buffet s'éclaircit pour passer dans les salons voisins et il ne resta plus auprès de la longue table qu'une grande jeune fille en robe noire, qui paraissait assez désemparée.

Stephen était très physionomiste. Ce matin-là, dans le métro, il avait ramassé sur la banquette un magazine féminin, abandonné par une voyageuse, et il en avait parcouru les pages d'un œil amusé. A la rubrique « Les Potins du Monde », il remarqua une photographie, assez mal venue, de lady Alexandra Hayle, « troisième fille du comte de Kidderminster », avec une longue légende la concernant : « A toujours été timide et un peu renfermée ; adore les animaux ; a suivi des cours d'enseignement ménager, lady Kidderminster considérant que ses filles doivent avoir une connaissance approfondie des problèmes d'économie domestique. »

Or, cette jeune fille qui était là, à quelques pas de lui, Stephen la reconnaissait, c'était lady Alexandra Hayle. Et le journal disait vrai, elle était timide. Timide lui-même, il en était sûr. Et il ne se trompait pas. La moins jolie des quatre filles, Alexandra avait toujours souffert d'un complexe d'infériorité. Elle avait reçu la même éducation que ses sœurs, mais elle n'avait jamais atteint à leur brillante désinvolture. Ce qui désolait sa mère, qui disait : « Si Sandra se secouait un peu, elle paraîtrait moins gauche et moins empruntée ! »

Stephen ne savait pas tout cela, mais il était certain d'une chose : cette jeune fille était malheureuse et elle aurait bien voulu être ailleurs. Et, tout d'un coup, une conviction s'imposa à lui : c'était sa chance ! Cependant qu'une voix lui disait : « C'est ta chance ! Prends-la ! N'hésite pas, imbécile ! *C'est tout de suite ou jamais !* »

Il alla vers le buffet, près de la jeune fille, prit un sandwich, puis tourné vers elle, maîtrisant avec effort une émotion qui n'était pas feinte, il lui adressa la parole :

— Pardonnez-moi, miss, et dites-moi bien vite si vous voyez quelque inconvénient à ce que je vous parle !... Je ne connais personne ici et j'ai l'impression que vous êtes un peu dans le même cas... Ne me rabrouez pas ! La vérité est que je suis horriblement timide... comme vous pourriez l'être vous-même !

Il s'aperçut que le bégaiement de son enfance lui était revenu. Tout à fait au bon moment, songea-t-il.

La jeune fille ouvrit la bouche, mais — Stephen avait bien deviné qu'il en irait ainsi — elle ne trouva pas les mots qui lui auraient permis de dire : « Je suis la jeune fille de la maison. » Au lieu de cela, elle dit :

— Je suis, en effet, très timide. Je l'ai toujours été.

— C'est infiniment désagréable, fit-il. Je ne sais pas si l'on s'en guérit jamais. Il y a des moments où j'ai la langue comme collée au palais...

— Ça m'arrive aussi !

Il parla de nouveau, assez vite, bégayant par instants. Sa nature d'autrefois reparaissait. Il y avait soudain, dans ses manières comme dans ses propos, quelque chose de jeune, d'enfantin presque, une spontanéité et une naïveté charmantes.

Il mit la conversation sur le théâtre, mentionnant une pièce à tendances sociales qui se jouait encore après un nombre incalculable de représentations. Elle l'avait vue. Ils en discutèrent, échangeant des réflexions sur l'ouvrage d'abord, puis sur les réformes dont il soulignait la nécessité.

Il savait très exactement jusqu'où il entendait aller ce soir-là. Lorsqu'il vit apparaître à l'autre bout du salon le visage sévère de lady Kidderminster, visiblement à la recherche de sa fille, il prit congé. Son intention n'était pas de se faire présenter dès à présent.

— J'ai été ravi de bavarder avec vous, dit-il. Cette soirée commençait à me devenir odieuse et elle le serait restée si je ne vous avais rencontrée. Merci !

Il rentra chez lui, débordant de joie. Le premier pas était fait. Maintenant, il fallait avancer.

Dans les jours qui suivirent, il hanta les abords de la maison. Une fois, il aperçut Sandra, mais accompagnée d'une de ses sœurs. Une autre fois, il la vit seule, mais terriblement pressée, allant sans doute à quelque rendez-vous. Il ne bougea pas. Huit jours plus tard, enfin, sa patience fut récompensée. Elle sortit un matin, tenant en laisse un petit scotch-terrier, avec lequel elle prit, d'un pas tranquille, la direction de Hyde Park.

Cinq minutes plus tard, venant à sa rencontre à bonne allure, il s'arrêtait soudain devant elle avec une joyeuse exclamation de surprise :

— Quelle chance ! Moi qui me demandais si je vous reverrais jamais !

Il y avait tant de plaisir dans sa voix qu'elle rougit.

Il se baissa pour caresser le chien :

— Une gentille petite bête. Comment s'appelle-t-elle ?

— MacTavish.

— Oh ! oh ! Très écossais...

Ils parlèrent de chiens pendant deux minutes, puis, feignant une gêne qu'il n'éprouvait pas, il dit :

— Il faut que je vous présente des excuses. L'autre soir, je ne me suis pas présenté. Je m'appelle Farraday. Stephen Farraday. Je suis un député obscur.

Elle rougit légèrement et dit :

— Je m'appelle Alexandra Hayle.

Sa réaction fut parfaite. Un chef-d'œuvre de petite comédie. Surprise, consternation, embarras, tout cela se lut clairement sur sa figure.

— Ah ! fit-il. Vous êtes... Vous êtes lady Alexandra Hayle... Mon Dieu, mon Dieu !... Vous avez dû, l'autre soir, me prendre pour un imbécile fieffé !

La réponse fut ce qu'elle devait être. Sandra était trop bien élevée, trop gentille aussi, pour en faire une autre. Elle essaya de le réconforter :

— Dans le fond, c'est ma faute. J'aurais dû vous dire qui j'étais !

— J'aurais dû le deviner. Ce que je dois vous paraître idiot !

— N'en croyez rien ! D'abord, vous ne pouviez pas deviner. Et puis, qu'est-ce que ça fait ?... Ne vous désolez pas, monsieur Farraday, et accompagnez-moi jusqu'à la Serpentine ! Regardez, MacTavish ne tient plus en place...

Après cette première promenade, ils se rencontrèrent souvent dans Hyde Park. Il lui disait ses ambitions et ils parlaient politique. Il la trouvait intelligente, avertie et sympathique. Elle raisonnait juste et avait de la largeur d'esprit. Ils étaient devenus des amis.

Il fit un nouveau pas en avant le jour où il fut prié chez les Kidderminster à un dîner suivi de bal. Un invité s'était décommandé à la dernière minute. On cherchait par qui le remplacer et lady Kidderminster se torturait vainement les méninges.

— Si on invitait Stephen Farraday ? dit doucement Sandra.

— Stephen Farraday ?

— Oui, vous savez bien... Il était à votre réception, l'autre soir, et je l'ai revu une ou deux fois depuis...

Consulté, lord Kidderminster donna son accord. Le choix était excellent : il fallait faire tout ce qu'on pouvait pour « pousser » les jeunes espoirs du parti.

— D'ailleurs, ajouta-t-il, c'est un jeune homme tout à fait brillant... Tout à fait... Je ne sais pas d'où il sort, mais il se fera un nom !

Stephen se tira parfaitement de l'épreuve.

Lady Kidderminster déclara, avec une ironie un peu appuyée, que ce Mr Farraday était « un jeune homme très bien qu'on avait intérêt à connaître ».

Deux mois plus tard, Stephen décida de jouer sa partie. Ils étaient assis sur un banc, au bord de la Serpentine, et

MacTavish somnolait, la tête sur le soulier de Stephen.

— Sandra, dit-il, il faut que vous sachiez... Il faut que vous sachiez que je vous aime. Je voudrais vous épouser. Je n'oserais pas vous dire ça si je n'étais sûr de me faire un nom, un de ces jours. Mais, ce nom, je me le ferai, j'en suis sûr. Vous n'aurez pas à rougir de votre choix, je le jure !

— Je le sais, dit-elle simplement.

— Alors, vous voulez bien ?

— Est-ce que vous ne saviez pas ?

— Je l'espérais, mais je ne pouvais pas être sûr. Savez-vous que je vous ai aimée dès la première minute, dès l'instant où, ramassant mon courage à deux mains, j'ai traversé ce salon pour venir vous parler ?... Je n'ai jamais eu si peur de ma vie !

— Je crois bien, dit-elle, que, moi aussi, je vous ai aimé dès ce moment-là...

Les choses, cependant, ne devaient pas aller toutes seules. Quand Sandra annonça tranquillement qu'elle allait épouser Stephen Farraday, ce fut dans la famille une protestation unanime. Qui était-il ? Que savait-elle de lui ?

Stephen parla très franchement à lord Kidderminster de ses origines et de sa famille. Il n'allait pas jusqu'à s'en féliciter, mais il lui fallait bien convenir que, pour la réussite de ses projets, il était assez bon que ses parents fussent morts tous les deux.

Après cette conversation, lord Kidderminster dit à sa femme : « Ç'aurait pu être pis ! »

Il connaissait sa fille. Il savait que, sous des apparences très douces, elle avait une volonté de fer. Elle ne renonçait jamais. Puisqu'elle voulait ce garçon, qu'elle le prît !

— D'ailleurs, ajouta-t-il, il a une carrière devant lui. Avec quelques coups d'épaule, nous le mènerons loin !... Le parti a besoin de sang nouveau... Et puis, tout compte fait, ce Farraday ne manque pas de classe !

Lady Kidderminster approuvait à contrecœur. Elle rêvait pour sa fille d'un mariage autrement brillant. Il est vrai que Sandra était difficile à caser ! Susan était belle,

Esther remarquablement intelligente. Diana, la plus fine des quatre, avait épousé le jeune duc de Harwich, le plus beau parti de l'année. Sandra, elle, manquait de charme. Elle était timide. Après tout, si ce jeune homme avait de ˈavenir, comme on le prétendait...

Elle capitula.

— Seulement, murmura-t-elle, il faudra le pousser !

Et c'est ainsi qu'Alexandra-Catherine Hayle s'unit à Stephen-Léonard Farraday « pour le meilleur et pour le pire ». Un grand mariage : une toilette magnifique, satin et dentelles de Bruxelles, six demoiselles d'honneur, deux pages minuscules, un service somptueux, un lunch mémorable...

Ils passèrent leur lune de miel en Italie et, au retour, s'installèrent dans une charmante petite maison de Westminster. Peu après, la marraine de Sandra mourut, lui laissant un délicieux petit manoir datant du temps de la reine Anne. Le couple était heureux. Stephen se plongeait dans la vie parlementaire avec une ardeur nouvelle, soutenu et encouragé de toutes les façons par Sandra, qui faisait toutes ses espérances et toutes ses ambitions. Stephen, parfois, s'émerveillait des gentillesses que lui avait prodiguées le destin. Il appartenait maintenant à la puissante faction des Kidderminster. C'était l'assurance d'une montée rapide, l'accession certaine à des postes où son talent, auquel il croyait sincèrement, lui permettrait de s'affirmer un jour, un bon, un grand serviteur de l'Etat et de son pays.

Souvent, à table, contemplant sa femme, il se réjouissait silencieusement d'avoir trouvé en elle la compagne même dont il avait toujours rêvé. Il aimait la ligne pure de son cou, la couleur noisette de ses yeux, ses sourcils bien dessinés, son front un peu haut et la courbe légèrement impertinente de son nez aquilin. Il avait la tentation de la comparer à une bête de race. Un cheval de course, par exemple ! Un être net, noble et fier. Pour lui, une associée idéale. Leurs esprits pensaient ensemble, selon des lignes parallèles, pour arriver ensemble aux mêmes conclusions.

Oui, décidément, le petit Stephen Farraday, qui exigeait tant de la vie, ne s'était pas trop mal débrouillé. Sa vie ? Elle avait été exactement ce qu'il voulait qu'elle fût. Il avait à peine dépassé la trentaine et il pouvait, sans vanité, dire qu'il tenait le succès.

C'est ainsi, parfaitement heureux, qu'il s'en fut avec sa femme passer une quinzaine de jours à Saint-Moritz, où, dans le hall de l'hôtel, il rencontra Rosemary Barton.

Ce qui lui arriva ce jour-là, c'est ce qu'il ne réussit jamais à comprendre. Malicieuse revanche du destin : les mots mensongers qu'il avait dits à une autre femme devinrent vrais. Il traversa une pièce et tomba amoureux. Aussi profondément, aussi stupidement, aussi follement qu'on peut l'être. Amoureux comme le sont les collégiens et comme il ne l'avait jamais été !

Il s'était toujours persuadé que l'amour-passion n'était pas son fait. Quelques amourettes éphémères, quelques flirts indolents, l'amour pour lui, n'avait pas été autre chose. L'amour physique ne l'intéressait pas. Jeux grossiers, pensait-il, indignes d'un homme de goût.

Si on lui avait demandé s'il aimait sa femme, il aurait répondu : « Mais certainement ! » encore que sachant parfaitement qu'il n'aurait jamais songé à l'épouser si elle avait été la fille sans dot de quelque gentilhomme campagnard. Il l'aimait en ce sens qu'il l'admirait et lui portait une affection sincère, où entrait beaucoup de reconnaissance. Il savait ce qu'il devait à Sandra et ne reniait pas sa dette.

C'est donc avec stupeur qu'il se découvrit tout d'un coup amoureux fou de Rosemary Barton. Elle occupait toutes ses pensées. Il ne songeait qu'à son joli visage toujours souriant, à ses magnifiques cheveux acajou, aux courbes gracieuses de son corps adorable. Il en perdait le boire et le manger, il n'en dormait plus. Il l'accompagnait dans ses promenades à ski. Il la faisait danser et, quand il la serrait contre lui, il comprenait qu'il la désirait plus que tout le monde.

Par bonheur, il savait ne rien laisser paraître de ses

sentiments. Nul ne les devina, nul ne soupçonna la crise douloureuse qu'il traversait. Sauf, bien entendu, Rosemary elle-même.

Les Barton quittaient Saint-Moritz huit jours plus tôt que les Farraday. Le lendemain de leur départ, Stephen découvrait que l'endroit manquait de gaieté et proposait à Sandra d'interrompre ses vacances et de rentrer à Londres. Elle accepta gentiment. Quinze jours après leur retour, il était l'amant de Rosemary.

Ce fut la période la plus étrange de sa vie. Elle dura six mois. Six mois extraordinaires, durant lesquels Stephen continua à vivre comme à l'accoutumée, visitant sa circonscription, posant des questions aux Communes, prenant la parole dans des réunions, parlant politique avec Sandra. Tout cela sans cesser un instant de penser à la seule Rosemary.

Ce fut un beau rêve de six mois. Des rendez-vous dans leur petit appartement, des étreintes passionnées...

Et puis, le rêve fini, il s'éveilla.

Brutalement. D'un seul coup.

Il eut l'impression de sortir d'un long tunnel et de se retrouver tout soudain au grand jour.

La veille, il était un amoureux uniquement préoccupé de son amour, incapable de raisonner sainement. Ce jour-là, brusquement, il redevint Stephen Farraday. Un Stephen Farraday nouveau, qui se demandait s'il ne ferait pas bien d'espacer ses visites à Rosemary. Réflexion faite, il s'était montré terriblement imprudent, tous ces derniers temps. Si Sandra se doutait de quelque chose...

Ils prenaient leur petit déjeuner. Par-dessus la table, il la regarda...

Non, heureusement, elle ne se doutait de rien. Tout de même, il fallait faire attention. Certains des prétextes qu'il avait invoqués en ces derniers jours pour expliquer ses absences étaient plutôt fragiles. Certaines femmes auraient deviné quelque chose. Par bonheur, Sandra avait confiance...

Il poussa un soupir. Incontestablement, ils avaient, Rosemary et lui, joué avec le feu. C'était miracle que le mari n'eût rien flairé de suspect. Mais quoi, aveugle !... Comme tant d'autres. Il était plus vieux qu'elle, bien sûr, mais comment pouvait-on ne pas être jaloux d'une créature si adorable ?

Il se contraignit à penser à autre chose. A des links de golf. L'air frais soufflant sur le sable des dunes... Le plaisir d'un long « drive » réussi... Le balancement du corps qui accompagne le coup... Les joueurs en « plus-four », qui vont d'un trou à l'autre, fumant placidement leur pipe... *Les joueurs.* Tous des hommes. Les femmes ne sont pas admises sur le terrain.

Sa décision prise brusquement, il dit :

— Si nous allions passer quelques jours à Fairhaven ?

Elle le regarda, surprise :

— Tu veux ?... Mais est-ce que tu peux t'absenter ?

— Je pourrais disparaître jusqu'à la fin de la semaine. J'ai besoin de me détendre.

— Nous pouvons partir demain. Je décommanderai les Astley et j'enverrai un mot d'excuse pour mardi. Reste les Lovat...

— Décommande-les aussi ! Tu trouveras un prétexte. J'ai envie de m'en aller...

A Fairhaven, ils retrouvèrent les agréments ordinaires d'un séjour qu'ils aimaient : longues siestes sur la terrasse et dans le jardin ceinturé de murs vénérables, parties de golf à Sandley Heath et, le soir, promenades jusqu'à la ferme, MacTavish sur les talons.

Il était comme un malade qui entre en convalescence. Puis vint une lettre...

Il fronça le sourcil en reconnaissant sur l'enveloppe l'écriture de Rosemary ! Il lui avait pourtant bien recommandé de ne pas écrire. C'était trop risqué. Sandra n'était pas femme à l'interroger sur son courrier. Mais pourquoi commettre des imprudences ? Ne fallait-il pas compter avec la curiosité des domestiques ?

Il passa dans son cabinet et, de mauvaise humeur, déchira l'enveloppe. Il y en avait des pages ! Simplement...

Il lut, repris peu à peu par le charme ancien, envoûté de nouveau. Elle l'aimait. Elle l'aimait plus que jamais. Elle ne pouvait se faire à l'idée de ne pas le voir pendant cinq longues journées ! Et lui ? Est-ce que la petite Ethiopienne manquait un peu à son beau Léopard ?

Il eut un sourire excédé. Encore cette plaisanterie ridicule ! Elle était née le jour où il lui avait offert une robe de chambre jaune semée de taches noires, qu'elle avait admirée. Par jeu, elle l'avait baptisé Léopard et il l'avait appelée, lui, sa beauté noire, sa belle Ethiopienne.

Dans le fond, c'était une enfant. Evidemment, c'était gentil à elle de lui écrire ainsi des pages et des pages. Mais elle n'aurait pas dû le faire. Il fallait se montrer *prudent*. Sandra ne fermerait pas les yeux. Si elle venait à deviner quoi que ce fût... Non, décidément, écrire était trop dangereux. Il le lui avait dit et répété pourtant ! Elle ne pouvait donc pas attendre son retour ? Deux ou trois jours, ce n'est tout de même pas un siècle !

Nouvelle lettre, le lendemain, au petit déjeuner. Il sacra intérieurement en l'apercevant. Il eut l'impression que Sandra le regardait, mais elle ne dit rien.

Dans la matinée, il prit la voiture et se rendit à la ville voisine, à une dizaine de kilomètres. Il ne voulait pas téléphoner du village. Il eut Rosemary au bout du fil.

— Allô, Rosemary ?... Bonjour, ma chérie... Je te téléphone pour te supplier de ne plus m'écrire !

— Stephen, mon amour ! Que je suis heureuse d'entendre ta voix !

— Fais attention ! Si on t'entendait !

— Ça ne risque rien... Ce que tu peux me manquer, mon amour, tu n'as pas idée !... Et moi, est-ce que je te manque un peu ?

— Bien sûr !... Mais je t'en prie, n'écris plus ! C'est tellement imprudent !

— Dis-moi si ma lettre t'a plu, c'est bien plus intéressant !... Est-ce qu'elle t'a bien fait comprendre que, même séparée de toi, je reste avec toi ?... Ma pensée ne te quitte jamais, mon amour... Et toi, penses-tu à moi ?

— Oui... Mais ne dis pas ces choses-là au téléphone !

— Et pourquoi pas ?... Pourquoi ces conseils de prudence ?... Quelle importance ?

— C'est à toi que je pense, Rosemary. Je serais tellement navré qu'il pût t'arriver des ennuis par ma faute !

— Je me moque pas mal de ce qu'il peut m'arriver, tu le sais bien !

— Oui, ma chérie. Mais, moi, je ne m'en moque pas !

— Quand rentres-tu ?

— Mardi.

— Rendez-vous à l'appartement mercredi, alors !

— Euh... Oui... Entendu !

— Dis-moi, mon amour... Tu ne peux pas, sous un prétexte quelconque, faire un saut à Londres aujourd'hui ?... Si tu voulais, chéri, tu pourrais sûrement...

— Il ne saurait malheureusement en être question.

— J'ai bien peur de ne pas te manquer beaucoup !

— Folle ! Tu sais bien que ce n'est pas vrai, ce que tu dis là...

La conversation terminée, il se sentit épuisé. Pourquoi les femmes étaient-elles si imprudentes ? Il faudrait faire comprendre à Rosemary qu'ils devaient prendre des précautions. Et aussi se voir moins.

Les difficultés commencèrent bientôt. Il avait des journées extrêmement chargées et ne pouvait consacrer que très peu de temps à Rosemary. L'ennui était qu'elle ne paraissait pas capable de le comprendre. Il le lui expliquait, mais elle ne voulait rien entendre.

— La politique ? s'écriait-elle. Comme si ça avait la moindre importance !

Il protestait. Sans réussir à la convaincre. Ce qu'il faisait ne l'intéressait pas. Ses travaux, ses ambitions, sa carrière, tout cela lui était étranger. Tout ce qu'elle souhaitait, c'était qu'il lui dît et qu'il lui répétât qu'il l'aimait.

— Autant qu'autrefois ?... C'est sûr ? Alors, redis-moi que tu m'aimes *vraiment*...

Il pensait que, depuis le temps qu'il le lui disait et redisait, elle aurait dû tenir ça pour acquis ! Mais non !...

C'était une créature adorable, certainement, mais avec qui il était impossible de *parler*...

Leur tort, c'était de s'être vus beaucoup trop. Ils devaient espacer leurs rencontres. Ralentir.

Une suggestion contre laquelle elle se cabrait. Aucun argument ne pouvait lui faire entendre raison. Elle ne les discutait pas, mais elle répliquait :

— Tu ne m'aimes plus comme autrefois !

Alors, il fallait la rassurer, lui jurer qu'elle se trompait. Et, invariablement, cela finissait par une évocation de souvenirs et le rappel de propos qu'il avait tenus.

— Tu te souviens, chéri, disait-elle, de ce jour où tu m'as dit qu'il serait doux de mourir ensemble ? De s'endormir pour toujours dans les bras l'un de l'autre ? Et te rappelles-tu que tu disais qu'il serait magnifique de s'en aller avec une caravane, en plein désert ? Vivre comme ça, seuls tous les deux, au milieu des sables, à des milliers et des milliers de kilomètres de tout ! Ne voir personne. Oublier le monde. Quel rêve !

Il aurait volontiers haussé les épaules. Les stupidités qu'on peut proférer quand on est amoureux ! Quand on les dit, on ne s'en rend pas compte, mais quand on vous les répète de sang-froid ! Les femmes ont bien besoin d'exhumer ces sottises ! Est-il donc tellement nécessaire qu'elles rappellent aux hommes combien ils sont bêtes quand la passion les inspire ?

Souvent aussi, elle lui soumettait des projets. Toujours parfaitement déraisonnables. C'est ainsi qu'un jour elle lui demanda s'il ne pourrait pas, par exemple, s'en aller dans le Midi de la France, où elle irait le rejoindre ? Ou bien en Corse ou en Sicile, deux pays merveilleux, où l'on était certain de ne rencontrer personne de connaissance.

Stephen fit valoir qu'il n'y avait pas de pays de ce genre à la surface du globe et que, dans les coins les plus reculés, les plus invraisemblables, on ne manquait jamais de rencontrer le vieux camarade de collège qu'on n'avait pas vu depuis des lustres et des lustres.

A quoi elle répliqua par une phrase qui l'inquiéta :

— Après tout, quelle importance cela pourrait-il avoir ?

La question lui donna froid dans le dos.

— Que veux-tu dire ?

Elle lui sourit gentiment, de ce sourire charmant qui naguère précipitait les battements de son cœur, mais qu'à cette minute même il trouvait horripilant.

— Mon Léopard chéri, expliquait-elle posément, je me suis souvent dit que nous étions bien bêtes de nous cacher comme nous le faisons. Ce n'est pas très digne et c'est inutile ! Pourquoi feindre et dissimuler quand nous pouvons partir ensemble ? Je divorce, tu divorces et nous nous marions !

Et voilà !

Pour lui, ç'eût été un désastre ! La ruine pure et simple. Elle ne s'en apercevait pas.

Il avait dit :

— Je ne te laisserai pas faire ça !

Riposte immédiate :

— Mais, mon chéri, ça m'est bien égal. Je serai une divorcée. Et après ?... Je suis au-dessus des préjugés !

C'est à elle qu'elle songeait, l'imbécile !

— Pour moi, pousuivait-elle, la grande chose dans la vie, c'est d'aimer et d'être aimée. Ce que les gens pensent, ça n'a aucune importance ! Aucune.

— D'accord, chérie. Mais ce n'est pas absolument vrai dans mon cas. Un scandale mettrait fin à ma carrière...

— Eh bien ! tu ne ferais plus de politique ! La belle affaire !... Il y a des tas d'autres choses que tu pourrais faire !

— Ne dis donc pas de bêtises !

— D'ailleurs, pourquoi ferais-tu quelque chose ? J'ai de l'argent... De l'argent à moi, tu sais, pas de l'argent qui vient de George ! Nous pourrions voyager, aller vivre heureux, au bout du monde, dans des pays merveilleux... Même dans des pays où personne ne serait jamais allé... Je nous verrais très bien, toi et moi, dans une île au milieu du Pacifique, par exemple... Ce serait prodigieux ! Le beau soleil de là-bas, la mer toute bleue, les atolls !

Les mers du Sud maintenant ! Elle délirait ! Pour qui diable le prenait-elle ? Pour un pêcheur d'éponges ?

Il la regarda d'un œil désenchanté. Une jolie fille avec une cervelle de poulet ! Il avait été fou, littéralement fou, il s'en rendait compte maintenant. Mais il avait recouvré la raison. Il allait se libérer. Et sans lui laisser le temps de prononcer des catastrophes.

Il prit les résolutions que des centaines, des milliers d'hommes avaient prises avant lui. Il lui écrivit qu'il fallait mettre un terme à leur aventure. C'était pour lui une question de loyauté. Il ne voulait pas lui gâcher sa vie, etc., etc. *C'était fini.* Voilà ce qu'il fallait comprendre.

Et ce que, justement, elle se refusait à comprendre.

Elle lui répondit par retour du courrier. Elle l'aimait comme au premier jour, elle l'adorait, elle ne pouvait envisager de vivre sans lui. Dans ces conditions, il ne lui restait qu'une chose à faire : se confier à George et tout lui avouer. De son côté, il dirait la vérité à sa femme...

La lettre le consterna. Elle avait donc juré de le rendre fou ?... Comment les choses se passeraient, il le voyait d'avance. Informé, George demanderait le divorce, et Stephen, complice, serait cité au procès. La réaction de Sandra n'était pas douteuse. Elle divorcerait, elle aussi. C'était là une certitude absolue. Il se souvenait que, parlant d'une de ses amies, elle avait dit un jour devant lui : « Elle a divorcé. Que pouvait-elle faire d'autre, puisqu'il l'avait trompée ? » Sandra n'hésiterait pas. Elle était trop fière pour partager.

Et, alors, ce serait fini, bien fini. Il se trouverait privé de l'appui du clan et le scandale le broierait. Les esprits sont peut-être plus larges qu'autrefois, mais il y a des choses que la masse ne pardonne pas. Adieu, les rêves ambitieux ! Il aurait tout perdu. Par la faute d'une femme ! Ce coup de passion, arrivé trop tard — à vingt ans, il eût été excusable —, cette folie de quelques mois aurait gâché sa vie. Il aurait tout perdu.

Tout.

Et aussi Sandra...

Et, soudain, avec un certain sentiment de surprise, il découvrit que c'était là ce qui lui coûterait le plus. *Perdre Sandra*... Sandra, avec son front un peu haut et ses yeux noisette, Sandra, son amie et son associée, sa fière et loyale Sandra... Eh bien ! non, il refusait ! Il ne perdrait pas Sandra ! Il ne pouvait pas perdre Sandra.

Il acceptait tout. Mais pas cela !

Il passa la main sur son front : il était moite.

D'une façon ou d'une autre, il sortirait de cette situation...

Il fallait faire entendre raison à Rosemary. Mais était-ce possible ?... Rosemary et la raison ! Le mot pour elle avait-il un sens ?... S'il lui disait qu'il aimait sa femme ?... Mais non... Elle ne le croirait pas ! La pauvre fille était idiote... Et, ce qui était pis, crampon. Et, c'était ça, la catastrophe, elle l'aimait !

Une sorte de colère rageuse montait en lui, qui l'aveuglait. Il n'y avait donc pas un moyen de la faire taire, de lui fermer la bouche ?... Il devait s'avouer amèrement que c'était un résultat qui ne pourrait guère s'obtenir qu'avec une bonne dose de poison !

Une guêpe, engluée dans un pot de confitures, bourdonnait.

« Pauvre bestiole, songea-t-il. Prise au piège. Comme moi... et, pour sortir, rien à faire ! »

Pour lui, si, il en sortirait. A tout prix.

Il fallait d'abord gagner du temps.

Rosemary était alitée, avec la grippe. Il avait fait prendre de ses nouvelles, très officiellement. Il lui avait envoyé quelques fleurs. Cette bienheureuse maladie lui accordait un répit. La semaine prochaine, ils soupaient, Sandra et lui, avec les Barton. Une petite fête intime pour l'anniversaire de la naissance de Rosemary. Jusque-là il était tranquille.

— Je ne parlerai à George qu'après, avait-elle déclaré. Avant, ce serait trop cruel ! Il est si gentil, il se réjouit tellement de cette partie !

Et s'il allait carrément à elle pour lui dire que c'était fini, qu'il ne l'aimait plus ?... Impossible. Elle serait capable de piquer une crise de nerfs et d'appeler George à son secours. Elle serait même capable de venir trouver Sandra pour tout lui expliquer. Il lui semblait l'entendre larmoyer...

« Il dit qu'il ne m'aime plus, mais *je sais* que ce n'est pas vrai ! Il fait ça par grandeur d'âme, pour être loyal vis-à-vis de *vous,* mais je sais que vous serez d'accord avec moi pour dire que lorsque deux êtres s'aiment on n'a pas le droit d'aller contre leur amour... Et c'est pourquoi je viens vous demander de lui rendre sa liberté ! »

Cette tirade-là, ou quelque autre du même genre, était inévitable. Et Sandra, fière et dédaigneuse, dirait simplement : « Il est libre. Je ne le retiens pas. »

Elle ne comprendrait pas... Mais comment eût-elle compris ?... Rosemary apporterait ses preuves, les lettres qu'il lui avait écrites... Ces lettres imbéciles, où il disait les pires folies... Des lettres qui paraîtraient d'autant plus convaincantes à Sandra que jamais il ne lui en avait, à *elle,* adressé de pareilles.

Il fallait trouver quelque chose. Un moyen d'obliger Rosemary à se tenir tranquille.

« Dommage, pensa-t-il, que nous ne vivions pas au temps des Borgia !... Un peu de poison dans le verre de Rosemary et le problème serait résolu. Rosemary se tiendrait tranquille, une fois pour toutes...

Il avait pensé cela.

Il y avait de l'acide cyanhydrique dans la coupe de Rosemary, il y en avait dans son sac.

Dépression nerveuse, consécutive à une attaque d'influenza.

Par-dessus la table, son regard avait rencontré celui de Sandra.

Il y avait de cela presque un an... et il ne pouvait oublier.

CHAPITRE VI

ALEXANDRA FARRADAY

Sandra Farraday n'avait pas oublié Rosemary Barton.

Elle la revoyait, tombée en avant sur la table du cabaret.

Et elle se rappelait comment, à ce moment, son regard avait rencontré celui de Stephen.

Avait-il lu dans ses yeux ? Y avait-il vu la haine qui l'animait contre celle qui venait de mourir, le sentiment de triomphe qui l'inondait en cette minute d'horreur ?

Un an avait passé, ou presque, mais les détails étaient restés aussi nets à son esprit que si la scène datait de la veille. Rosemary était morte, mais elle continuait à vivre dans la mémoire de Sandra. Et aussi — elle n'en était pas sûre, mais c'était probable — dans celle de Stephen.

Elle revoyait le Luxembourg. Un endroit odieux, avec son cadre de grand luxe, son service rapide et discret, sa chère entre toutes réputée. La « boîte » chic. Inévitable. Celle où les gens se faisaient immanquablement un devoir de vous traiter.

Elle aurait bien voulu oublier. Mais tout se liguait contre elle pour qu'elle se souvînt. Fairhaven même, depuis que George Barton s'était installé au Petit Prieuré...

Curieuse idée qu'il avait eue là !... Il est vrai que

lui-même était plutôt bizarre. Pas du tout le genre de voisin qu'elle souhaitait avoir. Sa présence au Petit Prieuré lui gâtait son séjour. A Fairhaven, un coin — le seul — où jusqu'à cet été elle avait toujours retrouvé le calme, la tranquillité, la paix ! Car à Fairhaven, dans ce décor qu'ils aimaient, Stephen et elle avaient été heureux, si l'on pouvait dire qu'ils avaient jamais été heureux !

Le pouvait-on... Mais oui ! Cent fois oui ! Ils avaient été heureux et, s'il n'y avait eu Rosemary, ils le seraient encore ! C'est Rosemary, et elle seule, qui avait jeté bas l'édifice de bonheur qu'ils commençaient de construire !

Elle adorait Stephen. Mais, par une sorte d'instinct, elle avait compris que, cet amour passionné qu'elle lui portait, elle devait le lui cacher. Elle l'avait aimé dès le premier jour, dès cet instant où, traversant le salon, il vint vers elle. Il lui avait raconté qu'il était timide et prétendu ne point savoir qui elle était...

Or, *il le savait fort bien.* Elle ignorait le moment où cette conviction s'était imposée à son esprit, mais c'était pour elle une certitude.

Peut-être était-ce quelque temps après leur mariage...

Il lui expliquait par quel tour de passe-passe il espérait enlever aux Communes le vote d'un projet, quand elle eut l'intuition que cette habileté manœuvrière lui rappelait quelque chose. Quoi ? Elle le découvrait peu à peu : cette tactique tortueuse, c'était celle dont il avait usé pour l'aborder le premier soir. La révélation ne la surprit pas. C'était plutôt comme si elle prenait conscience de quelque chose qu'elle savait depuis longtemps sans s'en douter.

Dès le jour de son mariage, elle s'était rendu compte qu'il ne l'aimait pas comme elle, elle l'aimait. Elle ne s'en était pas étonnée. Il n'y avait point de sa faute à lui. Le don d'aimer — d'aimer vraiment — n'est pas dévolu à tout le monde. Elle le possédait, elle, pour son malheur. Elle aimait de toute son âme, de tout son cœur, de tout son être... et c'était, elle ne l'ignorait pas, chose exceptionnelle. Elle serait morte pour lui avec joie. Pour lui, elle était prête à mentir, à tromper, à souffrir. La place qu'il lui accordait dans sa vie, si différente qu'elle fût de ce qu'elle avait espéré, elle l'acceptait avec un orgueil résigné. Il lui demandait sa collaboration, sa sympathie, l'aide de son intelligence et de son activité. Ce qu'il voulait d'elle, ce n'était pas son cœur, mais son cerveau et les avantages matériels qu'elle devait à sa naissance. Cela elle le comprit tout de suite, mais résolut de se contraindre à ne pas l'importuner avec les manifestations d'un amour qui n'était pas partagé. Certes, il l'aimait à sa manière, sincèrement. Il disait vrai quand il affirmait se plaire en sa compagnie. C'était assez pour pouvoir bâtir à deux un bonheur durable, fait de tendresse, de confiance et d'amitié...

Et puis Rosemary survint...

Elle s'était souvent demandé comment il avait pu se figurer qu'elle ne se doutait de rien. Elle avait tout deviné dès le premier jour, là-bas, à Saint-Moritz. Il lui avait suffi de voir comment il regardait cette femme inconnue.

Le jour où elle était devenue sa maîtresse, elle le sut.

Elle connaissait le parfum de Rosemary...

Et puis, surtout, elle lisait sur le visage de Stephen, ce visage qu'il croyait impénétrable, hermétique, et où elle relevait, évidentes, la trace de ses souvenirs et celle de ses pensées, toutes tournées vers cette femme qu'il venait de quitter.

Il était difficile, elle le constatait en toute objectivité, de se faire une idée des souffrances qu'elle avait endurées. De véritables tortures qu'elle supportait courageusement. Elle ne laissait — elle ne laisserait jamais — rien deviner de son chagrin. Il ne saurait pas. Elle devenait pâle, elle perdait du poids, elle maigrissait. Elle se forçait à manger. Mais comment s'obliger à dormir ? Nuits interminables qu'elle passait étendue, sans sommeil, les yeux secs, grand ouverts dans l'obscurité. Elle ne voulait pas recourir aux drogues. C'eût été un aveu de faiblesse. Elle entendait rester forte. Jamais elle n'avouerait qu'elle était blessée, jamais on ne lui arracherait une plainte ou une protestation.

Une chose pourtant, maigre consolation, la réconfortait.

Stephen ne songeait pas à la quitter. Que ce fût dans l'intérêt de sa carrière plutôt que par amour pour elle, elle n'en doutait pas. Toutefois, le fait demeurait : il ne souhaitait pas la quitter.

Un jour, peut-être, il se lasserait de l'autre...

Car, cette femme, que pouvait-il lui trouver d'extraordinaire ? Elle était jolie, très jolie, elle avait du charme, de la grâce. Mais elle n'était pas la seule et rien n'expliquait la folle passion qu'elle inspirait...

Elle n'était pas intelligente. Plutôt sotte. Elle n'était même pas amusante. Si elle avait eu de l'esprit avec ses manières aimables et provocantes, les choses, peut-être, eussent été différentes. Mais, telle qu'elle était, elle ne pouvait retenir Stephen éternellement. A la longue, il se fatiguerait d'elle.

Elle restait convaincue que, pour Stephen, son travail demeurait la préoccupation dominante. Il se savait marqué pour de grandes tâches. Il avait la carrure d'un homme du gouvernement, son ambition majeure était d'en faire la preuve. Il avait une œuvre à accomplir. Il s'en souviendrait quand ses yeux commenceraient à s'ouvrir.

Pas une seconde, elle n'envisagea de le quitter. L'idée ne lui venait pas à l'esprit. Elle lui appartenait corps et âme. Il était sa vie. Et l'amour brûlait en elle comme une flamme...

Elle eut un moment d'espérance quand ils décidèrent d'aller passer quelques jours à Fairhaven. Stephen paraissait redevenu lui-même. Il se plaisait auprès d'elle, sollicitait son opinion. Elle se sentait plus près de lui. Il semblait vraiment qu'il échappât aux griffes de cette femme, qu'il recouvrait sa vraie personnalité, son « moi » authentique. Rien n'était irrémédiablement perdu. Il prenait le dessus. Peut-être irait-il jusqu'à rompre ?...

Le retour à Londres marqua la rechute. Il lui devenait impossible de se concentrer sur son travail. Il avait l'air égaré, préoccupé, malade.

Elle crut deviner pourquoi : Rosemary, c'était probable, lui avait demandé de partir avec elle. Il fallait sauter le pas. Rompre définitivement avec des choses qui lui étaient chères, avec des appuis précieux. C'était à quoi il ne pouvait se résoudre. Oui, mais Rosemary, si sotte qu'elle fût était si jolie...

Sandra attendait. Au fond de lui-même, Stephen n'aimait que son métier. Mais saurait-il s'en souvenir à temps ?... Il ne serait pas le premier à briser sa carrière pour les beaux yeux d'une femme, quitte à le regretter ensuite !

Un jour, au cours d'une « cocktail-party », Sandra surprit, dans la bouche de Rosemary, des propos lourds de sens.

— Je parlerai à George, disait-elle à Stephen. Il faut se décider et en finir...

Peu après, elle s'alitait avec la grippe.

De nouveau, Sandra espéra. Cette grippe pouvait dégénérer en pneumonie. Ça arrive. Une de ses amies était morte comme ça. Si Rosemary venait à mourir...

Cette idée, elle l'acceptait avec le plus grand calme. Sandra était assez romanesque pour haïr en toute innocence. Elle ne se faisait pas horreur. Elle haïssait Rosemary de toute ses forces et, s'il avait suffi d'une pensée pour donner la mort, elle n'aurait pas hésité.

Malheureusement, songeait-elle, les pensées ne tuent pas. Il faut autre chose.

Elle revenait ainsi à cette soirée au Luxembourg. Qu'elle était donc jolie, Rosemary, ce soir-là ! Elle la revoyait au vestiaire, avant de passer à table. Ses épaules jaillissaient, magnifiques et blanches, d'un collet de renard bleu. Plus fine, plus pâle, depuis sa maladie, elle était adorable, avec un air de fragilité qui donnait à sa beauté quelque chose d'immatériel. Devant la glace, elle se remettait de la poudre. Sandra, debout derrière elle, voyait dans le miroir leurs images jumelles. Elle remarqua qu'elle avait l'air glacée. Une froide statue. Sans vie. Sans cœur.

— Je vous donne la place à l'instant, avait dit Rosemary, j'ai fini. Cette grippe m'a terriblement enlaidie. Je me fais peur. Avec ça, je me sens faible et j'ai la migraine.

Sandra avait manifesté un intérêt poli.

— Pas ce soir, j'espère ?

— Hélas ! si... Vous n'auriez pas un cachet d'aspirine, par hasard ?

— J'ai un cachet Faivre, si vous voulez...

Ouvrant son sac, elle avait pris un cachet qu'elle avait donné à Rosemary.

— Merci, je vais le mettre dans mon sac, par précaution.

La secrétaire de Barton était là, qui les regardait sans rien dire. Une grande fille brune. Pas vilaine, jolie même. Et qui semblait détester Rosemary.

Ensuite, elles étaient sorties du vestiaire. Sandra d'abord, puis Rosemary, puis miss Lessing. Et naturellement, la petite Iris, la sœur de Rosemary, qui se trouvait là, elle aussi. Une gamine avec de grands yeux gris-bleu, tout de blanc vêtue et qui paraissait très énervée...

Elles avaient rejoint les hommes dans le hall. Un maître d'hôtel empressé s'était porté à leur rencontre pour les conduire à leur table. Ils avaient passé sous une espèce de porche monumental et rien, absolument rien, ne les avait avertis que, de la salle où ils entraient, l'un d'eux ne ressortirait pas vivant...

DEUXIÈME PARTIE

LE JOUR DES MORTS

CHAPITRE PREMIER

Lucilla Drake était en train de gazouiller. C'était le mot dont on se servait dans la famille et il ne manquait pas de justesse. Les propos tombaient dru des lèvres de la brave dame et sa voix n'était pas sans agrément.

Elle avait, ce matin-là, tant de choses à faire qu'elle ne parvenait à fixer son attention sur aucune. L'imminente rentrée à Londres posait cent petits problèmes d'économie domestique qu'elle devait résoudre sur-le-champ et il lui fallait s'occuper d'Iris, à qui, depuis quelques jours, elle trouvait mauvaise mine.

— Vraiment, Iris, disait-elle, tu m'inquiètes. Tu es toute pâlotte, avec la figure fripée de quelqu'un qui manque de sommeil. Dors-tu bien ?... Sinon, dis-le ! Je te ferai prendre des cachets du docteur Wylie... Wylie ou Caskell ? Je ne sais plus... Et ça me fait penser qu'il faut que j'aille moi-même parler à l'épicier. Car, de deux choses l'une, ou les bonnes ont fait des achats de leur propre autorité, ou il nous vole comme dans un bois. Il nous compte je ne sais combien de paquets de savon en paillettes, alors que nous n'en usons pas plus de trois par semaine !... Maintenant, peut-être qu'un sirop vaudrait mieux. Quand j'étais jeune fille, on me donnait du sirop Easton... Et des épinards, bien entendu... Je vais en faire faire pour midi...

Iris était trop fatiguée, et aussi trop habituée au décousu des discours de Mrs Drake pour lui demander pourquoi le nom du docteur Caskell l'amenait à penser à l'épicier du village. Eût-elle posé la question, la tante aurait répondu :

« Mais parce que l'épicier s'appelle Cranford ! » Iris n'aurait pas été plus avancée. Les raisonnements de tante Lucilla n'étaient clairs que pour elle-même.

Iris rassembla toute son énergie pour protester qu'elle se portait le mieux du monde.

— Du tout ! répliqua Lucilla. Tu as les yeux cernés. Tu es surmenée...

— Mais il y a des semaines que je ne fais rien !

— Tu crois ça ! Mais le tennis est très fatigant pour une jeune fille... Et puis, je crois que l'air, ici, est très débilitant. Nous sommes dans un fond. Si George m'avait demandé mon avis, au lieu de consulter cette fille...

— Cette fille ?

— Cette miss Lessing dont il est coiffé !... C'est une excellente secrétaire, je ne dis pas le contraire, mais il a tort de ne pas la maintenir à sa place. C'est la pousser à se considérer comme étant de la famille et Dieu sait qu'elle n'a pas besoin d'encouragements !

— Mais, ma tante, en fait, il y a longtemps que Ruth fait partie de la famille.

Mrs Drake renifla.

— Qu'elle ait l'intention d'en être, dit-elle ensuite, ce n'est que trop visible !... Pauvre George ! Dès qu'il s'agit de femme, c'est un bébé au maillot... Mais nous ne nous laisserons pas faire et nous le protégerons contre lui-même. A ta place, Iris, je lui donnerais clairement à entendre que, si sympathique que soit sa miss Lessing, il ne saurait être question de mariage !

Iris, stupéfaite, se récria :

— Je ne crois pas qu'il ait jamais songé à épouser Ruth !

Mrs Drake haussa les épaules.

— Tu es une enfant et tu ne vois pas ce qui se passe

sous ton nez !... Il est vrai que tu n'as pas mon expérience de la vie...

Iris sourit malgré elle. La tante, quelquefois, était vraiment comique.

— Crois-moi, poursuivait Mrs Drake, cette jeune femme ne cherche qu'à se faire épouser.

— Et après ?

— Comment « et après » ?... Tu ne te rends pas compte ?

— Mais si !... Moi, ça me paraîtrait plutôt une excellente chose pour George... Elle l'aime beaucoup. Elle ferait une très bonne épouse, qui s'occuperait bien de lui...

A la fois vexée et indignée, Mrs Drake riposta avec vivacité :

— Il me semble qu'on s'occupe de George autant et aussi bien qu'il peut le souhaiter ! Que pourrait-il avoir de plus ? Je me le demande ? On lui fait la meilleure cuisine du monde, son raccommodage n'est jamais en retard, il y a dans la maison une charmante jeune fille... et, quand tu te marieras, j'espère bien être encore capable de m'occuper de son confort et de veiller sur sa santé. Aussi bien, et même mieux, que pourrait le faire une jeune intrigante sortie d'un bureau. Une secrétaire, où aurait-elle appris l'art de tenir un intérieur ? Faire des chiffres, taper à la machine, connaître la sténo et le classement, tout ça ne sert à rien quand il s'agit de faire marcher une maison !

Iris, qui s'amusait, préféra ne pas discuter. Elle pensait aux beaux cheveux noirs de Ruth, à sa peau satinée, à sa mince silhouette, si heureusement mise en valeur par ses tailleurs un peu sévères. Pauvre tante Lucilla, hypnotisée par le confort et le ménage ! L'amour et la poésie étaient si loin d'elle qu'elle les avait oubliés, en admettant qu'elle les eût jamais connus. Ce dont Iris doutait fort, car elle se souvenait de feu son oncle...

Née d'un premier mariage et demi-sœur d'Hector Marle, Lucilla avait été la petite maman de son jeune frère, après la mort de sa mère. Tenant la maison paternelle, restée vieille fille, elle se croyait vouée au célibat quand, alors qu'elle approchait de sa quarantième année, elle avait rencontré et épousé le Révérend Père Caled Drake, déjà plus que quinquagénaire. Sa vie de femme mariée avait peu duré : deux ans à peine. Après quoi, elle s'était trouvée veuve avec un enfant. Maternité tardive et inattendue, qui devait être la grande chose de son existence. Son fils se révélait bientôt une source constante d'inquiétude et de chagrin. Il lui coûtait fort cher, mais elle lui pardonnait tout. Pour elle, Victor, charmant garçon trop confiant, se laissait entraîner par des relations suspectes, dont il ne soupçonnait pas la mauvaise foi. Manquant de chance, il était toujours la dupe ou la victime d'escrocs. Il servait de paravent à des coquins qui profitaient de sa candeur. Dès qu'on parlait de Victor, le doux visage de Mrs Drake durcissait. Elle connaissait son fils. C'était un brave garçon, plein d'enthousiasme, toujours victime de ses prétendus amis. Elle savait, mieux que personne, qu'il avait horreur de lui demander de l'argent. Mais, quand il s'était fourré dans des situations inextricables, que pouvait-il faire d'autre ? Il n'avait que sa mère, il fallait bien qu'il se tournât vers elle !

Malgré cela, elle en convenait volontiers, l'offre de George, l'invitant à venir chez lui pour s'occuper d'Iris, était arrivée comme une bénédiction du ciel, au moment où, ses ressources presque taries, elle s'engageait sur les chemins pénibles de la misère honteuse. Elle avait été très heureuse au cours de cette dernière année, et, aujourd'hui, il était assez naturel qu'elle accueillît sans sympathie la perspective de se voir supplantée auprès de George par une jeune femme, si capable fût-elle. Cette Ruth, d'ailleurs, n'épouserait George que pour son argent. On n'irait pas lui raconter à elle qu'il y avait au monde une fille, une seule, qui, travaillant pour gagner sa vie, se trouvait contente de son sort. Non, les employées d'aujourd'hui étaient ce qu'elles avaient toujours été. Quand elles pouvaient mettre la main sur un homme en mesure de leur assurer une existence confortable, elles s'empressaient de laisser tomber le bureau. Cette Ruth ferait comme les autres. Très intelligente, elle avait réussi à capter la confiance de George. Elle lui donnait des conseils pour meubler la villa, elle s'était rendue indispensable. Mais, Dieu merci, au moins une personne savait après quoi elle courait !

Mrs Drake hocha la tête à plusieurs reprises d'un air entendu, ce qui fit doucement trembloter són double menton, puis, laissant le sujet de côté, elle en aborda un autre, plus urgent.

— Je ne sais pas, dit-elle, ce qu'il faut décider pour les couvertures. George n'est pas arrivé à me dire clairement si nous ne reviendrons pas ici avant le printemps ou s'il se propose d'y venir de temps en temps, en fin de semaine. Impossible d'obtenir une précision !

— C'est sans doute qu'il n'est pas très fixé ! fit Iris.

Essayant de paraître s'intéresser à une question dont l'importance ne lui apparaissait pas, elle ajouta :

— Quand il fera beau, il me semble qu'il sera amusant de faire un saut jusqu'ici. Quoique, personnellement, je sais que ça ne me tentera pas. De toute façon, la maison sera là si l'on veut y venir !

— Oui, ma chérie, mais il faudrait savoir ce qu'on veut faire. Parce que, si on n'a pas l'intention de revenir avant l'année prochaine, il faut mettre des boules de naphtaline dans les couvertures, alors que, si l'on doit venir ici à l'occasion, ce n'est pas nécessaire, puisqu'on se servirait des couvertures. Et cette odeur de naphtaline est tellement désagréable !

— Alors, n'en mets pas !

— Bien sûr !... Seulement, l'été a été chaud et il y a des quantités de mites ! Tout le monde le dit, c'est une année à mites et à guêpes. Hawkins m'a raconté hier qu'il a détruit trente nids de guêpes !... Trente ! Songe un peu !

Iris songeait à Hawkins, arpentant les allées du jardin à la brune et vaporisant de l'acide cyanhydrique sur les plantes. *L'acide cyanhydrique... Rosemary...* Pourquoi ses pensées revenaient-elles toujours au même objet ?

Mrs Drake, cependant, continuait son monologue sur de nouveaux sujets :

— Une autre chose que je me demande, c'est si l'on envoie l'argenterie à la banque ou non ? Lady Alexandra dit qu'il y a eu de nombreux cambriolages dans la région. Evidemment, nous avons des volets solides, mais on ne sait jamais !... Je n'aime pas la façon dont elle se coiffe. Ça lui durcit les traits... D'ailleurs, elle ne doit pas être douce... Et ce qu'elle est nerveuse ! Il est vrai qu'aujourd'hui tout le monde est nerveux. Quand j'étais jeune fille, ce n'était pas comme ça... Et ça me fait penser que je n'aime pas beaucoup la mine de George, ces temps-ci... Il couverait une grippe que je n'en serais pas surprise. Il m'a semblé une fois ou deux qu'il faisait de la température... C'est peut-être ses affaires qui lui donnent du souci... En tout cas, il y a quelque chose qui le tracasse...

Iris frissonna.

— Qu'est-ce que je te disais ? s'écria tante Lucilla avec l'accent du triomphe. Toi, tu vas nous faire un rhume !

CHAPITRE II

— Comme je voudrais n'être pas venue ici !

Sandra Farraday avait lâché ces mots avec une amertume telle que son mari, surpris, se retourna pour la regarder. Ce qu'elle venait de dire, il le pensait, lui aussi, encore qu'il eût pris soin de ne rien lui en laisser deviner. Ainsi, Sandra avait eu la même impression que lui... Il lui semblait, à elle aussi, que Fairhaven était gâché, que la tranquillité du lieu s'était envolée depuis que ces nouveaux voisins s'étaient installés de l'autre côté du parc.

— Je ne savais pas, dit-il, que c'était ton sentiment, à toi aussi.

Elle expliqua :

— Cette question des voisins est si importante à la campagne. Si l'on n'est pas très gentil, on est grossier. On ne peut pas, comme à Londres, se contenter d'être simplement poli et aimable.

— Non, fit-il, on ne peut pas.

— Et nous voilà, maintenant, conviés à cette invraisemblable partie !

Ils se turent, revivant l'un et l'autre en esprit la scène qui s'était déroulée au déjeuner. George Barton s'était montré soucieux de plaire, un peu exubérant, avec une sorte d'excitation sous-jacente qu'ils avaient tous deux remarquée. George Barton, ces jours-ci, était vraiment bizarre. Stephen n'avait jamais fait grande attention à lui du vivant de Rosemary. Pour lui, il restait à l'arrière-plan, un brave homme un peu taciturne, marié à une créature jeune et charmante. Stephen n'avait jamais éprouvé le moindre scrupule à le tromper. Beaucoup plus vieux que sa femme, dépourvu d'attraits, Barton était de ces maris nés pour être trahis, de ceux qui ne sauraient retenir une épouse ravissante et volage. Au surplus, George, qui savait à quoi s'en tenir sur les sentiments qu'il inspirait à Rosemary, n'avait jamais dû se faire beaucoup d'illusions sur elle. Il la connaissait...

Mais il l'aimait et avait dû souffrir.

Stephen se demandait ce que George avait éprouvé après la mort de Rosemary, car ils le virent très peu les mois suivants. Ce n'est que lorsqu'il devint leur voisin, au Petit Prieuré, que Stephen le trouva changé.

Plus animé, plus sûr de lui. Mais surtout bizarre.

Sa conduite, aujourd'hui, avait été étrange. Brusquement, sans que rien l'eût laissé prévoir, il avait lancé cette invitation. Un souper pour fêter le dix-huitième anniversaire d'Iris. Il tenait absolument à la présence de Sandra et de Stephen, qui s'étaient montrés des voisins si charmants...

Naturellement, Sandra répondit qu'ils seraient ravis. Stephen serait très pris à son retour à Londres, elle serait elle-même accaparée par toutes sortes d'obligations ennuyeuses, mais ils s'arrangeraient...

— Alors, fixons la date, voulez-vous ?

Il revoyait George et sa grosse figure. Il souriait, engageant.

— Que diriez-vous, avait-il proposé, d'un jour dans la semaine qui suivra la prochaine ?... Le mercredi ou le jeudi ?... Le jeudi 2 novembre, ça vous irait ?... Si vous préférez un autre jour, dites-le, votre jour sera le mien...

C'était, brutalement imposée au mépris des convenances,

l'invitation à laquelle on ne peut pas se dérober. Iris Marle, Stephen l'ayant remarqué, avait rougi, gênée. Sandra s'était montrée parfaite. Prenant son parti de l'inévitable, elle avait répondu dans un sourire que le jeudi 2 novembre lui conviendrait fort bien.

— Après tout, dit Stephen à haute voix, nous ne sommes pas obligés d'y aller.

Sandra se tourna vers lui :

— Tu crois ?

— Nous trouverons une excuse...

— Il insistera pour nous avoir une autre fois. Ou bien il nous demandera de choisir un autre jour. J'ai l'impression qu'il tient beaucoup à nous inviter...

— Je me demande pourquoi. L'héroïne de la fête, c'est Iris, et j'imagine qu'elle ne se soucie pas tellement de notre compagnie.

— Non... non, fit-elle, pensive.

Après un silence, elle reprit :

— Tu sais où ce souper aura lieu ?

— Non.

— Au Luxembourg.

La surprise lui coupa le souffle et il se sentit pâlir. Il dut faire un effort pour se ressaisir et regarder Sandra. Elle lui parut parfaitement calme.

— C'est vraiment absurde, dit-il, son émotion tant bien que mal maîtrisée. Le Luxembourg !... A quoi bon aller sur place raviver des souvenirs ?... Cet homme doit être fou !

— C'est bien ce que j'ai pensé.

— Aussi, c'est très simple, nous n'irons pas. Cette histoire nous a valu assez d'ennuis comme ça... Tu te souviens ? Articles dans les journaux, photographies, etc.

— Je me souviens.

— Il ne se rend pas compte ?

— Il y a, paraît-il, une raison à son choix... Une raison qu'il m'a donnée...

— Je serais curieux de la connaître.

Elle répondit, sans le regarder, ce dont il lui sut gré :

— Après le déjeuner, il m'a prise à part afin, m'a-t-il dit, de me donner une explication qu'il estimait me devoir. Il me déclara que la petite, Iris, ne s'est jamais complètement remise du choc qu'a été pour elle la mort de sa sœur...

— C'est bien possible, dit Stephen, admettant le fait comme à regret. A table, je l'observais. Elle a l'air souffrante et elle n'est certainement pas en très bonne santé.

— Je le crois aussi ; encore, paraît-il, qu'elle ne se soit pas trop mal portée ces temps derniers... J'en reviens à George Barton. Il m'a donc dit qu'Iris a fait tout ce qu'elle a pu, depuis la mort de sa sœur, pour ne pas remettre les pieds au Luxembourg...

— Ça l'étonne ?

— D'après lui, c'est une erreur. Il semble avoir consulté un spécialiste des nerfs, un champion de la médecine nouvelle, qui est d'avis qu'après toute espèce de choc, il ne faut pas fuir la cause du choc, mais au contraire l'affronter. Dans les écoles d'aviation, quand un jeune pilote s'est écrasé au sol, s'il n'est pas mort, on lui fait reprendre l'air tout de suite. C'est le même principe...

— En somme, ce spécialiste serait plutôt partisan d'un second suicide...

— Il considère que, pour vaincre ses nerfs, Iris doit surmonter ses appréhensions, qu'elle ira mieux quand elle ne verra plus dans le Luxembourg que ce qu'il est réellement, un restaurant comme les autres. C'est pourquoi Barton donne ce souper auquel assisteront, autant que possible, les mêmes convives qui se trouvaient réunis au même endroit l'an dernier, pour l'anniversaire de Rosemary.

— La soirée promet d'être vraiment charmante !

— Ça t'ennuie beaucoup, Stephen ?

Une inquiétude le traversa. Mais il répondit très vite :

— Non, ça ne m'ennuie pas « beaucoup » ! Je trouve l'idée macabre, voilà tout !... Mais, personnellement, ça m'est égal et, au vrai, c'est à toi que je pensais... Si cela t'est égal, à toi aussi...

— Ça ne m'est pas égal. Loin de là !... Mais l'invitation a été faite de telle façon qu'il était vraiment très difficile de refuser. Remarque que, comme toi, je suis plusieurs fois retournée au Luxembourg depuis. C'est vraiment l'endroit où l'on vous traîne tout le temps...

— Oui, mais les circonstances, cette fois, sont très particulières.

— Evidemment.

— Mais, comme tu le dis, il était très difficile de refuser et, si nous nous dégageons, l'invitation sera renouvelée... Seulement, il n'y a pas de raison pour que cette corvée te soit infligée, *à toi*. J'irai, moi... Toi, tu t'excuseras à la dernière minute, en invoquant une migraine, un rhume, n'importe quoi !

Elle releva la tête :

— Ce serait une petite lâcheté. Non, Stephen, si tu y vas, j'y vais !

Sa main se posa doucement sur le bras de Stephen :

— Après tout, Stephen, dit-elle, notre mariage ne veut peut-être pas dire grand-chose, mais c'est tout de même ensemble que nous devons affronter les difficultés !

Il la regarda. Cette petite phrase douloureuse lui était venue tout naturellement, comme si elle exprimait un fait sans importance, mais acquis par elle depuis longtemps. Il fut surpris et consterné.

— Pourquoi ? demanda-t-il avec effort, pourquoi dis-tu que « notre mariage ne veut peut-être pas dire grand-chose » ?

— Est-ce que ce n'est pas vrai ?

Il protesta avec énergie :

— Non, mille fois non ! Je veux que tu saches que, pour moi, notre mariage représente un tas de choses !

Elle sourit :

— Je le crois... Dans un certain sens, c'est vrai ! Nous formons une bonne équipe, Stephen. Nous ramons sur le même bateau et nous obtenons des résultats satisfaisants.

— Ce n'est pas ça que je veux dire !

Très ému, il lui prit les deux mains et l'attira vers lui :

— Sandra, ne sais-tu pas que tu es ce que j'ai de plus
cher au monde ?

Elle comprit qu'il disait la vérité.

Et elle le crut. C'était incroyable. Inimaginable. Imprévu ! Mais c'était...

Elle se laissa aller dans ses bras et il la tint serrée contre
lui, l'embrassant, murmurant des mots sans suite :

— Sandra, mon amour... Je t'aime !... J'ai eu si peur...
Si peur de te perdre !...

— A cause de Rosemary ?

— Oui.

Il la repoussa doucement. Il se sentait oppressé et son
visage reflétait une sorte d'angoisse :

— Tu... Tu savais ?

— Bien sûr. J'ai su dès le début...

— Et tu comprends ?

Elle secoua la tête :

— Non, je ne comprends pas... et je crois bien que je
ne comprendrai jamais. Tu l'aimais ?

— Pas vraiment. Tu es la seule femme que j'aie jamais
vraiment aimée !

Avec un petit sourire triste, citant les paroles mêmes
de Stephen, elle dit :

— A partir du moment où tu m'as vue de l'autre côté
du salon, n'est-ce pas ?... Ne répète pas ce mensonge, Stephen. Car c'était un mensonge...

L'attaque ne le déconcerta pas. Lentement, pesant ses
mots avec soin, il dit :

— Oui, Sandra, c'était un mensonge. Et, pourtant, si
paradoxal que ça puisse paraître, je commence à croire
que je disais la vérité. Oh ! Sandra, *essaie de comprendre* ! Il y a des gens qui trouvent toujours de belles raisons pour justifier leurs plus vilaines actions. Quand ils
veulent être désagréables, ils disent que c'est « par amour
de la sincérité ». Ils colportent les pires ragots parce que
leur « honnêteté » leur fait « un devoir » de répéter ceci
ou cela ; ils sont si foncièrement hypocrites qu'ils arrivent
au terme de leur existence, convaincus que toutes les petites

saletés qu'ils ont commises, ils les ont faites pour le bien d'autrui, poussés par les mobiles les plus nobles... Eh bien, Sandra, dis-toi que des gens existent aussi qui sont tout le contraire de ceux-là, des gens qui se méfient d'eux-mêmes et se jugent avec sévérité, qui s'imaginent toujours agir par intérêt... Sandra, tu étais la femme que je voulais absolument ! C'est la vérité vraie... Et, quand je regarde en arrière, je crois sincèrement aujourd'hui que si ce n'avait pas été la vérité, je n'aurais jamais su faire tout ce qu'il fallait pour t'obtenir !

Elle dit, amère :

— Tu ne m'aimais pas.

— Non, je n'avais jamais aimé. J'étais un être qui prétendait n'avoir pas de sens, qui se faisait gloire — mais oui ! — de la froideur hautaine de son tempérament. Et, un jour, je suis tombé amoureux, d'un seul coup, en traversant un hall d'hôtel. Un amour violent comme un orage d'été et, comme lui, rapide, brutal, éphémère. C'est bête, hein ?

Il se tut un instant, puis reprit :

— Et c'est ici, à Fairhaven, que je me suis réveillé et que je me suis rendu compte de la vérité.

— C'est-à-dire ?

— C'est-à-dire que c'est ici que j'ai compris que, dans ma vie, il n'y avait qu'un être qui comptait, et que c'était toi, qu'une seule chose au monde m'importait : conserver ton amour. Voilà... C'est ça, la vérité.

Elle dit, très bas :

— Si j'avais su !

Après un temps, elle ajouta :

— Je pensais que tu projetais de partir avec elle.

Il eut un petit rire, avant de répondre :

— Avec Rosemary ?... Ç'aurait été une véritable condamnation aux travaux forcés à perpétuité !

— Pourtant, elle voulait s'en aller avec toi ?

— Elle, oui...

— Alors, qu'est-il arrivé ?

Il soupira. Ils revenaient à ces souvenirs obsédants :

— Il est arrivé... le Luxembourg.

Ils se turent tous deux, avec, ils le sentaient, les mêmes images dans l'esprit. Ils revoyaient une figure bleue, qui fut l'aimable visage d'une jolie femme. Horrible vision, dont ils ne pouvaient détacher leurs yeux.

Puis, ils avaient relevé la tête et leurs regards s'étaient croisés...

Il réagit le premier :

— Oublie, Sandra, dit-il. Pour l'amour de Dieu, ne pensons plus à ça !

— C'est facile à dire ! Nous n'avons pas le pouvoir d'oublier !

Il y eut de nouveau un long silence, que Sandra rompit :

— Qu'allons-nous faire ?

— Ce que tu disais tout à l'heure : faire front ensemble. Aller à cet invraisemblable souper, quoi qu'il cache.

— Tu ne crois pas ce que George Barton raconte à propos d'Iris ?

— Non. Et toi ?

— Ça peut être vrai. Mais, le serait-ce, il y a certainement à ce souper une autre raison.

— Qui serait ?

— Je l'ignore, Stephen. Mais j'ai peur...

— De Barton ?

— Oui... Je crois qu'il sait.

— Qu'il sait quoi ?

Elle le regarda droit dans les yeux, mais ne répondit pas directement à sa question.

A voix basse, elle dit :

— Il ne faut pas avoir peur, Stephen. Il faut avoir du courage... Beaucoup de courage... Vois-tu, Stephen, tu seras quelqu'un. Tu es un de ces hommes dont le monde a besoin et rien ne peut aller contre ça... Je suis ta femme et je t'aime !

Après un silence, il dit :

— Mais, Sandra, ce souper, tu ne crois pas que...

— Si, je crois que c'est un piège.

— Et ce piège, nous y entrons ?

— Nous ne pouvons pas nous permettre de laisser deviner que nous savons que c'est un piège.

— C'est juste.

Sandra, soudain, renversa la tête en arrière et se mit à rire.

Puis elle s'écria :

— Fais tout ce que tu voudras, Rosemary ! Tu ne gagneras pas !

Il la saisit par les épaules :

— Tais-toi, Sandra ! Rosemary est morte...

— Tu crois ?... Il y a des moments où il me semble qu'elle doit se sentir bien vivante !

CHAPITRE III

Ils arrivaient au milieu du parc.

— Est-ce que vous verriez un inconvénient, George, à ce que je ne rentre pas avec vous ? demanda Iris. J'ai envie de monter sur la colline, là-bas, et de revenir par les bois. J'ai eu mal à la tête toute la matinée !

— Pauvre gosse, fit George. Allez donc faire votre grande promenade ! Je ne vous accompagne pas, parce que j'attends une visite cet après-midi et que je ne sais trop à quelle heure elle viendra.

— Alors, au revoir ! Je serai à la maison pour le thé.

Ils se séparèrent. Elle se dirigea directement vers la colline qu'on apercevait au loin avec sa couronne de mélèzes.

Au sommet, elle s'arrêta pour souffler. Il avait plu, mais, comme il arrive souvent en octobre, l'atmosphère était lourde, les feuilles humides et de gros nuages gris couraient très bas, annonciateurs de nouvelles et prochaines ondées. Il n'y avait guère plus d'air en haut de la colline que dans la vallée, mais Iris trouvait pourtant qu'on y respirait mieux.

Elle s'assit sur une souche et contempla le paysage. On

apercevait le Petit Prieuré, modestement blotti dans un creux boisé, et, plus loin, sur la gauche, le Manoir, éclatant de blancheur.

Elle rêvait le menton dans sa main, quand elle entendit dans son dos un bruissement léger. Elle se retourna vivement : Anthony Browne était derrière elle.

Surprise, un peu fâchée aussi, elle s'écria :

— Tony !... Pourquoi arrivez-vous toujours comme ça, comme un diable sortant d'une trappe ?

Il prit son temps avant de répondre. Tirant son étui de sa poche, il offrit une cigarette à la jeune fille, en choisit une lui-même quand elle eut refusé, l'alluma, aspira deux ou trois bouffées et dit enfin :

— C'est parce que je suis ce que les journalistes appellent un chevalier du mystère. J'adore surgir du néant !

— Mais comment avez-vous su où j'étais ?

— J'ai de bons yeux. J'avais entendu dire que vous déjeuniez chez les Farraday. Je me suis posté sur la colline et j'ai guetté votre sortie...

— Mais pourquoi n'êtes-vous pas venu tout bonnement à la maison, comme une personne ordinaire ?

— Justement, répondit-il avec une indignation feinte, parce que je ne suis pas une personne ordinaire. Je suis un monsieur très extraordinaire !

— Je commence à le croire !

Il la considéra un instant, puis il dit :

— On dirait qu'il y a quelque chose qui ne va pas ?

— Pas du tout !... Enfin... C'est-à-dire...

— C'est-à-dire ?

— Je suis fatiguée d'être ici, avoua-t-elle avec un soupir. J'ai horreur de Fairhaven et je voudrais rentrer à Londres.

— Vous y serez bientôt. C'est exact ?

— La semaine prochaine.

S'asseyant auprès d'elle, il demanda :

— Vous aimez les Farraday, Iris ?

— Je n'en sais rien. Je ne crois pas. Pourtant, je dois reconnaître qu'ils ont été très gentils avec nous...

— Et eux, croyez-vous qu'ils vous aiment ?

— Non, je ne pense pas. Je suis même persuadée qu'ils nous détestent...

— Intéressant.

— Qu'ils nous détestent ?

— Non, pas ça... si c'est vrai. Mais le fait que vous avez dit « nous ». Ma question vous concernait personnellement.

— Oh ! moi, ils m'ignorent !... Ils nous détestent en bloc, en tant que famille, simplement parce que nous sommes leurs voisins... Nous n'étions pas particulièrement liés avec eux, n'est-ce pas ? C'est avec Rosemary qu'ils étaient amis...

— Oui... C'étaient des amis de Rosemary. Encore que je ne pense pas que Rosemary et Sandra aient jamais eu beaucoup d'affection l'une pour l'autre...

— Certainement pas.

Elle se tenait sur la défensive. Anthony fumait paisiblement :

— Savez-vous, demanda-t-il, ce qui me frappe chez les Farraday ?

— Non.

— Eh bien, c'est qu'ils sont *les* Farraday. Quand je pense à eux, il n'y a pas pour moi, Stephen d'une part, et Sandra de l'autre, deux individus unis par-devant les autorités civiles et ecclésiastiques, mais une entité bicéphale, *les* Farraday. Unité plus rare qu'on n'imagine. Ils sont deux, avec une même conception de la vie, les mêmes buts, des espoirs, des craintes, des croyances identiques. Et le curieux de l'affaire, c'est que leurs caractères ne se ressemblent pas du tout. Stephen serait plutôt un homme d'une grande largeur de vues, très sensible à l'opinion d'autrui, mais manquant parfois de confiance en soi et assez dépourvu de courage moral. Sandra, elle, a l'esprit étroit, mais elle ne reculera devant rien pour servir ceux qu'elle aime et elle est brave jusqu'à la témérité.

— Stephen m'a toujours fait l'effet d'être prétentieux et bête...

— Il n'est pas bête du tout. Il est comme les gens qui ont réussi : il est malheureux.

— Malheureux ?

— La plupart des gens qui réussissent sont malheureux... C'est parce qu'ils sont malheureux qu'ils ont réussi. Ce sont des tempéraments qui ont besoin de se prouver à eux-mêmes qu'ils existent, ce qui les amène à faire des choses épatantes...

— Vous avez des idées bien singulières, Tony !

— Examinez-les de près, vous verrez qu'elles sont justes. Les gens heureux ne font jamais rien de grand, parce qu'ils sont satisfaits d'être comme ils sont et qu'il leur est parfaitement égal de ne rien faire de sensationnel. C'est mon cas. J'ajoute que ces gens-là sont généralement de commerce agréable. C'est encore mon cas.

— Vous avez de vous-même une très bonne opinion.

— Je me borne à attirer votre attention sur mes qualités pour le cas où elles vous auraient échappé...

Iris s'amusait. Elle se sentait de bonne humeur, toutes ses idées noires envolées.

— Venez prendre le thé à la maison, dit-elle, après avoir regardé l'heure à sa montre. Venez faire bénéficier d'autres mortels des incomparables agréments de votre société.

— Impossible aujourd'hui. Il faut que je rentre !

Elle se tourna vivement vers lui :

— Enfin, fit-elle, pourquoi ne voulez-vous jamais venir à la maison ? Il doit y avoir une raison !

Il haussa les épaules :

— Disons que je suis susceptible et qu'il ne suffit pas qu'on m'offre l'hospitalité pour que je l'accepte. Je ne suis pas très sympathique à votre beau-frère, vous savez, et il me l'a clairement laissé entendre.

— Ne vous occupez donc pas de George ! Vous êtes mon invité et celui de tante Lucilla. C'est une charmante vieille dame. Vous verrez, elle vous plaira !

— J'en suis convaincu, mais je maintiens mon refus.

— Du temps de Rosemary, vous veniez chez nous...

— Ça, c'est autre chose...

Iris sentit son cœur se glacer :

— Pourquoi êtes-vous venu ici, aujourd'hui ? demanda-t-elle. Vous aviez une affaire à traiter dans ce coin perdu du monde ?

— Vous avez deviné. Une affaire très importante et qui vous intéresse. Iris, je suis venu spécialement pour vous poser une question.

Cette fois, le cœur d'Iris se mit à battre à coups précipités. Son émotion était celle-là même que les femmes ont toutes éprouvée, en une certaine minute de leur vie, et cela depuis des temps immémoriaux. Cependant, elle s'appliquait à avoir l'air intrigué. Exactement comme fit un jour, selon toute probabilité, son arrière-grand-mère, quelques instants avant de dire à un certain monsieur : « Oh ! mais c'est que votre demande est tellement inattendue ! »

Tournant vers lui un visage faussement innocent, elle dit :

— De quoi s'agit-il ?

Il la regarda. Il était grave :

— Répondez-moi franchement, Iris. Voici ma question : avez-vous confiance en moi ?

Elle fut déçue. Elle attendait autre chose. Il s'en aperçut et dit :

— Je sais, vous ne pensiez pas que c'était ça que j'allais vous demander. Mais, Iris, ce n'en n'est pas moins une question très importante. A mes yeux, la plus importante du monde... et c'est pourquoi je la répète. Iris, avez-vous confiance en moi ?

Elle hésita l'espace d'une seconde, avant de répondre, les yeux au sol :

— Oui.

— Alors, poursuivant, je vais vous demander autre chose. Voulez-vous venir à Londres avec moi et m'épouser sans rien dire à personne ?

Elle le regarda avec stupeur :

— Mais ce n'est pas possible ! Absolument pas !

— Vous ne pouvez pas m'épouser ?

— Pas comme ça !

— Pourtant, vous m'aimez ! Car, c'est bien sûr, n'est-ce pas, vous m'aimez ?

— Oui, Anthony, je vous aime.

— Cependant, vous ne voulez pas m'accompagner en l'église Saint-Elfrida, paroisse de Bloomsbury, la mienne depuis quelques semaines, ce qui me confère le droit d'y contracter mariage dans les délais les plus brefs ? Vous ne voulez pas ?

— Comment le voudrais-je, Tony... George serait ulcéré et tante Lucilla ne me pardonnerait jamais ! Et puis, je ne suis pas majeure, je n'ai que dix-huit ans !

— Pour l'âge, on mentirait. Je ne sais quelle peine on encourt pour avoir épousé une mineure sans le consentement de son tuteur... Au fait, qui est-ce, votre tuteur ?

— C'est George. C'est lui aussi qui administre mes biens.

— Ça ne change rien à l'affaire. Les peines possibles ne m'effraient pas, puisqu'elles ne peuvent pas aller jusqu'à nous démarier... Et c'est la seule chose qui importe !

— Non, c'est impossible ! Ce ne serait pas bien !... Et puis, *pourquoi* ? Pourquoi voulez-vous m'épouser tout de suite ?

— C'est justement parce que je ne peux pas vous le dire que je vous ai demandé, avant tout, si vous aviez confiance en moi. Mes raisons sont excellentes, mais il faudrait me croire sur parole...

Elle poussa un soupir et dit :

— Si seulement George vous connaissait un peu mieux !... Venez avec moi jusqu'à la maison. Il n'y a que George et tante Lucilla...

— Vous croyez ?

Comme elle l'interrogeait des yeux, il expliqua :

— En venant ici, tout à l'heure, j'ai aperçu un homme dans la grande allée du Petit Prieuré. Et l'amusant, c'est que, cet homme, il me semble bien l'avoir déjà... rencontré.

— Vous avez raison, fit-elle. J'avais complètement oublié... George attendait quelqu'un cet après-midi.

— Si c'est l'homme que j'ai connu autrefois, il s'appelle Race. Le colonel Race...

— Ce doit être lui. George connaît, effectivement, un colonel Race. Il devait être de ce souper où Rosemary...

Sa voix tremblait. Elle se tut. Anthony lui prit la main et la pressa fortement :

— Ne pensez pas à ça, chérie !

Elle eut un geste désolé :

— Je ne peux pas m'en empêcher !... Anthony...

— Oui ?

— Vous est-il jamais arrivé... Avez-vous jamais pensé ?...

Elle ne parvenait pas à traduire sa pensée avec des mots. Avec effort, elle dit enfin :

— Vous ne vous êtes jamais dit que... que Rosemary ne s'était peut-être pas donné la mort ?... Qu'elle a pu être assassinée ?

Il se récria :

— Grands dieux, Iris ! Que dites-vous là ?... Qui a pu vous mettre cette idée-là dans la tête ?

Elle insistait :

— Elle ne vous est jamais venue, à vous, cette idée ?

— Jamais ! Rosemary s'est suicidée, ça ne fait aucun doute !

Comme Iris se taisait, il répéta la question à laquelle elle n'avait pas répondu :

— Mais qui, diable, vous a mis cette idée en tête ?

Une seconde, elle fut sur ie point de lui parler de ce qu'elle savait, mais finalement elle n'en fit rien.

— C'est une idée qui m'est venue comme ça, dit-elle simplement.

— Eh bien, fit-il en riant, vous êtes une petite sotte et il faut oublier ça !

Il se leva et lui mit un baiser sur la joue :

— Et maintenant, adorable petite imbécile, oubliez ces idées morbides, c'est un ordre, oubliez Rosemary... et pensez à moi !

CHAPITRE IV

Tout en tirant sur sa pipe, le colonel Race considérait George Barton avec attention.

Il y avait entre eux un écart d'une vingtaine d'années. Race avait dépassé la soixantaine. D'allure assez militaire, c'était un homme de belle taille, qui se tenait très droit, avec une figure cuite au soleil, des cheveux grisonnants coupés court et, sous d'épais sourcils noirs, un regard luisant d'intelligence.

Il avait connu Barton tout enfant, un des oncles de George étant le voisin de campagne de la famille Race. Et, pour lui, et bien qu'ils n'eussent jamais été intimes, Barton était resté « le jeune George », un des nombreux personnages, dont certains déjà assez confus, associés à ses souvenirs d'autrefois.

Il se disait qu'à tout prendre il ne savait guère quel homme était devenu ce « jeune George ». Il l'avait constaté au cours de leurs rares rencontres en ces dernières années, ils étaient très éloignés l'un de l'autre. Race était un coureur d'aventures, un de ces hommes qui sont faits pour vivre au loin et construire des empires. Barton était le type même du gentleman qui ne bouge de Londres qu'à regret.

Ils ne s'intéressaient pas aux mêmes choses et, lorsqu'ils avaient échangé quelques souvenirs du « bon vieux temps », la conversation tombait généralement dans un silence embarrassé. Le colonel avait horreur de parler pour ne rien dire. Il était du modèle « fort et silencieux », si cher autrefois aux auteurs de romans feuilletons.

Tout en se demandant pourquoi « le jeune George » avait tellement tenu à le voir, il essayait de déterminer la nature du changement qui semblait s'être produit dans le personnage depuis leur dernière rencontre, vieille d'environ un an. Barton l'avait toujours frappé par sa lourdeur : il était prudent, pratique et sans imagination. Aujourd'hui, si subtile que fût la différence, il ne le retrouvait pas tout à fait.

Il y avait certainement quelque chose qui n'allait pas. Barton était nerveux en diable. Trois fois déjà, et cela ne lui ressemblait guère, il avait rallumé son cigare.

Le colonel retira sa pipe de sa bouche et dit :

— Alors, jeune George, nous avons des ennuis ?

— Le mot est faible, Race. J'ai besoin de vos conseils... et de votre aide.

— Je vous écoute.

— Il y a un an à peu près, vous deviez souper avec nous à Londres, au Luxembourg. A la dernière minute, vous vous êtes excusé : vous partiez en voyage...

Race approuva du chef et dit :

— Afrique du Sud.

— A ce souper, ma femme mourut.

Race semblait mal à l'aise :

— Je sais, fit-il. J'ai lu ça dans les journaux. Je ne vous en ai pas parlé tout à l'heure et je ne vous ai pas présenté mes condoléances, parce que je ne voulais pas réveiller des tristes souvenirs. Mais croyez-moi, mon vieux, que je vous plains beaucoup... Beaucoup.

— Merci, fit Barton. Mais il ne s'agit pas de cela... Il paraît que ma femme s'est suicidée.

Race fronça les sourcils :

— Comment « il paraît » ?

— Lisez ça !

Le colonel prit les lettres qu'il lui tendait, les examina d'un rapide coup d'œil et dit :

— Des lettres anonymes...

— Oui. Mais je crois ce qu'elles disent.

Race hocha la tête :

— C'est une politique dangereuse. Si vous saviez le nombre de lettres bourrées de mensonges qui sont écrites chaque fois que la presse donne de la publicité à un crime quelconque, vous n'en reviendriez pas !

— Je sais. Mais ces lettres n'ont pas été envoyées au moment de... de l'événement, mais six mois après.

— C'est assez curieux, en effet ! De qui sont-elles ? Avez-vous une idée ?

— Non. Et, d'ailleurs, ça m'est égal. La seule chose qui importe, c'est que je crois ce qu'elles disent : ma femme a été assassinée.

Race posa sa pipe et s'installa plus confortablement dans son fauteuil :

— Qu'est-ce qui vous fait dire ça ? Est-ce qu'à l'époque vous avez soupçonné quelqu'un ? La police a-t-elle cru à un meurtre ?

— L'affaire m'avait bouleversé et j'étais complètement anéanti. L'enquête a eu lieu, j'ai laissé passer le verdict sans protester. Ma femme avait été malade, elle était déprimée, on n'avait envisagé que l'hypothèse du suicide. Le poison, d'ailleurs, se trouvait dans son sac à main...

— C'était, ce poison ?

— De l'acide cyanhydrique.

— Je me souviens, en effet. Elle l'a absorbé dans son champagne ?

— Oui. A l'époque, rien n'a paru suspect.

— Avait-elle jamais menacé de se tuer ?

— Non, jamais ! Elle adorait la vie...

Race approuva d'un signe de tête. Il n'avait rencontré la femme de George qu'une fois. Elle lui avait semblé très gentille, à peu près dépourvue de cervelle, mais certainement peu portée à la mélancolie.

— Quelles ont été, demanda-t-il, les conclusions médicales quant à son état mental ?

— Le médecin de Rosemary, un vieux praticien qui la soignait depuis son enfance, était en croisière. C'est son assistant, un jeune homme, qui le remplaçait. Tout ce qu'il a pu dire, c'est que Rosemary avait souffert d'une de ces grippes qui sont généralement suivies d'une période de dépression nerveuse très accentuée.

Après un silence, il reprit :

— Je ne me suis entretenu avec le médecin de Rosemary que plus tard, après avoir reçu ces lettres, et bien entendu sans en faire mention. Nous avons parlé de la fin tragique de Rosemary. Il me déclara que l'événement l'avait stupéfié, que rien ne pouvait laisser prévoir qu'un jour elle se donnerait la mort. Le fait, à l'entendre, prouve simplement que, si bien qu'un médecin connaisse ses malades, il ne sait jamais ce qu'ils sont capables de faire.

« C'est après cette conversation que je m'avisai que *personnellement* je n'avais jamais été convaincu du suicide de Rosemary. Je la connaissais bien. Il y avait, certes, des périodes durant lesquelles elle se croyait très malheureuse, des semaines où tout l'agaçait, et il pouvait lui arriver de commettre des imprudences et de se conduire de façon très déraisonnable. Mais jamais je ne l'ai vue dans l'état d'esprit des gens qui sont décidés à en finir une fois pour toutes avec la vie !

Un peu gêné de poser la question, mais elle était indispensable, Race demanda :

— N'est-il pas possible qu'elle ait eu quelque raison spéciale de se suicider ? N'avait-elle pas quelque motif d'être désespérée ?

— Euh... non. Elle était un peu nerveuse, sans plus.

Evitant de regarder son ami, le colonel reprit :

— Avait-elle ce que j'appellerai « le goût du drame » ? Il y a des gens, par exemple, qui, après une dispute, risqueront une tentative de suicide, sans avoir peut-être l'intention de se tuer vraiment. Leur idée, enfantine, c'est : « Ça *lui* apprendra ! »

— Rosemary et moi, nous ne nous querellions jamais.

— D'ailleurs, la nature même du poison rend l'hypothèse difficile à accepter. Il est dangereux de jouer avec l'acide cyanhydrique... et tout le monde le sait !

— En outre, je suis convaincu que, si Rosemary avait voulu se tuer, ce n'est pas ce mode de suicide qu'elle aurait choisi. Il est douloureux et horrible. Elle aurait, sans aucun doute, préféré recourir à une dose massive de somnifère.

— C'est mon avis. A-t-on déterminé l'endroit où elle avait acheté cet acide cyanhydrique ou la façon dont il lui était venu entre les mains ?

— Non. Mais quelque temps auparavant, à la campagne, chez des amis, elle avait assisté à la destruction d'un nid de guêpes. On a supposé que, ce jour-là, elle avait pris une poignée de cristaux d'acide cyanhydrique.

— C'est plausible. D'ailleurs c'est un produit qu'on se procure aisément. Il n'y a guère de jardiniers qui n'en aient un petit stock.

Il réfléchit un instant et dit :

— Résumons-nous, Barton. On n'a pas prouvé qu'elle ait songé au suicide, pas prouvé qu'elle l'ait préparé. Il n'y a donc pas de preuves positives du suicide. Mais j'imagine qu'il n'y a pas non plus de preuves positives du meurtre. La police, qui est moins endormie qu'on ne le prétend parfois, les aurait découvertes...

— A condition de les chercher. L'hypothèse d'un crime était tellement invraisemblable...

— Et, six mois plus tard, vous la trouvez très admissible ?

— Je crois, répondit George lentement, que les résultats de l'enquête ne m'ont jamais donné satisfaction, qu'au fond de moi-même, sans en avoir conscience, j'ai toujours cru à l'assassinat... et que ces lettres m'ont simplement, si j'ose dire, révélé ce que je savais déjà.

— Alors, dit Race, attaquons le problème franchement. Qui soupçonnez-vous ?

George fit la grimace.

— C'est bien là le terrible de l'affaire, expliqua-t-il. Si Rosemary a été tuée, le coupable est nécessairement l'un de ceux qui se trouvaient à notre table, un de nos amis. Personne, en effet, ne s'est approché de nous vers ce moment...

— Les garçons ?... Qui s'occupait du champagne ?

— Charles, le maître d'hôtel du Luxembourg. Vous le connaissez ?

Race fit signe que oui. Tout le monde connaissait Charles et il paraissait évidemment impossible que l'honnête maître d'hôtel eût, de propos délibéré, empoisonné un client.

— Nous étions servis par Giuseppe. Un garçon que je connais depuis des années...

— Alors, passons aux convives. Qui y avait-il ?

— Stephen Farraday, le député. Sa femme, lady Alexandra Farraday. Ma secrétaire, Ruth Lessing. Un type du nom de Browne. Iris, la sœur de Rosemary, et moi-même. Sept en tout. Nous aurions été huit si vous aviez pu venir. Quand vous vous êtes décommandé, nous avons vainement cherché qui pourrait vous remplacer...

— Bon. Et les soupçons pèsent sur... ?

— Mais sur personne ! s'écria George. Sur personne ! Si j'avais la moindre idée...

— Très bien, très bien ! fit Race d'une voix douce. Je pensais que vous aviez peut-être des soupçons... Vous n'en avez pas, ça n'a pas d'importance... Voyons... Comment étiez-vous placés ?

— J'avais Sandra Farraday à ma droite, naturellement. A côté d'elle, Anthony Browne. Puis Rosemary, Stephen Farraday, Iris, et enfin Ruth Lessing, qui était à ma gauche.

— Bien. Dans le courant de la soirée, votre femme avait déjà bu du champagne ?

— Oui. On avait rempli les verres plusieurs fois. La... la chose est arrivée au moment des attractions. Le vacarme était infernal. Une troupe de nègres évoluaient sur la scène et nous regardions tous. Rosemary s'est écroulée sur la table juste avant qu'on ne rallume les lumières dans la salle. Elle a peut-être poussé un cri, un gémissement, personne ne l'a entendue. Dieu merci, le médecin a déclaré que la mort avait été instantanée...

— Eh bien, Barton, à première vue, ça me paraît assez clair.

— Comment ça ?

— Votre coupable, c'est Stephen Farraday. Il était à la droite de votre femme. Le verre de Mrs Barton se trouvait donc tout près de sa main gauche à lui. Rien ne lui était donc plus facile que d'y jeter le poison dès que les lumières furent éteintes et tandis que l'attention de chacun se portait vers la scène. Les autres étaient moins bien placés pour faire les gestes nécessaires. Ces tables rondes du Luxembourg sont assez larges. Si quelqu'un s'était penché par-dessus la table, le fait aurait certainement été remarqué, même dans une salle plongée dans une demi-obscurité. L'observation vaut également pour le voisin de gauche, mal placé lui aussi pour jeter quelque chose dans le verre de votre femme sans attirer l'attention. Il y a une autre possibilité, d'ailleurs. Mais terminons-en d'abord avec notre coupable présumé. Stephen Farraday, député, avait-il quelque raison de tuer Mrs Barton ?

— Mon Dieu, répondit George d'une voix étouffée, ils étaient... très amis. Qu'il se soit autorisé de cette amitié pour demander plus, qu'elle l'ait repoussé et qu'il ait voulu se venger, c'est possible après tout !

— Mais un peu mélodramatique. C'est le seul mobile que vous verriez ?

— Oui.

George était écarlate. Race en prit note mentalement et poursuivit :

— Passons à la possibilité numéro deux : les femmes.

— Pourquoi les femmes ?

— Mon cher George, vous étiez sept : quatre femmes et trois hommes. Il est probable qu'au cours de la soirée, à plusieurs reprises, tandis que trois couples dansaient, une femme est restée seule à table. Vous dansiez tous ?

— Tous.

— Bon. Rappelez vos souvenirs... Avant les attractions, voyez-vous l'une des quatre femmes demeurée seule à table, tandis que les autres dansaient ?

George réfléchit.

— Je crois, dit-il, qu'Iris n'a pas fait la dernière danse avant le spectacle et que Ruth Lessing avait manqué la précédente.

— Vous souvenez-vous du moment où vous avez vu votre femme boire du champagne pour la dernière fois ?

— Voyons... Après avoir dansé avec Browne, elle a déclaré, en revenant s'asseoir, que les fantaisies chorégraphiques de Browne l'avaient brisée et elle a bu un peu de champagne. Quelques minutes plus tard, on joua une valse qu'elle fit avec moi. Elle savait que la valse est la seule danse où je sois un cavalier presque possible. Farraday dansait avec Ruth et lady Alexandra avec Browne. Iris restait en numéro sept. C'est après cette valse que les attractions ont commencé.

— Occupons-nous un peu de votre belle-sœur. Est-ce que la mort de Mrs Barton lui a valu quelques avantages financiers ?

— Mon cher Race, dit George d'une voix mal assurée, ne nous lançons pas dans les bêtises. A l'époque, Iris était une enfant...

— J'ai vu, par deux fois, des petites filles qui allaient en classe et qui n'en étaient pas moins des criminelles.

— Mais Iris adorait sa sœur.

— D'accord, Barton. Seulement, elle a eu la possibilité matérielle de commettre le meurtre. Je veux savoir si elle aurait eu un mobile. Votre femme était riche, je crois. A qui son argent est-il allé ? A vous ?

— Non. A Iris...

Barton expliqua comment, par la volonté de l' « oncle Paul », Iris se trouvait avoir hérité de sa sœur. Race écoutait avec intérêt.

— Curieuse situation, dit-il ensuite. Des deux sœurs, l'une était riche, l'autre pauvre. On imagine assez bien la seconde jalouse de la première...

— Ce n'était certainement pas le cas d'Iris.

— Je veux bien vous croire. Mais elle avait bel et bien

un mobile... Retenons ça et poursuivons. Qui voyons-nous encore ayant pu avoir un mobile ?

— Personne... Non, vraiment personne ! Rosemary n'avait pas d'ennemis. Je me suis renseigné, j'ai posé des questions, j'ai essayé de savoir. J'ai même acheté cette maison pour être près des Farraday afin de...

Il s'interrompit net, laissant sa phrase inachevée. Race avait repris sa pipe, dont il grattait le fourneau. Il dit, sans lever les yeux :

— Vous ne croyez pas, jeune George, qu'il vaudrait mieux me dire tout ?

— Comment ça ?

— Vous me cachez quelque chose, ça se voit comme le nez au milieu de la figure ! Ou vous défendez la réputation de votre femme, ou vous cherchez à savoir si elle a ou non été assassinée. Dans ce dernier cas, il faut parler...

Il y eut un silence. Puis George se décida.

— Vous avez gagné, Race. Je parle.

Toujours occupé à nettoyer sa pipe, Race lâcha la question qu'il tenait prête :

— Vous avez des raisons de croire que votre femme avait un amant ? C'est bien ça ?

— C'est ça.

— Stephen Farraday ?

— Je n'en sais rien... Parole d'honneur, je n'en sais rien ! C'était peut-être lui, mais peut-être aussi était-ce l'autre, Browne. Lequel des deux ? Je n'arrive pas à me faire une opinion...

— Parlez-moi un peu de cet Anthony Browne. C'est curieux, il me semble que je le connais de nom...

— Je ne sais exactement rien de lui... et tout le monde est à peu près comme moi. C'est un garçon assez sympathique, assez amusant, mais dont on ignore tout. Il passe pour Américain, mais il n'a pour ainsi dire pas d'accent...

— L'ambassade pourra peut-être nous renseigner... Alors ?... Farraday ou Browne ?

— Je vous répète, Race, que je n'en sais rien !... Un jour j'ai surpris ma femme écrivant une lettre. J'ai examiné son buvard. Il s'agissait bien d'une lettre d'amour, mais rien ne permettait de deviner le nom du destinataire...

Race dit, les yeux ailleurs :

— Voilà qui nous ouvre des horizons. Lady Alexandra, par exemple, entre dans le jeu, s'il y avait quelque chose entre son mari et votre femme. Elle est de ces gens calmes qui sont habités de passions violentes. L'espèce donne souvent des criminels. Nous progressons, Barton. Nous avons déjà le mystérieux Mr Browne, les deux Farraday et Iris Marle. *Quid* de la troisième femme, Ruth Lessing ?

— Ruth n'a certainement rien à faire là-dedans ! S'il y a quelqu'un qui n'a pas de mobile, c'est bien elle !

— Vous m'avez dit qu'elle était votre secrétaire, je crois ? Quel genre de fille est-ce ?

— La fille la plus remarquable qui soit, répondit George avec conviction. Pratiquement, elle fait partie de la famille et je la considère comme mon bras droit. Il n'est personne de qui j'aie meilleure opinion, personne non plus à qui je fasse plus complètement confiance.

— Vous semblez avoir pour elle une vive sympathie.

— C'est trop peu dire, Race ! Ruth est une femme étonnante, sur qui je me décharge d'un tas de choses. C'est l'être le plus sûr, le plus loyal que la terre ait jamais porté !

Race murmura quelque chose comme « Hum ! Hum ! » et passa à un autre sujet. Rien dans son attitude n'avait laissé deviner à George qu'il venait d'ajouter Ruth Lessing à la liste de ses suspects. Il tenait que « l'être le plus loyal que la terre eût jamais porté » pouvait avoir une excellente raison de souhaiter voir Mrs George Barton dans un monde meilleur. Que ses mobiles fussent intéressés ou qu'elle fût authentiquement amoureuse de son patron, elle pouvait se considérer comme une deuxième Mrs Barton très possible. Et c'est très suffisant pour expliquer un geste criminel.

Gardant pour lui ses réflexions, il dit :

— J'imagine, George, que vous vous rendez compte que

vous aviez vous-même d'assez sérieuses raisons d'être l'assassin.

— Moi?

George tombait des nues.

— Dame, fit Race. Souvenez-vous d'Othello...

George respira.

— Je vois ce que vous voulez dire, répondit-il, mais la comparaison n'est pas valable. Sans doute, j'adorais Rosemary. Mais je savais, en l'épousant, qu'il y avait des choses... des choses dont je devrais prendre mon parti. Elle avait de l'affection pour moi, beaucoup d'affection même, et aussi de la tendresse. Seulement, que voulez-vous, je ne suis pas un bonhomme très gai, très réjouissant. Je ne suis pas un héros de roman, et je le sais. Je n'ignorais pas en l'épousant que je ne serais pas à la fête tous les jours... et, d'ailleurs, j'étais prévenu. Evidemment, j'ai souffert. Mais de là à supposer que j'aie pu toucher un cheveu de sa tête...

Il s'interrompit et, sur un autre ton, poursuivit :

— Au surplus, si j'étais le coupable, pourquoi diable irais-je aujourd'hui réveiller une histoire qu'on peut considérer comme morte et enterrée? Il y a eu un jugement, l'enquête a conclu au suicide, l'affaire est classée. Alors?

— Vous avez raison, Barton, et je dois dire que je n'ai pas retenu l'hypothèse un seul instant. Si vous étiez l'assassin, ayant reçu ces deux lettres, vous les auriez gentiment jetées au feu et vous n'auriez rien dit. Et ceci me ramène à un point qui me semble d'une importance capitale : ces lettres, qui les a écrites?

— Je n'en ai pas la moindre idée.

— C'est un détail qui ne paraît pas avoir retenu votre attention et qui m'intéresse au contraire énormément. C'est d'ailleurs la première question que je vous ai posée. A mon avis, nous pouvons tenir pour certain qu'elles ne viennent pas de l'assassin. Comme vous venez de le dire, il n'a aucun intérêt, lui, à rouvrir le dossier d'une affaire qui s'est pour lui très heureusement terminée. Alors, ces lettres, de qui sont-elles?

— D'un domestique ?

George avait parlé pour dire quelque chose.

— C'est possible, fit Race, sans enthousiasme, lui non plus. Reste à savoir de quel domestique. Rosemary avait-elle une femme de chambre à qui elle fît ses confidences ?

— Non. Nous avions à l'époque une cuisinière, Mrs Pound, qui est toujours ici, et deux femmes de chambre qui ne sont pas restées avec nous très longtemps et qui nous ont quittés.

Race réfléchit un instant.

— Barton, dit-il ensuite, si vous voulez mon avis, ainsi que je le crois, le voici : il vous faut, avant de rien décider, reconsidérer l'affaire très sérieusement. Rosemary est morte et rien de ce que vous ferez ne lui rendra la vie. Il n'est pas prouvé, je l'admets, qu'elle se soit suicidée, mais il n'est pas prouvé non plus qu'on l'ait assassinée. Disons par hypothèse qu'on l'a tuée Voulez-vous vraiment que l'on rouvre l'enquête ? La chose n'ira pas sans une publicité fort désagréable, la presse fouillera dans votre vie privée, on parlera ouvertement des aventures de votre femme...

George ne le laissa pas aller plus loin.

— Et si je ne bouge pas, s'écria-t-il, il y a un salo-pard qui se tirera de tout ça, la tête haute !... Vous vou-lez que ce phraseur de Farraday, avec sa tête à claques, continue sa brillante carrière, sa brillante carrière d'assas-sin ? Non, Race, vous ne pouvez pas me conseiller de lais-ser ça là !

— Je tenais simplement à souligner les inconvénients de l'action que vous voulez entreprendre.

— Je veux faire la lumière !

— Très bien. Il ne vous reste qu'à prendre vos deux lettres et à aller trouver la police. Elle découvrira leur auteur assez facilement, c'est certain, et il n'y aura plus qu'à le faire parler. Rappelez-vous seulement que, la ma-chine mise en route, vous ne pourrez plus l'arrêter !

— Je n'ai pas l'intention de recourir à la police et c'est pour cela que j'ai voulu vous voir. Je vais tendre un piège au meurtrier.

— Que diable voulez-vous dire ?

— Simplement que je vais donner au Luxembourg un petit souper, auquel vous assisterez. Il y aura là tous ceux que j'avais conviés à fêter l'anniversaire de Rosemary : les Farraday, Anthony Browne, Ruth et Iris. Tout est déjà arrangé...

— Mais où voulez-vous en venir ?

— Cela, dit George, avec un petit rire, c'est mon secret. Tout serait fichu si je le disais maintenant, même à vous. Je désire que vous arriviez sans idée préconçue... et que vous regardiez ce qu'il va se passer...

Le colonel fronça le sourcil.

— Je n'aime pas beaucoup ça, dit-il. Ces mises en scène à grand spectacle, c'est très joli dans les livres. Dans la vie, ça n'existe pas. Adressez-vous à la police, c'est le meilleur conseil que je puisse vous donner. Elle mettra à votre disposition des gens sérieux, qui ont l'habitude de ces sortes de problèmes. Des professionnels. En fait d'enquêtes criminelles, les amateurs sont contre-indiqués.

— C'est bien pourquoi j'ai fait appel à vous. Vous n'êtes pas un amateur.

— Parce que j'ai travaillé un peu pour l'Intelligence Service ?... Vous êtes bien indulgent... Mais, de toute façon, que pourrais-je faire si vous me laissez dans le noir ?

— C'est absolument nécessaire.

Race secoua la tête.

— Je regrette, fit-il, mais je refuse. Votre projet ne me dit rien de bon et il ne faut pas compter sur moi. Soyez gentil, George, abandonnez votre idée !

— Impossible. Tout est prêt et j'irai jusqu'au bout.

— Ne vous entêtez donc pas ! Je connais ces choses-là un peu mieux que vous et je vous répète que je n'aime pas du tout ce que vous vous proposez de faire. Ça ne donnera rien et ça peut être dangereux. Y avez-vous songé ?

— Je suis bien convaincu que ce sera dangereux pour quelqu'un.

Race poussa un soupir.

— Faites comme vous l'entendrez, Barton, mais vous ne direz pas que je ne vous ai pas prévenu !... Vous ne vous rendez pas compte de ce que vous faites ! Je vous en conjure, pour la dernière fois, renoncez à cette folie !

George Barton l'écoutait, mais il n'était au pouvoir de personne de le faire revenir sur sa détermination.

Sa résolution était prise. Et bien prise.

CHAPITRE V

Le jour se leva, humide et triste, sur le 2 novembre.
Il faisait si sombre dans la salle à manger d'Elvaston
Square qu'on dut allumer les lumières pour le petit dé-
jeuner.

Au lieu de prendre son café dans son lit, comme
d'habitude, Iris était descendue. Elle était là, pâle comme
un linge, devant une tasse qui restait pleine et des tar-
tines qu'elle grignotait du bout des dents. George mani-
pulait son *Times* d'une main nerveuse et, à l'autre bout
de la table, Lucilla Drake versait dans son mouchoir des
larmes abondantes.

— Je suis sûre, disait-elle entre deux sanglots, que le
pauvre garçon va faire quelque chose de terrible. Il est
tellement sensible !... Et il ne me dirait pas que c'est une
question de vie ou de mort si ce n'était pas vrai !

Le journal de George s'agita.

— Je vous en prie, Lucilla, dit Barton, avec un soupçon d'agacement dans la voix, cessez de vous tracasser
comme ça ! Je vous ai dit que je m'en occupais !

— Je sais combien vous êtes bon, mon cher George,
et je vous remercie. Mais j'ai tellement l'impression que

tout retard peut avoir des conséquences tragiques ! Toutes
ces demandes de renseignements, ça va prendre du temps !

— Mais non, mais non... Je verrai à ce que ça aille
très vite !

— Il a dit « pour le 3, sans faute », et le 3, c'est
demain ! S'il arrivait quelque chose à ce pauvre enfant,
je ne me le pardonnerais jamais !

— Tranquillisez-vous, je vous dis ! Il ne lui arrivera rien.

Il but une bonne gorgée de café.

— Il me reste quelques bons du Trésor, reprenait Lucilla. On pourrait...

— Laissez-moi faire, Lucilla, je me charge de tout.

Iris vint à la rescousse.

— Voyons, tante Lucilla, fit-elle, soyez raisonnable !
Puisque George vous l'a dit qu'il arrangera l'affaire !...
Après tout, ce n'est pas la première fois...

— Oh ! répliqua la brave dame, il y a longtemps qu'il
ne m'a rien demandé. La dernière fois, c'était quand le
pauvre garçon s'est fait rouler par ces immondes coquins
qui habitaient dans un ranch...

— Ça doit bien faire trois mois ! murmura George pour
lui-même.

Il passa sa serviette sur sa moustache, se leva et, s'ar-
rêtant derrière Mrs Drake, lui administra dans le dos quelques tapes amicales.

— Et maintenant, Lucilla, le sourire ! Je vais dire à
Ruth de câbler tout de suite.

Iris le rejoignit dans le vestibule.

— George, dit-elle, ne croyez-vous pas qu'il vaudrait
mieux ajourner la petite fête de ce soir ? La tante Lucilla
est bien abattue et nous pourrions peut-être rester à la
maison avec elle...

La face colorée de Barton vira au pourpre.

— Il n'en est pas question, répondit-il avec vivacité.
Je ne vois pas pourquoi cette jeune crapule gâcherait nos
plaisirs ! Je ne le dis pas à sa mère, mais il la fait chanter,
tout simplement ! Et, si l'on m'écoutait, il n'aurait pas
un *shilling* !

— Tante Lucilla n'y consentirait jamais !

— Lucilla est stupide... et elle l'a toujours été. Ces femmes qui attendent d'avoir dépassé la quarantaine pour avoir des enfants tournent immédiatement en bourriques. Elles gâtent leur gosse dès le berceau en lui passant ses quatre volontés... et c'est fini ! Si l'on avait une seule fois laissé le jeune Victor se tirer d'affaire tout seul, il serait peut-être devenu un homme !

— Mais...

— N'insistez pas, Iris. Je ferai en sorte que Lucilla soit rassurée ce soir quand elle ira se coucher. Et, si c'est nécessaire, nous l'emmènerons avec nous.

— Elle a horreur des cabarets et elle s'endormirait au milieu du repas. En plus, elle dirait qu'elle étouffe et que la fumée est mauvaise pour son asthme.

— Je disais ça pour plaisanter. Au revoir, Iris, et souriez un peu, vous aussi ! Dites à Lucilla que je vais arranger ça pour le mieux !

Après son départ, la jeune fille revint à la salle à manger, où la sonnerie du téléphone l'amena à l'appareil. Elle prit le récepteur d'un air renfrogné, mais tout de suite son visage s'éclaira : elle avait reconnu la voix d'Anthony.

— C'est vous, Tony ?

— Moi-même !... Je vous ai appelée hier, mais je n'ai pu vous avoir... Dites donc, on dirait que vous avez sérieusement travaillé avec notre George ?

— Que voulez-vous dire ?

— Eh bien !... qu'il m'a très gentiment pressé d'être ce soir de votre souper d'anniversaire et que ça ressemble si peu à son habituelle politique que j'en suis encore tout ébahi. Hier, c'était : « Bas les pattes ! Faut pas toucher à ma pupille ! » et, aujourd'hui, c'est : « Venez donc vous amuser avec nous, ça nous fera tant plaisir !... » Je pensais que c'était peut-être le résultat de quelque habile manœuvre de votre part.

— Non, non... Je n'y suis pour rien.

— Alors, c'est de lui-même qu'il a changé ?

— Pas exactement. C'est...

Elle ne finit pas sa phrase.

— Allô ! Vous êtes partie ?

— Non, je suis toujours là...

— Vous alliez dire quelque chose... Que se passe-t-il, chérie ? J'entends vos soupirs d'ici. Il y a quelque chose qui ne va pas ?

— Non, non... Il n'y a rien. Je serai très bien demain. Demain, tout ira bien...

— J'admire votre belle confiance ! Est-ce qu'il n'y a pas un proverbe qui prétend que « demain n'arrive jamais » ?

— Ne dites pas ça !

— *Iris, il y a quelque chose !*

— Non, je vous assure que non. D'ailleurs, je ne peux pas vous le dire. Vous comprenez, Tony, j'ai promis...

— Voyons, mon amour, dites-moi ce que c'est !

— Vraiment, Tony, je ne peux pas... Mais, vous, voulez-vous me dire quelque chose ?

— Si c'est en mon pouvoir, avec joie !

— Etiez-vous... étiez-vous amoureux de Rosemary ?

Il y eut un petit silence, bientôt suivi d'un éclat de rire.

— Alors, c'était ça !... Eh bien, oui, Iris, j'ai été amoureux de Rosemary... Un tout petit peu et pas très longtemps. Elle était très jolie, vous savez ?... Et puis, un jour, tandis que je lui parlais, je vous ai vue descendre l'escalier... En une seconde, ce fut fini ! J'ai compris à ce moment-là que je n'aimais pas Rosemary, qu'il n'y avait pour moi qu'un être au monde et que c'était vous ! Voilà, Iris, la vérité vraie, la vérité du bon Dieu... Tout ce que je vous demande, c'est de ne pas faire travailler là-dessus votre petite imagination ! Souvenez-vous que Roméo lui-même fut épris de Rosalinde avant de bouleverser ciel et terre à propos de Juliette !

— Merci, Tony. Je suis contente...

— Alors, c'est parfait. Nous parlerons ce soir. C'est votre anniversaire, si j'ai bien compris ?

— En réalité, il s'en faut de huit jours. Mais c'est mon anniversaire que l'on fête.

— La perspective ne paraît pas vous emballer ?

— Elle ne m'emballe pas non plus.

— Je suppose que George sait ce qu'il fait. Mais il me semble, pourtant, que c'est une drôle d'idée que de donner cette petite fête à l'endroit même où...

— Oh ! vous savez, le Luxembourg est un endroit qu'on évite difficilement et j'y suis retournée souvent depuis...

— Et c'est d'ailleurs aussi bien comme ça ! Je vous apporterai un modeste cadeau. J'espère qu'il vous plaira...

— J'en suis sûre...

La conversation terminée, Iris alla retrouver Lucilla Drake.

Cependant, George, dès son arrivée à son bureau, avait fait demander Ruth Lessing.

L'ayant saluée d'un aimable : « Bonjour, Ruth ! » il lui tendit le câblogramme en disant :

— Encore des embêtements ! Lisez ça...

— Encore Victor Drake ?

— Oui. Il y avait longtemps, hein ?

Un instant, le câblogramme à la main, elle demeura silencieuse. Un visage brun, tout strié de petites rides autour du nez quand il riait, une voix moqueuse qui parlait « des filles qui finissent par épouser le patron », comme elle le retrouvait vivant dans son souvenir ! Il lui semblait que cette conversation datait d'hier...

La voix de George la ramena sur terre :

— Il y a combien de temps que nous l'avons rembarqué ? Un an ?

Elle réfléchit :

— A peu près. Je crois que c'était exactement le 29 octobre.

— Quelle secrétaire merveilleuse vous faite, Ruth ! Vous avez une de ces mémoires !

Elle songea qu'elle avait, pour se souvenir de cette date, une raison qu'il ignorait. N'était-elle pas encore sous l'influence toute fraîche de Victor quand, parce qu'elle avait entendu la voix insouciante de Rosemary, elle s'aperçut qu'elle haïssait la femme de son patron ?

— Il nous a tout de même fichu la paix pendant quelque temps ! Au fond, nous pouvons nous estimer heureux ! Même si l'affaire nous a coûté cinquante ou cent livres...

— Cette fois, il en demande trois cents. Ça me paraît beaucoup !

— C'est beaucoup et il ne les aura pas. Avant tout, d'ailleurs, nous prendrons, comme toujours, quelques renseignements.

— Je vais me mettre en rapport avec Mr Ogilvie.

Alexander Ogilvie était l'agent de la maison à Rio de Janeiro. Barton le définissait : « Un Ecossais sobre. » C'était un homme à la tête froide et au jugement sûr.

— C'est ça, fit George. Câblez tout de suite. La mère de Victor est dans un état lamentable. Comme toujours en pareille circonstance. Elle risque de se trouver mal toutes les cinq minutes et elle nous complique fameusement les choses pour ce soir.

— Voulez-vous que je reste avec elle ?

— Certainement pas, répondit-il avec une certaine emphase. Vous êtes entre toutes, la personne que j'entends avoir auprès de moi ce soir. J'ai besoin de vous, Ruth, et il faut aussi penser un petit peu à vous de temps en temps...

Il lui avait pris la main.

— Si j'essayais, dit-elle, de téléphoner à Mr Ogilvie ? Ça nous permettrait peut-être de tout arranger aujourd'hui même.

— Excellente idée. Elle vaut qu'on risque la dépense.

— Je m'en occupe tout de suite.

Gentiment, elle dégagea sa main et quitta la pièce. George étudia quelques affaires qui réclamaient ses soins. A midi et demi, il prenait un taxi et se faisait conduire au Luxembourg.

Charles, le plus célèbre et le plus populaire des maîtres d'hôtel londoniens, se porta à sa rencontre, le buste incliné au degré convenable et le visage paré du sourire réclamé par sa fonction :

— Bonjour, monsieur Barton.

— Bonjour, Charles. Tout est prêt pour ce soir ?

— Oui, monsieur. Je crois que vous serez satisfait.

— La même table ?

— La même, monsieur. Dans la « loggia » du fond, la table du milieu.

— C'est bien compris, aussi, pour le couvert supplémentaire ?

— Oui, monsieur. Les ordres sont donnés.

— Et vous avez pu vous procurer le... le romarin (1) ?

— Oui, monsieur Barton. Je crains que ce ne soit pas très décoratif. Vous ne voulez pas que je fasse ajouter quelques baies rouges ou, par exemple, quelques chrysanthèmes ?

— Non, non. Rien que le romarin !

— Très bien, monsieur. Peut-être voudriez-vous voir le menu ?... Giuseppe !

Un claquement de doigts du maître d'hôtel fit surgir un souriant petit Italien, d'une quarantaine d'années.

— Le menu pour Mr Barton.

Giuseppe produisit un carton sur lequel George jeta un œil distrait : huîtres, potage Dubarry, sole Luxembourg, grouse, foies de poulets au bacon, etc.

George déclara que « c'était parfait », rendit le menu à Giuseppe et, escorté de Charles, se dirigea vers la sortie.

— Puis-je vous dire, fit le maître d'hôtel, baissant la voix, combien nous sommes touchés que... que vous soyez revenu chez nous ?

— Que voulez-vous, Charles ? répondit Barton. Le passé est le passé ! Il faut l'oublier et se dire que ce qui est fini est fini !

— C'est bien vrai, monsieur Barton. Vous savez combien nous avons été navrés à l'époque ? J'espère que la

---

(1) Le romarin — en anglais : *rosemary* — a en Angleterre une valeur symbolique analogue à celle des myosotis en France. C'est la plante du souvenir. Ophélie, dans une scène fameuse de *Hamlet*, dit : « *Rosemary... That's for remembrance...* » (Voici du romarin... C'est pour le souvenir...) et la réplique est fréquemment citée par nos amis britanniques. (*N. d. T.*)

jeune demoiselle sera contente de sa soirée et que tout se passera comme vous voulez !

Il s'inclina avec grâce, puis, George à peine parti, fonça tel un dragon sur un garçon qui, à une table près de la fenêtre, venait de commettre quelque crime inexpiable...

George s'en allait un curieux sourire aux lèvres. Il avait trop peu d'imagination pour que le Luxembourg lui fût antipathique. Après tout, ce n'était vraiment pas la faute de l'établissement si Rosemary avait choisi de s'y suicider ou si quelqu'un avait décidé de l'y assassiner. La chose, même, avait été plutôt fâcheuse pour le Luxembourg. Au surplus, George ne voulait penser qu'à l'idée qu'il avait en tête...

Il déjeuna à son club, assista ensuite à une réunion d'affaires, puis, avant de regagner son bureau, entra dans une cabine téléphonique pour demander à Maiden Vale un numéro, qu'il obtint avec une vive satisfaction. Tout, décidément, marchait à souhait.

Dès son retour au bureau, Ruth Lessing vint le trouver :

— C'est à propos de Victor Drake, dit-elle.

— Alors ?

— J'ai bien peur qu'il n'ait une vilaine affaire sur les bras, une affaire qui pourrait très bien le mener en cour d'assises. Pendant des mois, il a pris de l'argent dans la caisse de sa maison...

— C'est Ogilvie qui vous a renseignée ?

— Oui. J'ai pu le joindre au téléphone ce matin et il m'a rappelée cet après-midi, il n'y a pas dix minutes. Il dit que Victor a agi avec une audace folle...

— Je veux bien le croire.

— La maison consent à ne pas poursuivre si elle rentre dans son argent. Mr Ogilvie a vu l'un des directeurs et il a sa promesse. Il s'agit d'une somme de cent soixante-quinze livres.

— De sorte que l'honorable Mr Victor espérait empocher dans l'opération un bénéfice net de cent trente-cinq livres !

— J'en ai bien peur.

— Eh bien, c'est toujours autant que nous économise-
rons, remarqua George, avec satisfaction.

— J'ai dit à Mr Ogilvie de faire le nécessaire pour
arranger l'affaire. J'ai bien fait.

— Personnellement, je serais ravi de voir ce jeune gre-
din en prison, mais il faut penser à sa pauvre maman.
C'est une idiote... mais elle est si gentille... Conclusion :
Mr Victor a gagné une fois de plus !

— Comme vous êtes bon !

— Moi ?

— Oui, vous ! Je crois que vous êtes l'homme le meilleur qui soit au monde !

Cet hommage le toucha. Il se sentait tout ensemble
content et gêné. Cédant à une impulsion soudaine, il lui
prit la main et la porta à ses lèvres :

— Chère, chère Ruth ! Ma meilleure amie et la plus
sûre... Sans vous, que serais-je devenu ?

Ils étaient debout, très près l'un de l'autre.

« Avec lui, pensait-elle, j'aurais été heureuse. Et je
l'aurais rendu heureux ! Si seulement... »

De son côté, il se demandait s'il n'allait pas, finalement,
suivre le conseil de Race et laisser tomber cette sotte aventure. N'était-ce pas, tout bien considéré, le parti le plus
sage ?

Il balança un instant, puis son indécision cessa.

— A ce soir, Ruth, dit-il. Neuf heures et demie au
Luxembourg.

CHAPITRE VI

Ils étaient tous venus.

George le constatait avec soulagement. Jusqu'au dernier moment, il avait craint quelque tardive défection. Mais non, ils étaient tous là...

Stephen Farraday, grand, solide, un peu hautain, et, avec lui, Sandra, très élégante dans une sobre robe de velours noir, un collier d'émeraudes au cou. La femme avait de la branche, c'était incontestable ! Elle se montrait très à l'aise, nullement guindée, peut-être même un peu plus aimable qu'à l'accoutumée. Ruth était en noir, elle aussi. Elle ne portait aucun bijou, à l'exception d'un clip d'or, finement ouvré. Il admirait sa belle chevelure sombre, la ligne gracieuse de son cou et ses bras, très blancs, plus blancs que ceux des autres femmes. Ruth travaillait et les loisirs lui manquaient qui lui auraient permis de se brunir au soleil. Leurs yeux se rencontrèrent. Devinant dans ceux de George de l'inquiétude, elle le rassura d'un sourire et il se sentit tout ragaillardi. Chère Ruth ! Si nette, si loyale. Iris, contrairement à son habitude, demeurait silencieuse. Comme si elle se rendait compte, seule de tous ceux qui étaient là, qu'il ne s'agissait pas d'une réunion ordinaire. Elle était pâle, dans sa robe verte très simple, et cette pâleur lui allait fort bien, conférant à son visage une sorte de beauté grave et un peu triste. Anthony Browne était arrivé le dernier. George remarqua sa démarche souple et élastique. L'allure d'un fauve, avait-il songé. Celle d'une panthère ou, mieux, d'un léopard. Tous là, entrés dans le piège qu'il leur avait tendu ! Maintenant, le jeu pouvait commencer...

On absorba quelques cocktails, puis on se leva pour passer dans la salle de restaurant.

Couples dansant, musique douce, garçons rapides et silencieux...

Charles, sourire aux lèvres, s'avança pour les conduire à leur table. Il y avait, tout au fond de la salle, une sorte de « loggia », à peine surélevée, au plafond assez bas, contenant trois tables, une grande au milieu, deux autres, plus petites, des tables de deux personnes, à droite et à gauche. Toutes deux étaient occupées. La première par une blonde assez gentille, qui traitait un étranger au teint basané ; la seconde par deux adolescents, un garçon et une fille. La table du milieu était celle de Barton.

Aimable, George désigna sa place à chacun.

— Sandra, voulez-vous vous mettre ici, à ma droite... Browne, à côté de Sandra. Iris, c'est ton anniversaire et je dois donc t'avoir à ma gauche. Farraday, à côté d'Iris. Puis vous, Ruth...

Entre Ruth et Anthony, restait une chaise vide. Ils étaient six. Il y avait sept couverts.

— Mon ami Race, expliqua George, sera sans doute un peu en retard. Il demande que nous ne l'attendions pas. Il arrivera là bientôt et je serai heureux de vous le faire connaître. C'est un compagnon très agréable. Il a beaucoup couru le monde et il raconte des histoires comme personne...

On s'assit. Iris était furieuse. La place qui lui était assignée, c'est Ruth qui aurait dû l'occuper. C'est exprès, elle n'en doutait pas, que George l'avait séparée d'Anthony. Ce qui donnait à penser que ses préventions n'étaient pas tombées, comme ils l'avaient supposé.

De l'autre côté de la table, juste en face d'elle, Anthony, regardant la chaise vide à côté de lui, fronçait le sourcil :

— Je me réjouis, Barton, dit-il, d'apprendre que vous comptez encore sur quelqu'un, car il se peut que je sois obligé de vous quitter assez tôt. Force majeure. Je me suis cogné dans un type que je connais...

George l'interrompit, souriant :

— Ainsi, fit-il, vous travaillerez même dans les heures normalement consacrées au plaisir ?... A votre âge, ça ne se fait pas ! Il est vrai que je n'ai jamais su exactement ce que vous faites !

La phrase tomba, par hasard, dans un moment où tout le monde se taisait. La réponse arriva, donnée sur un ton paisible et légèrement ironique :

— J'organise des crimes, Barton. Si vous me l'aviez demandé, je vous l'aurais dit. Vols en tous genres, escroqueries variées, préparation de cambriolages, etc.

— Monsieur Browne, dit Sandra en riant, est-ce que vous ne seriez pas plutôt dans le commerce des armes ? Notez, d'ailleurs, que souvent le marchand de canons tient dans la pièce le rôle du traître...

Iris fut seule à s'apercevoir de la surprise d'Anthony, qui, se ressaisissant aussitôt, retrouva toute son insouciante gaieté pour répondre :

— C'est vrai, lady Alexandra, mais il ne faut pas le dire ! C'est un secret et les puissances étrangères ont des oreilles partout. Méfions- nous des propos inconsidérés !

Il affectait un air de plaisante dignité, qui fit rire.

On enlevait les assiettes du premier service. L'orchestre jouait une valse. Stephen invita Sandra et bientôt tous dansaient. L'atmosphère devint plus sereine.

Peu après, Iris dansait avec Anthony :

— Ce n'est pas chic de la part de George, dit-elle, de ne pas nous avoir mis à côté l'un de l'autre...

— Pas chic ?... C'est tout ce qu'il y a de gentil, au contraire ! Comme ça, je vous ai tout le temps devant les yeux...

— Ce n'est pas vrai, n'est-ce pas, que vous nous quittez tôt ?

— Je serai peut-être obligé...

Presque aussitôt, il ajoutait :

— Vous saviez que le colonel Race venait ce soir ?

— Je ne m'en doutais pas...

— C'est bizarre.

— Vous le connaissez ?... Mais oui, vous me l'avez dit, l'autre jour... Quel genre d'homme est-ce ?

— Personne ne le sait au juste.

Ils revinrent à table. A mesure que la soirée avançait, la tension primitive, un moment disparue, semblait revenir. Il y avait de l'électricité dans l'air. L'amphitryon, seul, paraissait pleinement heureux, calme et dégagé de toute préoccupation.

Iris remarqua que George consultait sa montre.

Au même moment, un roulement de tambour annonça le commencement du spectacle. Les lumières baissèrent. Une scène monta du plancher, à l'extrémité de la piste de danse. Des chaises remuèrent. Les gens s'installaient pour mieux voir. Trois couples de danseurs parurent, un corps de ballet en réduction, qu'on applaudit. Puis vint un imitateur, qui reproduisait avec sa bouche les bruits les plus divers : le train, le paquebot, l'avion, la machine à coudre et même le beuglement de la vache. On lui fit un succès. Suivirent Lenny et Flo, dans une exhibition chorégraphique qui ressemblait plus à un « numéro » de force qu'à un intermède de danse. De nouveau, on applaudit. Puis, après une deuxième entrée du corps de ballet miniature, la lumière revint.

On cilla un peu...

Et chacun, à la table de Barton, eut l'impression qu'il était soulagé d'un poids. C'était comme si tous avaient attendu quelque chose. Quelque chose qui n'était pas venu. En une précédente occasion, le retour de la lumière avait coïncidé, pour eux, avec la découverte d'un cadavre, écroulé en travers de la table. Aujourd'hui, on avait définitivement rompu avec cet affreux passé... Il sombrait dans l'oubli. L'ombre de la tragédie d'hier se dissipait.

Sandra, le visage très animé, interpellait Anthony. Stephen disait un mot à Iris et Ruth se penchait pour entendre. George, seul, restait immobile sur sa chaise, regardant fixement devant lui. Ses yeux semblaient ne pas pouvoir se détacher du siège vide, en face de lui.

Iris lui donna un coup de coude :

— Réveillez-vous, George. Venez, nous allons danser ! Vous n'avez pas encore dansé avec moi.

Il revint à la réalité et, souriant, leva son verre :

— Je vous propose maintenant, dit-il, de porter un toast à la jeune personne dont nous célébrons aujourd'hui l'anniversaire. Iris Marle, puissiez-vous être toujours aussi jolie que vous l'êtes ce soir !

On but, puis les accents joyeux du jazz appelèrent tout le monde sur la piste. On dansa de nouveau, George avec Iris, Stephen avec Ruth, Anthony avec Sandra.

La danse finie, ils se retrouvèrent tous autour de la table, bavardant et riant.

George réclama une minute d'attention :

— Il y a, dit-il, quelque chose que je voudrais vous demander à tous. Voici un an, à quelques jours près, nous nous trouvions ici ensemble, certain soir qui fut marqué par un événement tragique. Je ne veux pas réveiller les tristesses d'hier, mais il me semble juste que Rosemary ne soit pas tout à fait oubliée. Je vais donc vous prier de boire avec moi à la mémoire de Rosemary...

Il prit son verre en main. Tout le monde l'imita. Les visages étaient des masques glacés.

George se leva et dit :

— Je bois au souvenir de Rosemary !

Portant les verres à leurs lèvres, ils burent.

Et, soudain, George chancela et s'écroula sur sa chaise. Ses mains, agitées de spasmes, labouraient son cou, essayant d'arracher son col. Son visage devenait pourpre. Il étouffait...

Il lui fallut une minute et demie pour mourir.

TROISIÈME PARTIE

IRIS

CHAPITRE PREMIER

Scotland Yard.

Le colonel Race, qui avait dûment rempli la fiche qu'on lui avait présentée, n'attendit qu'un très court instant avant d'être introduit dans le bureau de l'inspecteur-chef Kemp.

Les deux hommes échangèrent une cordiale poignée de main. Ils se connaissaient bien. Kemp n'était pas sans rappeler son illustre prédécesseur, le vieux Battle. Pour avoir travaillé pendant de nombreuses années sous ses ordres, il avait, sans s'en rendre compte, adopté son allure et quelques-unes de ses manies. Comme Battle, il donnait l'impression d'un bloc. Seulement, il ne semblait pas, comme lui, avoir été taillé dans le chêne, mais bien plutôt dans quelque bois précieux, palissandre ou acajou.

— C'est gentil à vous, colonel, de nous avoir téléphoné, dit-il. S'il y a une affaire où nous avons besoin qu'on nous vienne en aide, c'est bien celle-là !

— En tout cas, fit Race, on l'a mise dans les meilleures mains.

Kemp ne joua pas la fausse modestie. Il admettait comme un fait incontestable que ne lui étaient confiées que des affaires délicates, celles qui paraissaient appelées à un large retentissement ou qui revêtaient quelque importance particulière.

— Avec les Kidderminster dans le paysage, dit-il, vous pensez s'il sera prudent de n'avancer que sur la pointe des pieds !

Race approuva d'un hochement de tête. Il avait plusieurs fois rencontré lady Alexandra Farraday. Une réputation inattaquable. Imaginer qu'elle pouvait être mêlée à un scandale quelconque, à première vue, c'était pure folie. Il l'avait entendue dans des réunions publiques. Elle ne cherchait pas l'effet, mais, possédant toujours parfaitement son sujet, elle le traitait avec clarté et compétence, et dans un style excellent. Elle était de ces femmes dont la vie publique appartient aux journaux, mais qui tiennent leur vie privée si secrète qu'elles semblent n'en point avoir. Et pourtant, songeait Race, elles en ont une. Elles connaissent le désespoir et l'amour, et les affres de la jalousie. Et il leur arrive, à elles aussi, de perdre leur sang-froid et, parce qu'elles aiment, jouer sur un coup hasardeux leur bonheur, et même leur existence.

— Voyons, Kemp, dit-il. Supposez qu'*elle* soit coupable...

— Lady Alexandra ? Vous croyez ?

— Je n'en sais rien. Je dis « supposez »... Supposez que ce soit elle. Ou bien son mari, lui aussi couvert par le clan...

Les yeux glauques de l'inspecteur-chef Kemp se posèrent tranquillement dans les yeux noirs de Race.

— S'il a tué, nous ferons de notre mieux pour le faire pendre. Si c'est elle, ce sera la même chose et vous le savez bien ! Nous sommes dans un pays où la peur et les influences ne jouent pas en faveur des meurtriers. Seulement, il faudra que nous soyons bien sûrs de notre fait. Le ministère public exigera des preuves formelles, ça ne fait pas de doute...

Race s'installa plus confortablement dans son fauteuil et dit :

— Eh bien, si nous examinions ensemble les données du problème ?

— Volontiers. George Barton est mort empoisonné. Acide cyanhydrique. Comme sa femme, il y a un an. Vous m'avez dit que vous vous trouviez dans le restaurant ?

— Oui. Barton m'avait invité à son souper, mais j'avais refusé. L'idée ne me plaisait pas et je ne le lui avais pas caché, lui conseillant, s'il avait quelque doute sur les causes de la mort de sa femme, de s'adresser aux gens qualifiés, c'est-à-dire à vous.

— C'est ce qu'il aurait dû faire.

— Au lieu de m'écouter, il persista dans son idée qui était de tendre un piège à l'assassin. Quelle sorte de piège ? Il ne voulut pas me le confier, mais le projet en soi ne me disait rien de bon et c'est pourquoi, hier soir, j'étais moi aussi, au Luxembourg. Je voulais avoir l'œil sur ce qu'il allait se passer. Afin de ne pas être trop facilement repéré, je m'étais installé à bonne distance de la table de Barton. Le malheur est que je ne puis rien vous apprendre ; je n'ai rien remarqué de louche. Les garçons et les invités ont été les seules personnes à s'approcher de la table.

— C'est déjà quelque chose, dit Kemp, puisque cela circonscrit le champ des suspects. Le coupable ne peut être qu'un des invités ou le garçon, Giuseppe Balsano Je l'ai fait venir ce matin, pensant que vous aimeriez le voir, mais je ne crois pas qu'il soit compromis dans l'affaire. Il est au Luxembourg depuis douze ans. Bonne réputation, marié, trois enfants, passé honorable. Bien vu de ses patrons et de la clientèle.

— Ce qui ne nous laisse donc que les invités.

— Oui. Ceux qui étaient là déjà où Mrs Barton... mourut.

— Au fait, oui... *Quid* de ce... suicide ?

— J'ai revu le dossier, car il me semble assez évident que les deux affaires sont liées. C'est Adams qui a mené l'enquête. Ce n'était pas ce qu'on peut appeler un suicide indiscutable. Il était seulement très probable, mais, comme rien ne nous donnait à soupçonner qu'il pouvait s'agir d'un meurtre, nous avons admis la thèse du suicide. Nous ne pouvions pas faire autrement et, comme vous le savez, nous avons dans nos archives bien des cas analogues. Suicide avec point d'interrogation. Le point d'interrogation, le public l'ignore, mais, nous, nous le gardons dans un coin de notre mémoire. Nous continuons à suivre l'affaire tout doucement. Quelquefois, un petit fait se présente et le point d'interrogation disparaît. D'autres fois, rien n'arrive. Dans le cas qui nous intéresse, rien n'est arrivé.

— Jusqu'à maintenant.

— Jusqu'à maintenant. Quelqu'un a mis dans la tête de Barton l'idée que sa femme avait été assassinée. Il est parti là-dessus et il a autant dire proclamé qu'il était sur la bonne piste. Etait-ce vrai ou non ? Je n'en sais rien. Mais le meurtrier, lui, a fait confiance à Barton et, prévenu, il s'est débarrassé de lui. Voilà, autant qu'il semble, ce qui s'est passé. J'espère que vous êtes d'accord ?

— Oui, tout cela est assez vraisemblable ! Qu'est-ce que c'est que son « piège » ? C'est ce que je me demande. J'ai remarqué qu'il y avait à sa table une chaise vide. Attendait-il quelque témoin inconnu ? C'est possible. En tout cas, le piège, quel qu'il fût, a fonctionné mieux qu'il n'était prévu, et probablement plus tôt. Le coupable, probablement inquiet, a pris les devants.

— Des suspects, reprit Kemp, nous en avons cinq. A examiner sans perdre de vue la première affaire, la mort de Mrs Barton.

— Vous tenez donc pour acquis qu'il ne s'agissait pas d'un suicide ?

— Le crime d'hier semble le prouver. Encore qu'on ne puisse pas nous blâmer de nous être ralliés à l'époque à l'hypothèse du suicide. Elle était très admissible et reposait même sur quelques preuves.

— Dépression nerveuse, consécutive à une attaque d'influenza...

L'ombre d'un sourire passa sur l'impassible visage de Kemp.

— Ça, fit-il, c'était pour les jurés de l'enquête. La formule s'accordait avec les conclusions du médecin légiste et ménageait toutes les susceptibilités. Mais retenez que nous avions aussi cette lettre inachevée qu'elle avait écrite à sa sœur pour lui dire comment il devait être disposé de certaines de ses affaires personnelles, ce qui semblait bien indiquer qu'elle avait l'intention de se donner la mort. Elle était bel et bien déprimée, ça ne fait pas de doute ! Pourquoi ? Avec un homme, je répondrais : ennuis d'argent. Avec une femme, c'est différent, et, neuf fois sur dix, on peut dire : affaires de cœur.

— Vous saviez qu'elle avait un amant ?

— Nous l'avons appris tout de suite. Une liaison discrète, mais que nous avons découverte sans trop de peine.

— Stephen Farraday ?

— Oui. Ils se rencontraient dans un petit appartement du côté d'Earl's Court, l'aventure durait depuis six mois. Même un peu plus. Disons qu'ils s'étaient querellés, ou bien qu'il commençait à en avoir assez d'elle, et nous pouvons admettre — elle n'aurait pas été la première — qu'elle décida, dans un moment de désespoir, de se suicider.

— Dans un restaurant, en absorbant de l'acide cyanhydrique ?

— Mon Dieu, oui... Elle peut fort bien avoir voulu se tuer sous les yeux de son amant, devant tout le monde. Il y a des gens qui ont le goût du drame et qui aiment la mise en scène. Et, d'après ce que je sais, elle se mettait au-dessus des conventions et des préjugés. Dans leur liaison, toutes les précautions, c'est lui qui les prenait.

— La femme de Farraday était-elle au courant ?

— Autant que nous ayons pu l'établir, non.

— Ce qui n'empêche, Kemp, qu'elle pouvait très bien savoir. Ce n'est pas une femme à faire étalage de ses sentiments intimes !

— Je vous l'accorde et je veux bien les considérer tous

les deux comme coupables possibles. Elle, par jalousie ;
lui, par ambition. Un divorce aurait brisé sa carrière.
Un divorce aujourd'hui n'a plus grande importance, mais,
dans son cas, il aurait dressé contre lui toute la tribu
des Kidderminster.

— Passons à la secrétaire.

— Suspecte aussi, bien entendu ! Elle peut avoir eu de
l'affection pour Barton. Au bureau, ils étaient assez intimes et il semble bien qu'il n'était pas seulement pour
elle un patron. Exemple : hier après-midi, une des télé-
phonistes du bureau faisait à ses camarades une imitation
de Barton, tenant la main de Ruth Lessing et lui décla-
rant qu'il ne pourrait pas se passer d'elle. Miss Lessing
est arrivée au beau milieu. Elle a congédié la téléphoniste sur-le-champ. Un mois de salaire et prenez la porte
tout de suite ! C'est une indication.

Kemp s'interrompit un instant et reprit :

— Autre coupable possible, la sœur, dont nous ne devons
pas oublier qu'elle est devenue riche par la mort de
Mrs Barton. Elle a l'air d'une gentille petite fille, mais on
ne sait jamais ! Enfin, dernière possibilité, l'autre ami de
Mrs Barton.

— Je serais curieux d'apprendre ce que vous savez de
lui.

— Très peu de chose... et pas grand-chose de bon. Son
passeport est en règle. C'est un citoyen américain et c'est
à peu près, en bien ou en mal, tout ce que nous savons
de lui. Il habite le Claridge et, détail intéressant, il s'est
arrangé pour faire la connaissance de lord Dewsbury.

— Un type qui travaille dans l'abus de confiance ?

— Possible. En tout cas, il a tapé dans l'œil de Dewsbury, qui lui a demandé de rester. Il a quelques embêtements actuellement...

— J'ai entendu dire ça, fit Race. Tout n'a pas tourné
rond dans ses usines, au moment des essais du nouveau
tank...

— Exactement. Ce Browne s'est présenté à lui comme
s'occupant d'armements. Il a visité les usines et c'est peu

après qu'on a découvert des sabotages qui arrivaient à point nommé. Browne a rencontré bon nombre de relations de Dewsbury et il semble avoir cultivé toutes celles qui, de près ou de loin, touchent aux industries d'armement. De sorte qu'on lui a montré un tas de choses qu'à mon sens il n'aurait jamais dû voir. Je le dis d'autant plus volontiers que, dans deux ou trois cas, il y a eu des difficultés sérieuses dans les usines, juste après son passage dans la région.

— En somme, un personnage à suivre ?

— C'est mon avis. Il ne manque pas d'un certain charme personnel et il a l'air de savoir en jouer.

—∣ Mais comment est-il entré en relation avec Mrs Barton ? Barton n'était pas dans les armements.

— Ce qu'il y a de sûr, c'est qu'ils étaient, elle et lui, très intimes. Et il se pourrait fort qu'il lui en eût dit plus qu'il ne voulait. Vous savez mieux que personne, colonel, comment une jolie femme peut faire parler un homme...

Race ne s'indigna pas. La phrase faisait allusion au service de contre-espionnage qu'il avait dirigé autrefois et non pas, comme on aurait pu le penser, à sa vie privée.

— Avez-vous vu les lettres reçues par Barton ? demanda-t-il.

— Oui. On les a trouvées cette nuit dans le tiroir de son bureau. « On », mis pour miss Marle.

— Ces lettres m'intéressent beaucoup, Kemp. Qu'en disent les experts ?

— Papier bon marché, encre ordinaire. Les empreintes prouvent qu'elles ont été manipulées par Barton et par Iris Marle. Sur l'enveloppe, des quantités d'autres empreintes, non identifiées celles-là provenant des employés des postes. L'écriture, moulée, imite les caractères d'imprimerie et les spécialistes l'attribuent à une personne instruite et en bonne santé.

— Une personne instruite. Donc, pas une domestique.

— Vraisemblablement, non.

— C'est encore plus intéressant comme ça.

— C'est évidemment la preuve que Barton n'était pas

seul à ne pas croire au suicide de sa femme. Quelqu'un d'autre pensait comme lui.

— Quelqu'un qui n'a pas prévenu la police. Quelqu'un qui a jugé bon d'éveiller les soupçons de George, mais qui n'a pas voulu suivre l'affaire lui-même. Il y a là-dedans quelque chose de bizarre, Kemp. Vous ne pensez pas que, ces lettres, Barton pourrait les avoir écrites lui-même ?

— C'est une hypothèse. Mais pourquoi l'aurait-il fait ?

— En vue d'un suicide ultérieur. D'un suicide auquel il aurait voulu donner les apparences d'un meurtre.

— Avec l'intention d'expédier Stephen Farraday au bourreau ? C'est une idée... Mais, pour qu'elle soit valable, il faudrait que tout désignât Farraday comme étant l'assassin. Or, pratiquement, nous n'avons rien contre lui.

— Parlons du poison. Sait-on comment on l'a apporté au Luxembourg ?

— Oui. On a trouvé par terre, sous la table, une petite pochette de papier blanc, contenant encore quelques cristaux. Pas d'empreintes digitales. Dans un roman policier, bien entendu, ce serait un papier particulier, plié de façon spéciale. Ici, rien de tel... Je ne serais pas fâché de donner quelques leçons de police aux gens qui écrivent des histoires de détectives. Ils verraient que, neuf fois sur dix, les indices ne disent rien et que, presque toujours, les témoins n'ont rien remarqué !

Race fit observer en souriant que « c'était peut-être aller un peu loin ».

— Hier, ajouta-t-il, est-ce que quelqu'un a vu quelque chose ?

— C'est exactement, répondit Kemp, ce que je vais essayer de savoir aujourd'hui. Hier soir, j'ai recueilli de brèves dépositions des témoins et je me suis rendu à Elvaston Square, avec miss Marle, pour jeter un coup d'œil dans les papiers de Barton. Aujourd'hui, je vais demander à tous ces gens-là de compléter leurs déclarations... et je compte dans le nombre les personnes qui étaient assises dans la « loggia », aux deux tables voisines...

Il fouilla dans ses papiers et poursuivit :

— Voici leurs noms : Gerald Tollington, grenadier de la
Garde, et l'honorable Patricia Brice-Woodworth. Deux jeunes fiancés dont je parierais qu'ils n'ont vu qu'eux-mêmes
de toute la soirée. Et puis M. Pedro Moralès, une espèce
de Mexicain, jaune comme un coing, blanc de l'œil compris, et miss Christine Shannon, une petite poule assez
gentillette, dont je suis bien sûr qu'elle n'a rien vu, elle
non plus. Elle m'a eu l'air de ne rien comprendre à rien,
sauf, il faut être juste, aux questions d'argent. Il y a cent
chances contre une que tous ces gens-là n'ont rien vu,
mais j'ai pris leurs noms et leurs adresses, à tout hasard.
Nous verrons bien. Nous commençons par Giuseppe, le
garçon. Il est là. Je vais dire qu'on le fasse entrer...

Giuseppe Balsano était un homme d'une quarantaine d'années, petit, au visage intelligent et plein de malice, nerveux, mais sans excès. Il s'exprimait couramment en anglais, vivant en Angleterre, expliqua-t-il, depuis l'âge de seize ans et ayant épousé une Anglaise.

Kemp le traita avec gentillesse.

— Maintenant, Giuseppe, lui dit-il, racontez-nous ce que vous savez.

— Je dois vous dire, répondit le petit Italien, que tout ça est très désagréable pour moi. C'est moi qui servais à cette table, c'est moi qui remplissais les verres. Les gens vont dire que je perds la carte et que je mets du poison dans les verres. Ce n'est pas vrai, bien sûr, mais c'est ce qu'on dira. M. Goldstein m'a déjà dit de prendre huit jours de vacances, de façon à ne pas avoir à répondre aux questions. Je ne me plains pas, il est très gentil, Mr Goldstein, et il est juste. Il sait bien que ce n'est pas ma faute et que je suis là depuis longtemps. Alors, il ne me renvoie pas, comme on aurait fait dans d'autres maisons. Mr Charles est très gentil aussi avec moi, mais ça n'empêche pas que, pour moi, c'est un drôle de manque de chance et que ça commence à me faire peur. J'en arrive à me demander si je n'ai pas un ennemi !

— Est-ce que vous en avez un ? demanda Kemp froidement.

Le visage un peu triste de Giuseppe s'éclaira d'un sourire qui bientôt se transformait en rire.

— Un ennemi, moi ?... Je n'en ai jamais eu. J'ai beaucoup de bons amis, je n'ai pas d'ennemis !

— Alors, fit Kemp, parlons d'hier soir. D'abord, qu'est-ce que c'était que ce champagne ?

— Un « Veuve Clicquot 1928 ». Fameux, mais très cher. Mr Barton était comme ça. Il aimait le bon vin et la bonne chère. Il demandait toujours ce qu'il y avait de mieux.

— Ce champagne était commandé à l'avance ?

— Oui, il avait tout arrangé avec Mr Charles.

— Ce siège vide, à table... ?

— Ça aussi, c'était prévu. Il m'en avait parlé, et à Mr Charles aussi. C'était pour une jeune dame qui devait venir dans la soirée...

— Une jeune dame ?

Kemp et Race échangèrent un coup d'œil surpris.

— Quelle jeune dame ? Vous le savez ?

— Non. Elle devait venir plus tard, c'est tout ce que je sais.

— Revenons au vin. Combien avez-vous servi de bouteilles ?

— Deux, et j'en tenais une troisième toute prête. La première avait été liquidée très rapidement. J'ai rempli les verres et j'ai mis la bouteille dans le seau à glace.

— Avez-vous remarqué quand Mr Barton a bu pour la dernière fois ?

— Attendez voir... Après la fin des attractions, ils ont bu à la santé de la jeune demoiselle. C'était son anniversaire, à ce que j'ai cru comprendre. Après, ils sont allés danser. Et c'est après, quand ils sont revenus, que Mr Barton a bu. En une minute, c'était réglé, il était mort !

— Pendant qu'ils dansaient, aviez-vous rempli les verres ?

— Non, monsieur. Les verres étaient pleins quand ils ont bu à la santé de la jeune demoiselle, ils y ont juste trempé leurs lèvres et il n'y avait vraiment pas besoin de les remplir.

— Est-ce que l'un d'eux, *n'importe lequel*, est revenu près de la table pendant qu'ils dansaient ?

— Aucun, monsieur. Ça, j'en suis sûr.

— Ils étaient sur la piste tous ensemble ?

— Oui, monsieur.

— Et ils sont tous revenus au même moment ?

Giuseppe plissa le front, faisant un effort pour se rappeler exactement.

— Mr Barton est revenu le premier, avec la jeune demoiselle. Il était plus « fort » que les autres, alors il a dansé un petit peu moins, vous comprenez ? Après, c'est le grand monsieur blond qui est revenu, Mr Farraday, avec la jeune dame en noir. Lady Alexandra Farraday et le monsieur aux cheveux noirs sont revenus les derniers.

— Vous connaissez Mr Farraday et lady Alexandra ?

— Oui, monsieur. Je les ai vus souvent au Luxembourg. Ce sont des personnes très distinguées.

— Maintenant, Giuseppe, faites bien attention. Si une de ces personnes avait mis quelque chose dans le verre de Mr Barton, l'auriez-vous vue ?

— Ça, monsieur, je ne peux pas dire ! J'ai mon service, n'est-ce pas ? Les deux autres tables dans la « loggia » et encore deux autres dans la salle. C'est vous dire que je ne pouvais pas surveiller la table de Mr Barton. Après les attractions, la plupart des clients se lèvent et vont danser. A ce moment-là, je souffle un peu et c'est pourquoi je suis sûr que personne ne s'est approché de la table. Mais, dès que les gens sont retournés à leur place, je commence à ne plus savoir où donner de la tête...

— Naturellement, fit Kemp.

— Malgré ça, poursuivit Giuseppe, je crois que c'était bien difficile à faire sans se faire remarquer. Le seul qui l'aurait pu, c'était Mr Barton. Mais croyez-vous que ce soit possible ?

Son regard interrogeait l'inspecteur-chef.

— C'est votre idée, fit Kemp.

— Je n'en sais rien, bien sûr, mais je me le demande.
Il y a un an juste, Mrs Barton se tue. Elle est rudement
jolie, vous savez, Mrs Barton. Peut-être que Mr Barton a
eu tellement de chagrin qu'il a décidé de se supprimer
exactement de la même façon... Ça serait poétique, n'est-
ce pas ?... Naturellement, pour la maison, c'est plutôt de
la mauvaise publicité, mais un monsieur qui va se suicider ne pense pas à ces choses-là !

Des yeux il quêtait chez l'un ou chez l'autre une approbation.

— J'ai bien peur, dit Kemp, que ce ne soit pas aussi
simple que ça.

Il posa encore deux ou trois questions à Giuseppe, puis
lui rendit sa liberté.

Le petit Italien parti, il dit :

— Est-ce là ce que l'assassin voudrait que nous pensions ? Le veuf inconsolable se tue au jour anniversaire
de la mort de sa femme... Ce n'était pas le jour anniversaire, mais il s'en fallait de peu...

— C'était le jour des Morts.

— Exact... Oui, c'est peut-être ça la grande idée de
l'assassin. Mais, alors, il ne sait pas que les lettres existent toujours et que Barton vous les a montrées, ainsi
qu'à Iris Marle.

Il consulta sa montre.

— Je suis attendu à midi et demi chez les Kidderminster. Nous avons le temps, d'ici là, de voir les gens des
deux autres tables, ou tout au moins certains d'entre eux.
Vous venez avec moi, n'est-ce pas ?

Mr Moralès résidait au Ritz. Il n'était pas très beau à voir ce matin-là. Pas encore rasé, le blanc des yeux tout injecté de sang, il présentait les symptômes les plus évidents d'un sérieux « mal aux cheveux ».

Mr Moralès, citoyen des Etats-Unis, parlait un idiome assez proche de la langue américaine. Il avait bien assuré, dès l'abord, qu'il essaierait de se rappeler tout ce qu'il pourrait, mais ses souvenirs de la veille demeuraient vagues et confus.

— J'étais, expliqua-t-il, avec Chrissie. Une môme culottée, ça ne fait pas de doute. Elle m'avait dit que la boîte valait la peine et je l'avais crue sur parole. La crèmerie, je veux bien, était possible... Entre nous, ils y tâtent un peu pour le coup de fusil et ils m'ont soulagé de pas loin de trente dollars... Seulement, l'orchestre était tarte. Des cafouilleux qui n'ont pas la moindre idée du swing...

Ayant ainsi donné sur sa soirée ses impressions personnelles, Mr Moralès, à la prière de Kemp, voulut bien en venir au véritable sujet. Mais il ne savait pas grand-chose.

— J'ai bien vu qu'il y avait près de nous une grande table, avec des gens autour, dit-il. Je ne me suis occupé d'eux que quand le type a commencé à ameuter les populations. Au début, je croyais que c'était simplement un gars qui avait forcé sur l'alcool... Maintenant que j'y pense, je me souviens d'une des femmes, la brune. Un joli châssis... et une allure du tonnerre !

— Vous voulez parler de la jeune fille en robe verte ?
— Vous charriez ! Celle-là, c'est une maigrichonne. Celle que je veux dire, c'est celle en noir. Et celle-là, pardon, elle est plutôt gentiment rembourrée !

Moralès ne s'en tint pas à ce seul hommage rendu à la plastique de miss Lessing.

— Je l'ai regardée quand elle était sur la piste, ajouta-t-il. Et, question danse, elle se défend un tantinet ! Je lui ai fait de l'œil une fois ou deux, à tout hasard, mais ça n'a pas rendu... Visage de bois et passez votre chemin, jeune homme ! Le genre anglais, quoi !

Kemp fut vite persuadé qu'il n'y avait rien d'intéressant à tirer de Mr Moralès, lequel admettait de bonne grâce qu'il était sérieusement imbibé d'alcool à l'heure où les attractions avaient commencé.

— Je m'embarque demain pour New York, dit-il, comme Kemp se préparait à prendre congé. Mais si vous le désirez, je peux rester.

— Je vous remercie, répondit le policier, mais je ne crois pas que nous aurons besoin de votre témoignage à l'enquête.

— Dommage ! fit Moralès. Vous comprenez, moi, je ne me déplais pas ici... et si c'est la police qui me demande de ne pas bouger, mes patrons seront bien obligés de s'incliner. Quand la police dit : « Stop ! », on s'arrête et c'est marre ! Peut-être qu'en réfléchissant bien, je pourrais encore me souvenir de quelque chose...

Kemp refusa de mordre à l'appât et, quelques instants plus tard, toujours escorté de Race, il était reçu dans Brock Street par un gentleman de fort mauvaise humeur : le père de l'honorable Patricia Brice-Woodworth.

Le général lord Brice-Woodworth ne cacha pas à ses visiteurs sa façon de penser.

Où diable étaient-ils allés chercher l'idée que sa fille
— *sa fille !* — pouvait être mêlée à une affaire de ce
genre ? Si une jeune fille ne pouvait plus dîner au restaurant avec son fiancé sans risquer d'être importunée par
des détectives ou des gens de Scotland Yard, on pouvait
vraiment se demander sur quelle pente l'Angleterre était
en train de glisser ? Ces gens-là, elle ne les connaissait
même pas. Comment s'appelaient-ils déjà ? Hubbard ?...
Barton ! Des boutiquiers, sans doute, ou quelque chose
d'approchant. Ce qui prouvait, une fois de plus, qu'on ne
choisit jamais avec trop de soin les endroits où l'on va.
Le Luxembourg passait pour un restaurant qu'on pouvait
fréquenter et voilà que pour la seconde fois on y enregis-
trait le plus regrettable des incidents ! Il fallait vraiment
que Gérard fût fou pour avoir emmené Pat dans cette maison ! Mais les jeunes gens croient tout savoir... En tout cas,
sa fille ne serait pas interrogée, bousculée, mise sur le gril
par des policiers, il ne le permettrait pas ! Auparavant, il
demanderait conseil à son homme d'affaires, le vieil An-
derson, de Lincoln's Inn. Il allait même lui téléphoner sans
plus tarder...

Il s'interrompit soudain, dévisageant Race.

— Vous, dit-il, je vous ai vu quelque part. Du diable si
je sais où, par exemple !

— Badderapore, 1923, fit Race, avec un sourire.

— Sapristi ! s'écria le général. Mais vous êtes Johnnie
Race ! Si je m'attendais !... Qu'est-ce que vous faites dans
cette histoire ?

— Mon Dieu, répondit Race, je me trouvais dans le
bureau de l'inspecteur-chef Kemp quand il a été question
de recueillir la déposition de votre fille. J'ai suggéré qu'il
lui serait beaucoup moins désagréable d'être entendue ici
plutôt qu'à Scotland Yard... et je me suis dit un peu plus
tard que je pouvais accompagner mon ami Kemp.

— Eh bien, Race... c'est très aimable à vous.

— Naturellement, crut devoir dire Kemp, nous prendrons bien soin de ne pas effaroucher miss Brice-Woodworth.

La porte s'ouvrit à ce moment, livrant passage à miss Patricia Brice-Woodworth, qui, tout de suite, avec le sang-froid et la belle assurance que confère l'extrême jeunesse, prit la situation en main.

A peine entrée, elle salua les visiteurs d'un « Allô ! » cordial. Puis elle vint vers eux avec une joie visible.

— Vous êtes de Scotland Yard, n'est-ce pas ? Et vous venez pour l'affaire d'hier soir ? Je vous attends avec impatience depuis que je suis debout ! Papa ne vous a pas trop ennuyés ?... Tu as tort, papa ! Tu sais ce que le médecin a dit pour ta tension !... Pourquoi tu te mets dans des états pareils à propos de rien, je ne comprendrai jamais ! Je vais emmener ces messieurs, qu'ils soient inspecteurs, commissaires ou autre chose, dans ma chambre, et je t'enverrai un whisky-soda par Walters...

Le général éprouvait une furieuse envie de s'affirmer par quelque éclat, mais il se contenta de présenter les visiteurs. La formule qu'il employa pour Race — « un vieil ami à moi » — eut un effet instantané : Patricia cessa de s'intéresser au colonel et réserva ses sourires à l'inspecteur-chef.

Avec autorité, elle conduisit les deux hommes dans son boudoir. Le général, dûment chapitré, restait dans la bibliothèque.

— Pauvre papa, dit-elle. Il faut toujours qu'il donne de la voix ! Mais, dans le fond, on fait de lui ce qu'on veut !

La conversation, tenue sur le ton le plus amical, ne donna que de maigres résultats.

— Vous croyez que ce n'est pas vexant ? dit Patricia. C'est probablement la seule fois de ma vie où j'aurai la chance de me trouver là, juste au moment où un crime est commis... Car c'est bien un crime, n'est-ce pas ? Les journaux sont prudents et ne s'avancent pas, mais, comme je l'ai dit au téléphone à Gerry, ça ne peut pas ne pas être un crime !... Alors, vous vous rendez compte ? On assassine quelqu'un à côté de moi et je ne regardais même pas !

150

Ses regrets étaient sincères, le ton de sa voix ne permettait pas de s'y méprendre.

Il n'était que trop clair, malheureusement, que les deux jeunes gens, fiancés depuis huit jours à peine, n'avaient toute la soirée eu d'yeux que l'un pour l'autre. L'inspecteur-chef voyait sans plaisir ses pronostics pessimistes se vérifier.

Avec la meilleure volonté du monde, Patricia Brice-Woodworth ne pouvait rassembler que quelques menus détails.

— Sandra Farraday était très élégante, comme toujours. Sa robe était de Schiaparelli.

— Vous la connaissez ? demanda Race.

— De vue seulement. Son mari aussi. Il a plutôt l'air d'un raseur. Comme la plupart des hommes politiques...

— Les autres, vous les connaissiez de vue également ?

— Non, je les voyais tous pour la première fois. Du moins, autant que je sache. A vrai dire, je crois bien que je n'aurais même pas remarqué Sandra Farraday si elle n'avait pas eu une robe de Schiaparelli...

Kemp quitta la maison, la mine renfrognée.

— Vous allez voir, dit-il d'un air sombre, que le sieur Tollington ne nous en dira pas plus. Ce sera pis même... Car la petite avait tout de même repéré une robe !

— On ne peut pas raisonnablement espérer, déclara Race, que la coupe de l'habit de Farraday ait donné à ce jeune homme des battements de cœur !

— Enfin !... Allons toujours voir Christine Shannon.

Christine Shannon était, comme Kemp l'avait annoncé, une gentille petite blonde. Ses cheveux platinés, ondulés à miracle, encadraient un visage enfantin, doux et assez inexpressif. Miss Shannon était peut-être sotte, d'après le jugement de l'inspecteur, mais en tout cas agréable à regarder. Ses grands yeux bleus offraient une certaine vivacité, prouvant que, si ses facultés intellectuelles étaient limitées, elles pouvaient cependant s'exercer sur bien des choses matérielles.

Elle reçut ses visiteurs avec beaucoup d'amabilité, leur

offrant l'apéritif et, sur leur refus, insistant pour qu'ils prissent une cigarette. Son appartement était petit, l'ameublement « moderne » et bon marché.

— Je serai ravie, monsieur l'inspecteur, déclara-t-elle, de vous rendre service. Demandez-moi tout ce que vous voudrez !

Kemp commença par quelques questions sur la façon dont s'étaient comportés les convives de la grande table. Et, tout de suite, Christine montra qu'elle savait voir et observer.

— Il y avait certainement, dit-elle, quelque chose qui n'allait pas. Ça sautait aux yeux ! J'en étais toute triste pour le brave type qui offrait le souper. Il faisait tout ce qu'il pouvait pour animer la fête et ça ne donnait rien ! C'est peut-être pour ça qu'il paraissait si nerveux !... La grande dame, à sa droite, se tenait raide comme si elle avait avalé un tisonnier, et la petite qui était à sa gauche paraissait furieuse... Evidemment, c'était clair, parce qu'on ne l'avait pas placée à côté du beau brun qui se trouvait en face d'elle... Quant au grand blond assis près d'elle, il avait exactement l'air d'un type qui a mal au ventre. Il chipotait dans son assiette comme si ce qu'il devait manger allait l'empoisonner. La femme à côté de lui faisait ce qu'elle pouvait pour le dégeler, mais elle n'avait pas l'air de s'amuser beaucoup non plus.

— On dirait, miss Shannon, fit observer Race, que vous avez remarqué une quantité de choses.

— Je vais vous livrer mon secret : je m'embêtais ferme. L'ami avec qui j'étais, ça faisait trois soirs que je sortais avec lui et je commençais à en avoir assez de lui. C'est un gars qui voulait voir Londres, et particulièrement ce qu'il appelait « les boîtes qui ont de la classe ». Il ne regardait pas à la dépense, il faut dire ça pour lui, et on buvait du champagne tout le temps. Nous avions fait le Compradour, puis les Mille Fleurs et nous étions finalement venus au Luxembourg et je crois qu'il passait une bonne soirée. Ce n'était pas un mauvais gars, mais sa conversation manquait d'intérêt. Il me racontait des affaires merveilleuses qu'il avait faites à Mexico... et c'étaient des histoires que j'avais déjà entendues trois fois ! Pour changer, il me parlait de ses anciennes poules, de toutes les femmes qu'il avait connues et qui étaient folles de lui. A la longue, ça vous fatigue... et, comme Pedro n'a pas une figure à rester devant à le regarder, je m'occupais de ce qu'il y avait dans mon assiette et de ce qui se passait autour de moi.

— De notre point de vue, dit Kemp, c'est une excellente chose et j'espère, miss Shannon, que grâce à vous nous allons faire de sérieux progrès.

— N'y comptez pas trop !... Car qui a tué le type, je n'en ai pas la moindre idée. Pas la moindre !... Il a bu son champagne, il est devenu tout rouge et il est retombé sur sa chaise.

— Vous souvenez-vous du moment où, auparavant, il avait bu pour la dernière fois ?

— Oui, répondit-elle après un instant de réflexion. C'était immédiatement après les attractions. Il a pris son verre, il a dit quelque chose et les autres ont fait comme lui. Il m'a semblé qu'il s'agissait d'un toast.

— Ensuite ?

— Ensuite, la musique a recommencé, ils se sont tous levés pour aller danser. A ce moment-là, ils causaient et riaient. Ils avaient l'air, tout de même, de s'échauffer un peu. Le champagne, c'est merveilleux pour mettre un peu d'entrain dans une petite fête !

— Ils sont donc tous descendus sur la piste de danse. La table, alors, est restée sans personne autour ?

— Oui.

— Et personne n'a touché au verre de Mr Barton ?

— Personne. Ça, j'en suis absolument sûre.

— Et personne ne s'est approché de la table pendant leur absence ?

— Non, personne... Sauf, bien entendu, le garçon.

— Le garçon ? Quel garçon ?

— Un petit jeune, dans les seize ans, un de ceux qui ont un tablier. Ce n'était pas le vrai garçon, celui qui les servait. Celui-là, c'était un petit bonhomme, plutôt gentil, qui ressemblait à un singe... Un Italien, je parierais...

Kemp donna de la tête son agrément au signalement de Giuseppe Balsano et demanda :

— Ce jeune garçon, a-t-il touché quoi que ce soit ? A-t-il rempli les verres ?

— Non. Il n'a touché à rien. Il a tout juste ramassé un sac qu'une des femmes avait fait tomber en se levant pour aller danser.

— C'était le sac de qui ?

Christine réfléchit longuement avant de répondre.

— Oui, dit-elle enfin, je ne me trompe pas. C'était le sac de la jeune fille, un sac vert et or. Les deux autres femmes avaient un sac noir.

— Et, ce jeune garçon, qu'est-ce qu'il a fait avec ce sac ?

La question parut surprendre Christine.

— Il l'a posé sur la table, c'est tout !

— Vous êtes bien sûre qu'il n'a touché aucun des verres ?

— Oh ! absolument sûre. Il a remis le sac sur la table et il a filé en vitesse. Un des garçons, un des vrais garçons, venait de lui faire signe et vous savez ce que c'est... Il se doutait bien que, s'il n'obéissait pas *presto*, ça ferait du vilain !

— Et personne, lui excepté, n'est venu auprès de la table ?

— Personne.

— Naturellement, quelqu'un aurait pu s'approcher de la table sans que vous vous en aperceviez ?

Christine protesta vigoureusement.

— Certainement pas !... Vous comprenez, Pedro était allé téléphoner. J'étais là toute seule dans mon coin et je n'avais vraiment rien de mieux à faire qu'à regarder autour de moi...

— La danse finie, dit Race, dans quel ordre sont-ils revenus ?

— La petite demoiselle et le brave type qui régalait les autres sont revenus les premiers. Ils venaient de s'asseoir quand sont arrivés le grand blond et la femme en noir, qui précédaient de peu l'autre femme et le beau brun. Un fameux danseur, celui-là, soit dit au passage. Quand ils ont été tous assis, pendant que le garçon était en train de passer je ne sais quel plat sur la lampe à alcool pour le chauffer, le type s'est penché en avant, leur a fait un petit « speech » et, une fois encore, ils ont pris leur verre en main. C'est arrivé tout de suite après...

Après une pause, elle reprit :

— D'abord, j'ai cru qu'il avait une attaque... Une de mes tantes, une fois, a eu une attaque et elle était tombée exactement de la même manière. A ce moment-là, Pedro est revenu et je lui ai dit : « Regarde, Pedro, le copain à la table à côté a une attaque ! »... Il a regardé et il m'a dit : « Une attaque ? Tu rigoles !... Il est shlass, pas autre chose ! »... Or, celui qui commençait à avoir bu plus que son compte, c'était lui, Pedro ! Je le surveillais du coin de l'œil. Dans des maisons comme le Luxembourg, ils sont assez stricts là-dessus et je ne tiens pas à avoir d'histoires. C'est d'ailleurs pourquoi je n'aime pas les étrangers. Quand ils sont mûrs, ils deviennent grossiers et, à partir de ce moment-là, la femme court au-devant des embêtements...

Elle se tut, suivant sa pensée, puis, son regard s'étant par hasard posé sur une délicieuse petite montre-bracelet qu'elle portait au poignet, elle ajouta :

— Seulement, il faut leur rendre cette justice qu'ils savent être généreux !

Elle allait s'étendre plus longuement sur les ennuis de l'existence des demoiselles de petite vertu et sur leurs compensations, mais Kemp la ramena au sujet. Il lui fit répéter son histoire. Après quoi, les deux hommes se retirèrent.

— Et voilà, dit Kemp, en arrivant sur le trottoir. Nous sommes fixés sur l'aide que nous pouvons attendre des témoins étrangers à l'affaire ! Nous aurions eu trop de chance ! Cette fille est un témoin selon mon cœur. Elle voit les choses et elle se souvient. S'il y avait eu quelque chose à voir, elle l'aurait vu. Conclusion : il n'y avait rien à voir. C'est incroyable, mais c'est comme ça ! Un vrai tour d'illusionniste ! George Barton boit du champagne. Il va danser, il revient, il reprend son verre, que personne n'a touché entre-temps, et, passez muscade, il tombe raide mort. Empoisonné. C'est positivement affolant. C'est exactement l'impossible qui devient possible.

Ils firent quelques pas.

Puis Kemp dit :

— Ce garçon, le jeune, comment se fait-il que Giuseppe ne nous ait pas parlé de lui ? Il faudra que je voie ça de près. Après tout, il est le seul à s'être approché de la table pendant qu'ils dansaient. C'est un point à éclaircir.

— S'il avait mis quelque chose dans le verre de Barton, fit Race, cette fille l'aurait vu. Aucun détail ne lui échappe. Comme elle n'a rien dans la tête, elle n'a rien de mieux à faire qu'à se servir de ses yeux... et elle s'en sert. Non, Kemp, l'explication, croyez-moi, est toute simple. Seulement, il faut la trouver.

— Il y en a bien une : celui qui a mis quelque chose dans le verre, c'est Barton lui-même.

— Je commence, en effet, à croire que c'est bien ce qu'il s'est passé, que c'est la seule chose qui ait pu se passer. Mais, alors, Kemp, je suis convaincu qu'il ne savait pas que c'était de l'acide cyanhydrique...

— Vous pensez qu'il aurait jeté dans son verre quelque chose que quelqu'un lui aurait donné en lui disant que c'était une drogue quelconque ? Une poudre digestive ou quelque chose comme ça ?

— C'est dans les choses possibles.

— Et qui serait ce quelqu'un ? Un des Farraday ?

— Peu probable.

— Anthony Browne ? Peu probable non plus. Il ne nous reste donc que deux personnes : une belle-sœur qui l'aimait beaucoup...

— Et une secrétaire qui lui était entièrement dévouée.

Kemp s'arrêta pour regarder son ami.

— Je pencherais pour la secrétaire, dit-il.

Il consulta sa montre.

— Je m'en vais maintenant, reprit-il, chez les Kidder-minster. Vous, qu'est-ce que vous faites ? Vous allez voir miss Marle ?

— Oui... A moins que je n'aille trouver l'autre à son bureau. Je lui apporterais les condoléances d'un vieil ami et je l'emmènerais déjeuner...

— Alors, *vous croyez que c'est elle* ?

— Je ne crois rien du tout. Je cherche une piste.

— Vous devriez tout de même voir miss Marle.

— Je la verrai, mais je voudrais d'abord aller chez elle quand elle ne sera pas là. Vous voyez pourquoi, Kemp ?

— J'avoue que non.

— Eh bien, parce qu'il y a là-bas quelqu'un qui ga-zouille... Oui, qui gazouille comme un oiseau... Quand j'étais petit, on me disait : « Un petit oiseau m'a dit... » Les oiseaux gazouillent toujours, Kemp, et ils racontent quelquefois des choses intéressantes...

CHAPITRE IV

Les deux hommes se séparèrent. Race appela un taxi
et se fit conduire au bureau de George Barton, dans le
cœur de la Cité, pendant que Kemp, soucieux de ne pas
enfler sa note de frais, prenait un autobus qui le déposait
à deux pas de la luxueuse résidence des Kidderminster.
  Le policier escalada le perron et pressa le bouton de
sonnette. Il était maussade. C'est que le terrain sur lequel
il s'aventurait était semé d'embûches. Le clan des Kidderminster disposait d'une influence considérable et ses rami-
fications s'étendaient comme un filet sur tout le pays.
Kemp avait certes la plus entière confiance dans la séré-
nité et l'impartialité de la justice britannique. Si l'un des
Farraday, que ce fût Stephen ou Alexandra, venait à être
convaincu d'avoir tué Rosemary ou George Barton, aucune
pression, aucune intervention ne réussirait à le soustraire
aux conséquences de son acte. C'était là une absolue
certitude. Mais, s'il était innocent, si les preuves contre lui
réunies n'étaient pas suffisantes pour justifier des pour-
suites, l'officier de police responsable risquait de recevoir
de ses chefs tout autre chose que des félicitations. Il convenait donc de n'avancer qu'avec la plus extrême prudence.
Et cette mission qu'il lui fallait bien remplir, Kemp l'appré-
hendait. Il lui semblait très probable qu'il allait, suivant

sa propre expression, « se faire traiter de haut en bas »
et éconduire sans ménagements.

L'Inspecteur-chef découvrit bientôt que c'était là raisonner avec beaucoup de naïveté. Lord Kidderminster
était un diplomate trop avisé pour recourir à la manière
forte...

Quand il se fut nommé, un maître d'hôtel plein d'onc-
tion et de dignité conduisit Kemp sur le derrière de la
maison, l'introduisant dans une pièce assez sombre, sur
les murs de laquelle couraient des rayons chargés de livres.
C'est là que, flanqué de sa fille et de son gendre,
lord Kidderminster l'attendait.

Lord Kidderminster vint à sa rencontre, lui serra la
main, et dit, sur un ton de parfaite courtoisie :

— Vous êtes d'une exactitude toute militaire, inspecteur ! Permettez-moi tout d'abord de vous exprimer ma
reconnaissance. C'est très aimable à vous de vous être
dérangé au lieu d'inviter ma fille et son mari à passer à
Scotland Yard. Ils étaient tout prêts à le faire en cas de
nécessité, cela va de soi, mais nous n'en apprécions pas
moins votre geste.

— C'est tout à fait exact, inspecteur, dit Sandra.

Elle avait parlé d'une voix très calme et un peu em-
preinte de froideur.

Elle portait une robe d'un rouge tirant sur le grenat et,
assise comme elle l'était, éclairée seulement par la lumière
qui tombait d'une haute fenêtre étroite, elle rappelait à
Kemp une figure de vitrail qu'il avait admirée autrefois
dans une cathédrale, quelque part en France. L'ovale al-
longé du visage, la ligne presque droite des épaules ajou-
taient à l'illusion. Le nom de la sainte, il l'avait oublié.
Et d'ailleurs, lady Alexandra n'était pas une sainte. Il s'en
fallait !... Ceci bien que certains de ces saints personnages
eussent été, à son humble avis, des gens assez singuliers,
pas chrétiens pour un sou, mais au contraire intolérants,
fanatiques et cruels, pour les autres comme pour eux-
mêmes.

Stephen Farraday se tenait debout près de sa femme.

Il ne paraissait pas ému. Correct et guindé, il avaɪɪ l'air de ce qu'il était : un homme qui fait des lois pour le peuple. L'homme, le vrai, restait bien caché. Pourtant, cet homme de chair et d'os, il était là, l'inspecteur le savait...

Lord Kidderminster parla. Il essayait, non sans adresse, de prendre la direction de l'entretien.

— Je ne vous cacherai pas, inspecteur, dit-il, que cette affaire nous est à tous infiniment désagréable. Pour la seconde fois, ma fille et mon gendre se trouvent être les témoins directs d'une mort violente, survenue dans un lieu public. Ces deux morts violentes sont arrivées au même endroit et concernent des personnes de la même famille. Une publicité de ce genre est toujours fâcheuse pour un homme sur qui les gens ont les yeux fixés, mais, nous nous en rendons parfaitement compte, elle ne peut être évitée. Ma fille et son mari désirent donc vous apporter toute l'aide possible, dans l'espoir d'en finir très vite avec cette histoire dont nous aimerions qu'elle ne passionnât pas les foules trop longtemps.

Kemp remercia, ajoutant qu'il était très sensible à l'attitude que lord Kidderminster voulait bien adopter, celle-ci devant grandement lui faciliter la tâche.

Sandra intervint :

— Inspecteur, je suis à votre disposition. Posez-moi les questions que vous voudrez.

— Je vous remercie, lady Alexandra.

Kemp allait commencer, mais lord Kidderminster reprit la parole :

— Vous avez, inspecteur, vos sources personnelles d'information et je tiens de mon ami le commissaire de police que la mort de ce Mr Barton est considérée plutôt comme un meurtre que comme un suicide. Les apparences, pourtant, laisseraient croire qu'il s'agit d'un suicide. C'est bien ton opinion, n'est-ce pas, Sandra ?

La figure de vitrail s'anima :

— J'avoue, dit la jeune femme, que cela m'a semblé, dès hier soir, tout à fait évident. L'endroit, d'abord ! Nous

nous trouvions dans le même restaurant où Rosemary s'est empoisonnée l'an dernier, et exactement à la même table. Et puis, autre chose... Cet été, à la campagne, nous avons vu Mr Barton assez souvent. Il nous avait paru bizarre, très différent de l'homme que nous connaissions, et nous pensions tous que la disparition de sa femme assombrissait son humeur. Il l'aimait beaucoup, vous savez, et je crois qu'il ne s'était pas consolé de l'avoir perdue. De sorte que l'hypothèse d'un suicide, si déconcertant que soit le geste, me semble au moins plausible, alors que je ne puis imaginer *pourquoi quelqu'un aurait voulu tuer George Barton*?

— C'est aussi mon avis, dit vivement Stephen Farraday. Barton était un excellent garçon qui, j'en suis sûr, n'avait pas un ennemi sur la terre !

L'inspecteur-chef Kemp regarda les trois visages qui se tournaient vers lui. On attendait son point de vue. Il réfléchit un bon moment avant de parler. Puis, ayant conclu que le mieux était encore « d'y aller carrément », il dit :

— Votre raisonnement, lady Alexandra, s'explique fort bien. Mais il y a quelques petits faits que vous ne connaissez vraisemblablement pas encore !

Lord Kidderminster s'empressa de déclarer qu'ils ne voulaient pas forcer la main à l'inspecteur, lequel restait seul juge des faits qu'il convenait de divulguer.

— Je vous remercie, lord Kidderminster, dit Kemp doucement, mais je ne vois pas pourquoi je ne vous mettrais pas au courant. En bref, ce que j'ai à dire se résume à ceci : George Barton, peu avant sa mort, a confié à deux personnes différentes sa conviction que sa femme ne s'était pas suicidée, comme on le croyait, mais qu'elle avait été empoisonnée. Il pensait être sur la trace de l'assassin, et le souper d'hier, donné sous prétexte de fêter l'anniversaire de la naissance de miss Marle, faisait, en réalité, partie d'un plan qu'il avait imaginé pour confondre l'assassin de sa femme.

Il y eut un instant de silence. Kemp, dont la sensibilité était beaucoup plus aiguë que ne le donnait à croire la froideur de ses manières, eut le sentiment qu'une sorte d'angoisse étreignait ses interlocuteurs. Ils n'en laissaient rien voir, mais il aurait juré qu'il ne se trompait pas.

Lord Kidderminster fut le premier à se ressaisir :

— Mais, dit-il, cette conviction même n'indiquerait-elle pas que le pauvre Barton n'était plus tout à fait... tout à fait lui-même ? Ce chagrin qu'il remâchait sans cesse pouvait avoir légèrement affecté ses facultés.

Kemp en convint.

— Mais, ajouta-t-il, cela prouve surtout qu'il ne songeait pas à se supprimer.

— C'est juste, fit lord Kidderminster.

Un nouveau silence suivit.

— Mais, demanda soudain Stephen Farraday, comment Barton s'était-il mis cette idée-là dans la tête ? *Après tout Mrs Barton s'est bel et bien suicidée !*

Kemp regarda Farraday bien en face et dit simplement :

— Mr Barton était d'un autre avis.

Lord Kidderminster volait au secours de son gendre :

— Mais, enfin, la police s'estimait satisfaite ! A l'époque, on a parlé de suicide, et uniquement de suicide !

— C'est exact, répondit Kemp, toujours avec le même calme. Les faits n'étaient pas incompatibles avec la théorie du suicide et rien ne donnait à supposer qu'il pouvait s'agir d'un crime.

Il savait qu'un homme aussi fin que lord Kidderminster l'entendrait à demi-mot.

Abandonnant le ton officiel qu'il s'était jusqu'alors imposé, il s'adressa ensuite à Sandra :

— Si vous m'y autorisez, lady Alexandra, j'aimerais maintenant vous poser quelques questions ?

— Faites, je vous en prie !

— Merci ! Au moment de la mort de Mrs Barton, vous n'avez jamais, vous, pensé qu'il pouvait s'agir, non pas d'un suicide, mais d'un crime ?

— Certainement pas ! J'étais persuadée qu'il s'agissait d'un suicide... et je le suis encore.

Kemp ne releva pas cette dernière affirmation et pour-suivit :

— Au cours de l'année, lady Alexandra, avez-vous reçu des lettres anonymes ?

La jeune femme fut si surprise qu'une seconde Kemp crut qu'elle allait se troubler. Mais il n'en fut rien.

— Des lettres anonymes ? fit-elle. Non, jamais !

— Vous en êtes bien sûre ? Je sais que de telles lettres sont très désagréables et qu'on préfère souvent les ignorer. Mais elles seraient, dans l'affaire qui nous occupe, d'une importance telle que je me permets d'insister. Il est vrai-ment indispensable, lady Alexandra, si vous avez reçu quelque lettre anonyme, que je le sache !

— Je vous comprends fort bien, inspecteur, mais je ne puis que répéter ce que je viens de vous dire : je n'ai pas reçu de lettres anonymes.

— Parfait... Vous dites que, cet été, Mr Barton vous a paru bizarre. Dans quel sens l'entendez-vous ?

Elle réfléchit et répondit :

— Il était nerveux, agité. Quand on lui parlait, il sem-blait avoir de la peine à fixer son attention sur ce qu'on lui disait.

Elle en appela à son mari :

— Ce n'est pas ton avis, Stephen ?

— Si, tout à fait. J'ajouterai qu'il paraissait se porter assez mal. Il avait maigri...

— Dans son attitude vis-à-vis de vous et de votre mari, avez-vous observé quelque changement ? Il ne vous a pas, par exemple, paru moins aimable ?

— Du tout... Et même, au contraire ! Il avait acheté une maison de campagne tout près de la nôtre et il sem-blait nous avoir un gré infini de ce que nous avions fait pour lui. De petites choses, d'ailleurs ! Présentations aux notables du pays, renseignements sur les fournisseurs, etc. Il va sans dire que nous avions été très heureux d'avoir l'occasion de lui être agréables, à lui et à Iris Marle, qui est une très gentille petite fille.

— Mrs Barton et vous, vous étiez très liées ?

— Non, répondit-elle avec un petit rire, pas précisément ! Nous n'étions pas des amies intimes. En réalité, elle était surtout l'amie de Stephen. Elle s'était découvert la passion de la politique et il avait entrepris... ma foi, oui, de faire son éducation politique. Et ça l'amusait beaucoup. Car Rosemary était une femme charmante...

Kemp, à part lui, songeait que, si Rosemary était « charmante », Sandra, elle, était « très maligne » et qu'il eût donné gros pour connaître ce qu'elle savait exactement — et c'était sans doute beaucoup — des relations de son mari avec Mrs Barton.

Reprenant son interrogatoire, il dit :

— Mr Barton ne vous a jamais fait part de ses doutes au sujet de la mort de sa femme ?

— Jamais ! Et c'est pourquoi vous m'avez vue tout à l'heure si surprise.

— Et Iris Marle ? Elle ne vous a jamais parlé de la mort de sa sœur ?

— Jamais.

— Savez-vous quelque chose des raisons qui ont poussé Barton à acheter une maison de campagne ? Est-ce vous qui lui en avez suggéré l'idée ?

— Non. Stephen et moi, nous avons été très étonnés d'apprendre un jour que nous allions l'avoir pour voisin à Fairhaven.

— Il s'est toujours comporté vis-à-vis de vous de façon amicale ?

— Toujours.

— Bien... Passons à Mr Anthony Browne, voulez-vous ? Que savez-vous de lui, lady Alexandra ?

— Rien, rigoureusement rien... Je l'ai rencontré deux ou trois fois, c'est tout !

— Et vous, monsieur Farraday ?

— Je crois que je le connais encore moins que ma femme. Elle, au moins, elle a dansé avec lui... C'est un garçon qui m'a eu l'air sympathique. Un Américain, si je ne m'abuse...

— D'après ce que vous avez pu remarquer à l'époque,

diriez-vous qu'il était avec Mrs Barton en termes... particulièrement intimes ?

— C'est là, inspecteur, une question sur laquelle je ne
possède aucune lumière.

— C'est seulement une impression que je vous demande,
monsieur Farraday.

Stephen plissa le front :

— Ils étaient très amis, c'est tout ce que je puis dire.

— Et vous, lady Alexandra ?

— Mon impression ?

— Votre impression, pas plus !

— Eh bien, je vous la donne pour ce qu'elle vaut, mais
elle est très nette : ils étaient très, très bien ensemble et
ils étaient très, très intimes. Cela, comprenez-moi bien,
autant qu'on puisse décider sur les apparences. Car, en
fait, je ne sais rien de précis.

— Les femmes, dans ce domaine, sont assez bons juges,
dit Kemp.

Le sourire un peu bête dont il accompagna cette réflexion aurait amusé le colonel Race.

— Et maintenant, lady Alexandra, reprit-il, que savez-
vous de miss Lessing ?

— Miss Lessing est, je crois, la secrétaire de George Barton. Je l'ai rencontrée pour la première fois le soir de la
mort de Mrs Barton. Je l'ai revue à la campagne, une
fois, et enfin hier soir.

— Je voudrais, une fois encore, vous poser une question
« en marge », une question tout officieuse. Avez-vous
jamais eu l'impression qu'il y avait quelque chose entre
Barton et elle ?

— Je n'en ai vraiment pas la moindre idée.

— Alors, venons-en aux événements d'hier soir.

Il posa des questions, nombreuses et précises, aussi bien
à Stephen qu'à Alexandra. Interrogatoire dont il n'espérait
pas grand-chose et qui, de fait, ne lui apprit rien. Leurs
déclarations s'accordaient sur l'essentiel avec les points
déjà acquis. Barton avait porté un toast à Iris, on avait bu
et, tout de suite après, on était allé danser. Tout le monde

avait quitté la table en même temps, George et Iris avaient été les premiers à revenir. Quant à la chaise demeurée vide, Barton avait dit qu'elle devait être occupée, plus tard dans la soirée, par un de ses amis, un certain colonel Race, affirmation que Kemp savait mensongère. Lorsque la lumière revint après les attractions, George considérait d'un air étrange la place vide qui se trouvait en face de lui. Il était tellement absent, tellement « ailleurs », qu'il n'entendait même pas ce qu'on lui disait. Il s'était ressaisi peu après et c'est alors qu'il avait proposé de boire au bonheur d'Iris.

Une information, pourtant, vint s'ajouter à celles que Kemp possédait déjà. Sandra lui ayant raconté la conversation qu'elle avait eue avec Barton à Fairhaven, il retint que Barton avait beaucoup insisté pour obtenir des Farraday l'assurance qu'ils seraient de la fête d'anniversaire qu'il projetait d'offrir à sa jeune belle-sœur.

Fermant le calepin sur lequel il avait jeté quelques notes en forme d'hiéroglyphes, l'inspecteur-chef Kemp se leva et prononça une phrase de remerciements assez bien venue.

Lord Kidderminster s'inquiéta de savoir si la présence de sa fille serait nécessaire à l'enquête.

— L'audience, répondit Kemp, sera de pure forme : reconnaissance du corps, déposition du médecin légiste et ajournement à huitaine. D'ici là, nous aurons, j'espère, trouvé du nouveau...

Tourné vers Stephen, il ajouta :

— Il y a, monsieur Farraday, deux ou trois petits points sur lesquels j'aimerais revenir avec vous, sans déranger lady Alexandra. Voudriez-vous me passer un coup de téléphone à Scotland Yard pour que nous prenions rendez-vous ? Nous choisirons une heure qui vous arrange, car je sais que vous êtes un homme très occupé.

Il avait parlé d'un ton aimable et comme s'il n'attachait à la chose que très peu d'importance, mais il n'était guère possible de se méprendre sur le sens de l'invitation et personne, dans la pièce, ne s'y trompa. Stephen, par un effort méritoire, parvint à mettre de la bonne humeur dans sa réponse. Il assura Kemp qu'il pouvait compter sur son amicale collaboration, puis, ayant consulté sa montre, il prit hâtivement congé : on l'attendait aux Communes.

Kemp sortit presque sur ses talons.

Dès qu'ils furent seuls, lord Kidderminster se campa devant sa fille, décidé à lui poser tout net la question qui depuis pas mal d'instants déjà lui brûlait la langue :

— Dis-moi, Sandra... Est-ce que Stephen était l'amant de cette femme ?

Après un soupçon d'hésitation, elle répondit :

— Bien sûr que non ! Je l'aurais su... Et ce n'était pas le genre de Stephen...

Lord Kidderminster fit la grimace.

— Ma chère Sandra, dit-il ensuite, l'autruche qui enfouit sa tête dans le sable, croyant ainsi éviter le danger, est un animal stupide. Ne l'imitons pas ! Il y a des choses qui, maintenant, ne peuvent pas ne pas se savoir d'un moment à l'autre et nous aurions intérêt à connaître exactement notre position.

— Que veux-tu que je dise ? Rosemary Barton etait la grande amie de cet Anthony Browne. Ils étaient tout le temps ensemble !

— Je n'insiste pas. Tu dois le savoir !

Il n'était pas dupe et c'est très ennuyé et fort perplexe qu'il se retira pour aller retrouver sa femme dans son petit salon du premier étage. Il lui avait, ce matin-là, interdit l'accès de la bibliothèque, sachant trop bien que ses manières cassantes auraient eu des effets fâcheux, désastreux même, dans un moment où il considérait comme essentiel d'entretenir avec la police de bonnes, d'excellentes relations.

— Alors, lui demanda-t-elle à son entrée, ça s'est bien passé ?

— Le mieux du monde, répondit-il. En apparence, du moins... Ce Kemp est un homme bien élevé et assez sympathique. Il a fait preuve de tact... De trop de tact même, pour mon goût !

— C'est donc sérieux ?

— C'est sérieux. Vois-tu, Vicky, nous n'aurions jamais dû laisser Sandra épouser ce garçon...

— C'est ce que j'ai toujours dit.

— C'est vrai. Tu avais raison et j'avais tort. Ce qui me console un peu, c'est que de toute façon elle l'aurait eu. Quand elle a quelque chose en tête, on ne le lui en fait pas sortir ! Quoi qu'il en soit, c'est une calamité qu'elle ait jamais rencontré ce Farraday ! Un homme des ancêtres de qui nous ne savons rien. Quand survient la crise, comment un individu de cette espèce va-t-il réagir ? C'est l'inconnu.

— Ainsi, dit lady Kidderminster, tu crois que nous avons admis un meurtrier dans la famille ?

— Je n'en sais rien et je ne suis pas homme à le condamner ainsi d'emblée. Mais la police croit à sa culpabilité et elle paraît assez sûre de son fait. Il était l'amant de cette Rosemary Barton, ça ne fait pas de doute ! S'est-elle tuée à cause de lui ou est-ce lui qui l'a tuée ? Que ce soit l'un ou l'autre, Barton a tout découvert et il était décidé au scandale. J'imagine que Stephen n'a pu supporter cette idée et qu'il a...

— Empoisonné ce Barton ?

— Oui.

Lady Kidderminster dit d'une voix ferme :

— Je ne crois pas ça !

— Je souhaite que tu aies raison. Mais, tout de même, quelqu'un l'a empoisonné !

— Oui, dit lady Kidderminster, quelqu'un ! Mais pas Stephen. Il n'aurait pas eu le cran nécessaire.

— Qu'en sais-tu ? Stephen est admirablement doué, c'est un futur ministre, il ne vit que pour sa carrière. Plutôt que de la laisser compromettre, je le crois prêt à tout. On ne sait jamais ce qu'un homme peut faire quand il se trouve acculé...

— Je répète que le cran lui aurait manqué. Pour faire une chose pareille, il faut un tempérament de joueur et une audace qui va jusqu'à la témérité. J'ai peur, William, terriblement peur...

La stupeur se peignit sur ses traits.

— Est-ce que tu voudrais dire que Sandra... *Sandra...*

— C'est une idée qui me fait horreur, mais il ne sert à rien de ne pas regarder les choses en face. Elle est folle de cet homme — elle l'a toujours été — et il y a chez elle un côté étrange et inquiétant. Je ne l'ai jamais tout à fait comprise, et toujours elle m'a fait peur. Pour son Stephen, elle courra tous les risques, n'importe lesquels, et rien ne la fera reculer. Voilà ce que je sais. Et je sais aussi que, si elle a été assez stupide pour commettre cette folie, nous devons la protéger !

— La protéger ? Que veux-tu dire ?

— Simplement qu'il est de notre devoir de parents de faire quelque chose pour notre fille quand elle en a besoin. Par bonheur, tu es bien placé pour ça !

Lord Kidderminster considérait sa femme comme s'il la voyait pour la première fois. Lui qui croyait la connaître, il découvrait en elle une personnalité qu'il n'avait jamais soupçonnée, une femme courageuse et forte, qui mesurait les obstacles avec sang-froid, qui refusait de se laisser abattre, mais qui était aussi totalement dépourvue de sens moral.

— Prétendrais-tu, par hasard, demanda-t-il que, si ma fille est une criminelle, je devrais user de mon influence pour la soustraire à la justice ?

— Mais, bien entendu !

— Ma chère Vicky ! On ne fait pas des choses comme ça ! Ce serait... Ce serait manquer à l'honneur !

— La belle affaire ! dit lady Kidderminster.

Leurs points de vue étaient si éloignés l'un de l'autre qu'ils ne pouvaient évidemment se comprendre et qu'ils se regardaient un peu comme devaient se regarder Agamemnon et Clytemnestre, quand ils songeaient tous deux à la pauvre Iphigénie.

— Tu pourrais fort bien, dit lady Kidderminster après un long silence, obtenir du gouvernement qu'il fît pression sur la police pour qu'elle laisse tomber l'affaire. On ren-

drait un verdict de suicide et tout serait dit ! Ça s'est
déjà fait, tu ne prétendras pas le contraire !

— Ça s'est déjà fait, je te l'accorde, mais pour des
raisons de haute politique, quand il y allait de l'intérêt
supérieur de l'Etat. Il s'agit ici d'une affaire purement
privée et je ne crois sincèrement pas que je pourrais faire
quoi que ce soit !

— Si tu veux vraiment intervenir, tu pourras !

— Le pourrais-je, s'écria lord Kidderminster avec
colère, que je ne le voudrais pas ! J'ai une situation
politique, je n'en abuserai pas !

Lady Kidderminster ne renonçait pas :

— Mais enfin, William, dit-elle doucement, si Sandra
était arrêtée et poursuivie, est-ce que tu ne lui donnerais
pas les meilleurs avocats ? Est-ce que tu ne ferais pas tout
le possible pour la tirer de là, si coupable qu'elle fût ?

— Bien sûr, bien sûr ! Mais c'est tout différent ! Il y a
vraiment des choses que les femmes ne comprendront
jamais !

Lady Kidderminster ne répondit pas. Sandra était, de
tous ses enfants, celle qu'elle aimait le moins, mais à
ce moment-là elle était *la mère,* une mère primitive, résolue
à défendre « son petit » par tous les moyens, honorables
ou pas. Si on touchait à Sandra, elle se battrait pour
Sandra. Et on verrait qu'elle avait bec et ongles.

— Quoi qu'il en soit, dit lord Kidderminster, Sandra
ne sera poursuivie que s'il existe contre elle des charges
absolument convaincantes et jusqu'à nouvel ordre je me
refuse, moi, à croire que ma fille puisse être une meurtrière. Je m'étonne, Vicky, que cette idée-là, toi, tu l'ac-
ceptes !

Sa femme gardant le silence, lord Kidderminster gagna
la porte sans ajouter un mot.

Il se retirait mal à l'aise, un peu effrayé par cette
Vicky nouvelle qu'il venait de découvrir, cette Vicky inconnue auprès de laquelle il avait vécu pendant des années
sans soupçonner son existence.

Race trouva Ruth Lessing assise devant un grand bureau, occupée à classer des papiers. Elle portait une jupe noire avec une blouse blanche. Elle avait les yeux cernés et un pli triste au coin des lèvres, seuls signes visibles de son chagrin, si chagrin il y avait. Miss Lessing ne faisait pas étalage de ses sentiments intimes.

— C'est très aimable à vous d'être venu, dit-elle, quand le colonel eut exposé l'objet de sa visite. Naturellement, je sais qui vous êtes. Vous deviez venir nous rejoindre à ce souper, n'est-ce pas ? Je me souviens de l'avoir entendu dire hier soir à Mr Barton.

— Il ne vous l'avait pas dit plus tôt ?

— Non, je l'ai appris comme les autres, en me mettant à table. Et j'avoue que j'ai été assez surprise...

Elle rougit et ajouta vivement :

— Non pas, certes, qu'il vous eût invité. Je sais que vous étiez un de ses vieux amis et que vous deviez déjà être du fameux souper de l'an dernier. Non, ce qui m'a étonnée, c'est que Mr Barton, comptant sur vous, n'eût pas songé à inviter une dame de plus pour qu'il y eût autant de danseuses que de cavaliers. Il est vrai que vous deviez arriver tard... et que vous pouviez même ne pas venir du tout... Mais pourquoi parler de ces détails sans intérêt ?... Je ne sais vraiment pas où j'ai la tête, ce matin !

— Pourtant, vous êtes venue à votre bureau comme d'habitude ?

Elle le regarda, surprise, presque choquée :

— Mais, naturellement. C'est mon travail... et il y a tant de choses qui ne peuvent attendre !

— George m'avait souvent dit quelle précieuse collaboratrice vous étiez pour lui.

Elle détourna la tête pour qu'il ne vît point ses yeux se mouiller. Elle tenait à ne rien laisser deviner de ce qu'elle pouvait éprouver et cette pudeur n'était pas loin de convaincre Race de son innocence. Il y croyait presque. *Presque,* mais non tout à fait. Parce que de bonnes comédiennes, des femmes qui savent pleurer au moment voulu, il en avait déjà rencontré. Il réservait son jugement, s'en tenant pour l'instant à cette seule conclusion que Ruth était une jeune personne avec laquelle il convenait de jouer serré.

Revenue à son bureau, elle répondait à sa dernière remarque :

— J'ai travaillé avec lui pendant des années. Huit ans presque... J'étais habituée à lui, et je crois... qu'il avait confiance en moi.

— J'en suis persuadé.

Tirant sa montre, il ajouta :

— Il va être l'heure de déjeuner. Accepteriez-vous d'être mon invitée ? J'ai une quantité de choses à vous dire.

Quelques minutes plus tard, ils s'installaient dans un petit restaurant qu'elle connaissait, où les tables étaient assez espacées les unes des autres pour qu'on pût bavarder en paix.

La commande passée, Race, tout en parlant de choses indifférentes, examinait la jeune femme. Il la trouvait jolie, avec de beaux cheveux noirs, des traits réguliers et un menton un peu fort qui ne lui déplaisait pas. Et puis, autre bonne note, elle était intelligente.

— J'imagine, dit-elle, quand ils eurent commencé à manger, que vous voulez me parler de ce qui s'est passé hier soir ? Je vous en prie, n'hésitez pas ! Tout cela est tellement invraisemblable que je serai heureuse d'en discuter avec vous. Vraiment, si la chose n'avait pas eu lieu sous mes yeux, maintenant encore je n'y croirais pas !

— Bien entendu, vous avez vu l'inspecteur-chef Kemp ?

— Hier soir, oui. C'est un homme très bien et qui m'a eu l'air de connaître son métier. Est-ce qu'il s'agit réellement d'un assassinat ?

— C'est ce que Kemp vous a dit ?

— Non, mais ses questions m'ont donné à penser que c'est bien là son idée.

— Est-ce un suicide ? Est-ce un meurtre ? Votre opinion là-dessus, miss Lessing, vaut celle de n'importe qui ! Vous connaissiez Barton et il est probable que vous avez passé avec lui une bonne partie de la journée d'hier. Vous a-t-il paru différent des autres jours ? Etait-il sombre ?... Inquiet, nerveux ?

— C'est difficile à dire, répondit-elle, après une hésitation. Il était ennuyé, mais il avait pour ça une bonne raison...

Elle expliqua comment et pourquoi Barton avait dû une fois encore voler au secours de Victor Drake, dont elle retraça brièvement la carrière mouvementée.

— Je vois, fit Race. C'est l'inévitable mauvais sujet qu'on rencontre dans toutes les familles honorables. Et c'est à cause de cet individu que Barton était ennuyé.

— Ennuyé n'est pas le mot, dit-elle lentement, et ce n'est pas commode à expliquer. Je connaissais bien Mr Barton, et j'ai compris que l'affaire le tracassait terriblement. Mrs Drake, bouleversée comme elle l'est toujours en ces occasions-là, avait pleuré et Mr Barton, naturellement, était décidé à faire le nécessaire. Mais, tout de même, j'ai eu l'impression...

— Vous avez eu l'impression ?... Continuez, miss Lessing, je suis sûr que ce que vous allez dire est très intéressant !

— Eh bien, j'ai eu l'impression qu'il était beaucoup plus ennuyé qu'à l'habitude. Car cette pièce-là, nous la connaissions, Victor Drake nous l'avait jouée plusieurs fois avec des variantes. L'an dernier, en Angleterre, il fut compromis dans une vilaine affaire. Mr Barton arrangea tout et l'expédia en Amérique du Sud. En juin, Drake redemanda de l'argent. C'est vous dire que je pouvais prévoir les réactions de Mr Barton. Or, cette fois-ci, j'ai compris que s'il était si fortement contrarié, c'était parce que cela arrivait au moment où il ne voulait penser qu'aux préparatifs du souper qu'il offrait le soir même. Très préoccupé par les dernières dispositions à prendre, il s'exaspérait à l'idée d'avoir d'autres questions à régler.

— Ce souper ne vous a-t-il pas semblé présenter un côté insolite ? N'avez-vous pas eu l'impression qu'en l'organisant Mr Barton pouvait avoir une idée de « derrière la tête », comme l'on dit ?

— Parce que c'était une réplique exacte du souper de l'an dernier, au cours duquel Mrs Barton s'est suicidée ?

— Oui.

— Eh bien, pour être franche, j'ai trouvé que c'était là une invention tout à fait extravagante !

— George ne vous a fait aucune confiance à ce sujet ?

De la tête elle fit signe que non.

— Et, dites-moi, miss Lessing, il ne vous est jamais venu à l'idée que peut-être Mrs Barton ne s'était pas suicidée ?

— Non, jamais !

— George ne vous a jamais dit qu'il croyait que sa femme avait été assassinée ?

La question précédente avait paru la surprendre. Celle-ci la laissait absolument interdite :

— *George croyait ça ?* fit-elle, encore incrédule.

— Je vois que pour vous c'est une nouveauté. Eh bien, oui, miss Lessing, il le croyait. Il avait reçu des lettres anonymes qui posaient en fait que sa femme ne s'était pas donné la mort, mais qu'elle avait été assassinée.

— C'est donc pour ça qu'il était devenu bizarre, cet été ! Moi qui me demandais ce qu'il avait !

— Vous n'avez jamais entendu parler de ces lettres ?

— Non. Il y en a eu beaucoup ?

— Il m'en a montré deux.

— Et je n'ai même pas connu leur existence !

Il y avait de l'amertume dans sa voix. Elle était blessée. Comme si Barton eût manqué de confiance en elle.

Au bout d'un instant, il reprit :

— Alors, miss Lessing, votre opinion ? Est-il possible, selon vous, que George ait mis fin à ses jours ?

— Non, certainement pas.

— Pourtant, vous avez dit tout à l'heure qu'il était « terriblement ennuyé »...

— Oui, mais ce n'était pas la première fois et je l'avais déjà vu comme ça. Je comprends maintenant pourquoi il attendait avec tant de fébrilité le souper d'hier soir. Il s'imaginait sans doute qu'en reconstituant les circonstances exactes de la mort de sa femme il provoquerait des événements qui lui apprendraient quelque chose. Pauvre George ! Tout seul, il a dû avoir un mal à mettre ça au point !

— Pour Mrs Barton, vous pensez, au contraire, qu'il s'agit d'un suicide ?

— Je l'ai toujours cru. Ça paraissait tellement évident !

— « Dépression nerveuse, consécutive à une attaque d'influenza » ?

— A mon avis, il y avait autre chose. Elle était très malheureuse, vous savez... Ça se voyait.

— Et on savait pourquoi ?

— Mon Dieu !... oui. Moi, du moins. Je peux me tromper, naturellement, mais ça m'étonnerait. Les femmes comme Mrs Barton sont faciles à deviner, elles ne se donnent même pas la peine de dissimuler. Par bonheur, je ne crois pas que Mr Barton ait jamais rien soupçonné... Oui, elle était très malheureuse. Et, ce soir-là, non seulement elle était encore très abattue par sa grippe, mais elle souffrait d'une violente migraine.

— Comment savez-vous qu'elle avait la migraine ?

— Je le sais parce qu'elle l'a dit devant moi à lady Alexandra pendant que nous étions au vestiaire, juste avant de passer à table. Comme elle regrettait d'avoir oublié ses cachets d'aspirine, lady Alexandra lui a offert un cachet Faivre.

Le colonel Race, qui venait de prendre son verre pour boire, se sentit subitement si intéressé qu'il oublia de finir le geste amorcé.

— Elle l'a accepté ?

— Oui.

Race reposa son verre sur la nappe sans l'avoir porté à ses lèvres. La jeune femme ne semblait pas se douter qu'elle venait de lui révéler par hasard un fait qui pouvait être d'une importance capitale, un menu détail peut-être gros de signification. A table, placée comme elle l'était, Sandra pouvait difficilement mettre quelque chose dans le verre de Rosemary. Les déclarations de Ruth prouvaient qu'elle avait eu une autre occasion d'administrer le poison : elle pouvait l'avoir donné à Rosemary dans un cachet. Généralement, un cachet qu'on vient d'absorber se dissout dans l'organisme en quelques minutes. Celui-ci pouvait avoir demandé plus longtemps. Peut-être avait-on pris soin d'enrober la drogue mortelle dans une mince pellicule de gélatine ? Peut-être aussi Rosemary ne l'avait-elle pas pris tout de suite...

— Ce cachet, demanda-t-il, elle l'a avalé devant vous ?

— Plaît-il ?

L'air effaré de miss Lessing indiquait que ses pensées l'avaient entraînée ailleurs. Il répéta sa question. Surprise, elle hésita un peu avant de répondre.

— Non, fit-elle enfin. Je ne l'ai pas vue avaler le cachet. Elle a remercié lady Alexandra, c'est tout...

Ainsi, Rosemary pouvait avoir mis le cachet dans son sac et, plus tard, pendant le spectacle, sa migraine augmentant, l'avoir pris avec un peu de champagne. Hypothèse, certes. Mais très plausible.

— Pourquoi me demandez-vous ça ? dit Ruth tout à coup.

Ses yeux brillaient, vifs et intelligents. Elle ne rêvait plus et son cerveau travaillait avec intensité.

— Je comprends, fit-elle sans attendre la réponse. Et je comprends aussi pourquoi Mr Barton avait acheté cette maison à la campagne, près de la propriété des Farraday, et pourquoi aussi il ne m'a pas parlé de ces lettres. Ça m'avait paru étrange, tout à l'heure. Maintenant, ça ne m'étonne plus. S'il croyait ce qu'elles lui disaient, il était obligé d'admettre que sa femme avait été tuée par une des cinq personnes qui se trouvaient à la table... et l'assassin, ce pouvait être... ce pouvait être *moi* !

— Aviez-vous une raison de vouloir la mort de Mrs Barton ?

Il avait posé la question très doucement et comme, les paupières baissées, elle ne répondait pas, il put croire un instant qu'elle n'avait pas entendu. Mais bientôt, levant les yeux et le regardant bien en face, elle dit :

— Ce sont des choses dont on ne parle pas volontiers, mais je crois qu'il vaut mieux que vous sachiez... J'aimais George Barton. Je l'aimais avant même qu'il ne connût Rosemary. S'en est-il jamais douté ? Je ne crois pas et, en tout cas, je ne l'intéressais pas. Il avait pour moi de la sympathie, de l'amitié, il ne m'aimait pas. Et pourtant, je crois que j'étais la femme qui pouvait lui apporter le bonheur. Il aimait Rosemary, mais elle ne l'a pas rendu heureux.

— Elle, vous ne l'aimiez pas ?

— Non. Elle était très gentille, je le sais, et quand elle le voulait, elle pouvait être très sympathique. Mais c'est une peine qu'elle n'a jamais prise pour moi. Au fond, je la détestais. Sa mort m'a donné un coup, surtout à cause de la façon dont elle est arrivée, mais ne m'a pas causé de chagrin. Au contraire, elle m'a, j'en ai peur, fait plaisir...

Elle se tut, puis elle dit :

— Parlons d'autre chose, voulez-vous ?

— Soit, fit Race. J'aimerais maintenant que vous rappeliez tous vos souvenirs de la journée d'hier. Depuis le matin et surtout ceux qui concernent George Barton...

Ruth ne se fit pas prier. Elle passa soigneusement en revue toute la journée de la veille. Revenant sur le câblogramme de Victor Drake, elle dit comment, pour délivrer au plus tôt George Barton des soucis qui le tracassaient plus que de raison, elle avait téléphoné en Amérique du Sud. Elle parla des dispositions prises et de la joie de George quand il avait su l'affaire réglée. Sans rien omettre, elle raconta ensuite la soirée au Luxembourg. Ses déclarations confirmaient sur tous les points ce que Race savait déjà.

Son récit de la mort de George terminé, elle avoua qu'elle ne savait plus que penser.

— Je suis convaincue qu'il ne s'est pas suicidé. Donc, on l'a tué. Mais comment ? Il n'est pas possible, matériellement, que le crime ait été commis par l'un de nous. Il faut donc que quelqu'un ait jeté le poison dans son verre pendant que nous dansions. Mais ce quelqu'un, qui peut-il être ?

— Il est établi, fit Race, que *personne ne s'est approché de la table pendant que vous dansiez*.

— Alors, c'est à n'y rien comprendre ! Ce poison n'est tout de même pas venu dans le verre tout seul !

— Vous ne soupçonnez personne ?... Réfléchissez encore... Vous ne voyez pas un petit détail, si mince soit-il, si insignifiant qu'il paraisse, qui pourrait vous sembler suspect ?

Une seconde, le visage de la jeune femme changea. Il eut l'impression qu'elle allait dire quelque chose, puis qu'elle hésitait.

Finalement, elle dit :

— Non, vraiment, je ne vois rien.

Or, il en était sûr, elle avait failli dire quelque chose et *il y avait quelque chose*. Quelque chose qu'elle avait vu et que, pour une raison ou pour une autre, elle préférait taire.

Il ne la pressa pas de parler. Une fille telle que Ruth, il l'avait compris depuis longtemps, ne se laissait ni manœuvrer, ni influencer. Si, pour un motif quelconque, elle avait décidé de ne rien dire, il le savait, elle ne changerait pas d'avis.

Mais qu'elle eût été sur le point de parler, il en était sûr. Cette certitude le réconfortait et lui donnait comme une confiance nouvelle. Pour la première fois, il apercevait une lézarde dans le mur qu'il lui fallait abattre pour arriver à la vérité.

Ils se séparèrent en sortant de table et il prit à pied le chemin d'Elvaston Square.

Il songeait à cette jeune femme qu'il venait de quitter.

Etait-elle capable de commettre un meurtre ? Evidemment, oui. Comme tout le monde. Car tout le monde, ou presque, est capable de commettre un meurtre. Non pas un meurtre quelconque, mais un meurtre déterminé. Et c'était bien ce qui, dans cette affaire, rendait difficile d'innocenter qui que ce fût ! Chacun pouvait avoir tué. Chez Ruth on devinait un côté inhumain. De plus, elle avait un mobile, même plusieurs. En supprimant Rosemary, elle s'assurait des chances sérieuses de devenir Mrs George Barton. Qu'elle aimât Barton ou qu'elle n'en eût qu'à son argent, il lui fallait d'abord se débarrasser de Rosemary.

Race inclinait à penser qu'elle n'avait pas dû céder à des considérations uniquement intéressées. Elle était trop sage et trop avisée pour risquer la corde pour la seule satisfaction de devenir l'épouse d'un homme riche. Alors, elle l'aimait ? Peut-être. Il y a des femmes qui paraissent froides, étrangères à l'amour, qui, lorsqu'elles s'éprennent de quelqu'un, deviennent des créatures passionnées, prêtes à tous les sacrifices. Amoureuse de George, haïssant Rosemary, Ruth pouvait fort bien avoir imaginé un moyen ingénieux et sûr de faire disparaître sa rivale. Le fait que tout s'était passé sans accroc et que tout le monde ait accepté la thèse du suicide prouvait simplement que le plan avait été supérieurement conçu et magistralement exécuté.

Par la suite, George reçut des lettres anonymes — dont il restait à établir qui les avait envoyées et pourquoi — et des soupçons lui vinrent. Il avait arrangé un piège pour confondre la meurtrière et celle-ci n'avait eu d'autre ressource que de le réduire définitivement au silence.

Race fit la grimace. Ce n'était pas ça. Il y avait dans ce raisonnement un point qui clochait. Ainsi présenté, le second crime sentait la panique, l'affolement. Or Ruth n'était pas femme à perdre son sang-froid. Plus intelligente que George, elle aurait évité le piège, et sans doute avec la plus grande facilité.

Tout bien considéré, il n'apparaissait pas tellement sûr que Ruth fût coupable...

CHAPITRE VI

Lucilla Drake était « ravie » de recevoir le colonel.
Dans la pièce aux stores baissés, elle arriva, tout de noir
vêtue, les yeux humides de larmes qu'elle tamponnait de
son mouchoir roulé en boule. Elle mit dans celle de Race
une main tremblotante et, tout de suite, ce fut un déluge
de paroles.

Elle ne voulait voir personne, rigoureusement personne.
Mais, naturellement, elle faisait une exception pour un
vieil ami de George, ce pauvre cher George qui manquait
tellement dans cette maison, où maintenant il n'y avait
plus d'homme. Sans un homme dans la maison, on était
absolument perdu. Perdu pour tout ! Il ne restait qu'elle,
une pauvre veuve solitaire, et Iris, une gamine sans défense... C'était vraiment très gentil au colonel de s'être
dérangé, et elle lui était très reconnaissante d'être venu.
Car, vraiment, elle n'avait pas la moindre idée de ce qu'il
fallait faire. Pour tout ce qui concernait les affaires de
George, et aussi pour les funérailles, miss Lessing, bien
sûr, s'occuperait de tout. Mais pour l'enquête ?... Cette
affaire était affolante, littéralement affolante. Il y avait des
policiers dans la maison. En civil, bien sûr, et très polis.
Mais, tout de même... Cela la bouleversait. Pas seulement

par leur présence, par tout. On vivait une véritable tragédie... et, pour sa part, elle pensait que c'était une question de *suggestion*. Un grand psychanalyste, dont elle avait oublié le nom, disait que, dans le monde, tout est *suggestion*. La mort de George ne pouvait pas s'expliquer autrement... Aller mourir comme ça, au Luxembourg, cet horrible endroit, au milieu d'un souper, avec les mêmes gens qui étaient là à la mort de Rosemary, et à la même table ! Est-ce que ce n'était pas tragique ?... Et mourir tout d'un coup, en deux minutes ?... S'il l'avait écoutée et pris le tonique du docteur Caskell, ça ne se serait sans doute pas passé ainsi. Mais il n'en faisait qu'à sa tête... Et pourtant, tout l'été, il avait été flapi, complètement flapi, c'était le mot...

Là-dessus, elle reprit son souffle, laissant à Race une chance de parler. Il en profita pour exprimer ses condoléances et assurer Lucilla Drake de son entier dévouement.

Sur quoi, elle repartit.

C'était vraiment très gentil à lui, et elle était plus heureuse qu'elle ne pouvait le dire de sentir auprès d'elle quelqu'un à qui elle pouvait faire confiance. Sans doute, miss Lessing était pleine de bonnes intentions et pouvait rendre de grands services, mais pas très sympathique et elle avait tendance à se croire un peu trop. Cela par la faute de George, qui avait toujours fait d'elle beaucoup trop grand cas. On avait même pu craindre, à un moment, qu'il ne commît une grosse bêtise en épousant cette fille qui faisait tout ce qu'elle pouvait pour ça. Son manège ne lui avait pas échappé, à elle, Lucilla. Iris, par contre, ne s'était aperçue de rien. Mais Iris, la plus gentille petite fille du monde, était tellement innocente ! De plus très jeune pour son âge... et très sage. Elle ne bougeait pas, elle parlait peu et on ne savait jamais la moitié de ce qu'elle pensait. Rosemary, qui était gaie et très vivante, sortait beaucoup. Iris, elle, préférait rester à la maison, à ne rien faire, ce qui ne vaut rien pour l'éducation des filles. Il est préférable qu'elles suivent des cours, qu'elles apprennent la cuisine, la couture, des choses utiles. Ça occupe leur esprit et ça peut leur servir. A vrai dire, Iris avait eu de la chance qu'elle eût pu, elle, Lucilla, venir vivre à Elvaston Square après la mort de Rosemary... Pauvre Rosemary, morte de la grippe !... Il est vrai que ce n'était pas une grippe ordinaire. C'est du moins ce qu'avait dit le docteur Caskell, qui est un homme très agréable à fréquenter et un excellent médecin. Elle aurait voulu lui faire voir Iris cet été, mais ce n'avait pas été possible. C'était bien dommage, car la petite est pâle et pas bien du tout... Probablement parce qu'on était allé s'installer dans une maison mal située... Dans un fond plein d'humidité, où le brouillard venait s'accumuler tous les soirs... Une idée de George, d'avoir acheté cette propriété du jour au lendemain, sans consulter personne... Evidemment, il voulait faire une surprise à Iris... C'était une raison, mais elle n'aurait pas dû l'empêcher de prendre conseil de quelqu'un qui s'y connaissait. Car lui n'y connaissait rien. Elle, elle se serait bien dérangée. Car, après tout, sa vie, maintenant, c'était de s'occuper des autres... Son pauvre mari était mort il y avait longtemps. Quant à son fils, Victor, il vivait au Brésil ou en Argentine... Enfin, très loin d'elle. Ce qui ne l'empêchait pas d'être un bon fils qui aimait beaucoup sa maman...

Le colonel Race réussit à dire au passage qu'il avait entendu parler de Victor.

Ce qui lui valut d'être, pendant un bon quart d'heure, régalé d'un récit des exploits de Victor depuis sa prime jeunesse. Victor était un brave petit, un peu touche-à-tout peut-être, mais foncièrement bon et incapable de faire du mal à quelqu'un.

— Seulement, colonel, c'est un garçon qui n'a jamais eu de chance. A Oxford, ses maîtres n'ont pas su le prendre et on s'est conduit avec lui de façon indigne. On n'a pas voulu comprendre qu'un enfant doué pour le dessin, pouvait trouver amusant d'imiter l'écriture de quelqu'un. Car, ce faux, il l'avait fait pour le plaisir, et pas du tout pour l'argent...

Lancée sur le sujet qui lui était le plus cher, Lucilla ne tarissait pas. Avec elle, Victor avait toujours été très gentil. Chaque fois qu'il lui arrivait des ennuis, c'est vers elle qu'il se tournait. Quelle meilleure preuve de confiance et d'amour pouvait-il lui donner ? Et ce qui prouvait bien sa malchance, c'est que chaque fois qu'on lui proposait une situation intéressante, c'était à l'étranger. Elle ne pouvait pas s'empêcher de penser que les choses auraient été beaucoup mieux si on lui avait offert un emploi sérieux à Londres même, à la Banque d'Angleterre, par exemple...

Race, qui commençait à tout savoir de l'intéressant personnage, dut s'y reprendre à trois fois pour aiguiller délicatement Mrs Drake sur un autre sujet : les domestiques.

Mais, là encore, il fut payé de ses efforts.

Des domestiques, Lucilla Drake n'avait pas peur de le dire, des vrais domestiques, tels que ceux qu'on avait autrefois, on n'en trouvait plus. Et la vie n'en était pas plus facile !... Personnellement, elle ne se plaignait pas, car elle était plutôt bien tombée. Mrs Pound, un peu sourde, était une très brave femme. Elle avait des défauts, sa pâtisserie était un peu lourde, elle mettait trop de poivre dans le potage, mais, dans l'ensemble, elle faisait bien son travail et elle ne faisait pas danser l'anse du panier. Elle était là depuis le mariage de George et elle n'avait pas protesté, cet été, quand il fallut s'en aller à la campagne. Les autres domestiques s'étaient fait tirer l'oreille et une des femmes de chambre avait même donné ses huit jours.

— Notez, remarquait Mrs Drake, que ce n'était pas une perte ! C'était une fille impertinente et qui répondait... Avec ça, elle nous avait cassé six verres du service en cristal... Six verres ! Et cassés, non pas un par un, comme ça peut arriver à tout le monde, mais les six d'un coup ! Avouez, colonel, qu'on n'est pas maladroit à ce point-là !

— Il faut reconnaître que, six verres d'un coup, c'est beaucoup !

— C'est ce que je lui ai dit, en lui faisant observer que j'étais obligée de faire mention de la chose sur son certificat, parce que c'était mon devoir. On n'a pas le droit

de tromper les gens et, sur un certificat, on doit faire
état des défauts comme des qualités. C'est ce que j'ai
essayé de faire comprendre à cette fille, qui m'a répondu
d'une façon inimaginable ! Songez, colonel, qu'elle m'a
dit, entre autres horreurs, qu'elle espérait bien que, dans
sa prochaine place, les patrons ne se feraient pas « mettre
en l'air » !... C'est l'expression qu'elle a employée, une
expression qu'elle avait sans doute entendue au cinéma
et dont elle se servait bien à tort, puisque c'est volontai-
rement que la pauvre Rosemary s'est donné la mort... Ce
dont on ne saurait en vouloir à la chère enfant, car,
comme le procureur du roi l'a très justement souligné,
à ce moment-là elle n'était plus responsable de ses actes.
Cette expression ne convenait donc pas du tout. D'ailleurs, autant que je sache, les gangsters veulent dire par là
qu'ils ont abattu quelqu'un à coups de mitraillette... Dieu
merci, ce sont des mœurs qui n'ont pas cours en Angleterre !... Donc, pour en revenir à cette fille, j'ai porté sur
son certificat que Bettie Archdale s'acquittait consciencieusement de ses devoirs de femme de chambre, qu'elle
était sobre et honnête, mais aussi maladroite et insolente.
Et, personnellement, si j'avais été Mrs Rees-Talbot, j'aurais
lu entre les lignes et je ne l'aurais pas prise à mon
service. Mais les gens, aujourd'hui, introduisent chez eux
n'importe qui et c'est sans hésitation qu'ils engagent des
domestiques qui ont fait trois places en trois semaines !

Profitant de ce que Mrs Drake reprenait haleine, le colonel demanda s'il s'agissait de Mrs Richard Rees-Talbot.

— Parce que, dit-il, dans ce cas, je l'aurais connue aux
Indes.

— Je ne peux pas vous renseigner, répondit Lucilla.
Tout ce que je sais, c'est qu'elle habite Cadogan Square.

— Alors, c'est celle que je connais.

Sur quoi, Mrs Drake déclara que le monde était petit
et que de vieilles et solides amitiés sont ce qu'un homme
peut avoir de plus précieux. Pour elle, elle ne mettait
rien au-dessus de l'Amitié, avec un grand A.

— Rien, par exemple, expliquait-elle, ne me paraît aussi

romantique que l'histoire de Paul et de Viola. Cette chère Viola, dont tant de beaux jeunes gens étaient amoureux !... Mais je vais, je vais, colonel, et vous ne savez même pas de qui je veux parler !... Je vous ennuie...

Il la rassura. Politesse dont elle le récompensa en lui racontant par le menu la vie d'Hector Marle, à qui elle avait pratiquement servi de mère. Elle ne lui laissa rien ignorer de ses particularités, de ses faiblesses et de ses tics et il commençait à se demander pourquoi elle s'était mise à lui parler d'Hector Marle quand elle lui apprit qu'il avait épousé Viola, une orpheline, pupille de la Chancellerie. L'entrée en scène de Viola amenait celle de Paul Bennett, qui, amoureux de la jeune fille et par conséquent rival d'Hector, avait su prendre sa défaite en galant homme. Il était devenu l'ami du ménage et le parrain de son premier enfant, Rosemary, à qui, à sa mort, il avait laissé tous ses biens.

Mrs Drake trouvait cette histoire très touchante et elle tenait que Paul avait fait un geste admirable en faisant de sa petite filleule sa légataire universelle.

— Car il s'agissait, ajouta-t-elle, d'une fortune considérable !... Vous me direz que l'argent n'est pas tout... C'est bien vrai et la mort de cette pauvre Rosemary en est bien la preuve !... Et Iris a beau être riche, elle n'en est pas plus heureuse !

Encouragée par l'attention soutenue que Race accordait à ses propos, rarement écoutés avec autant de complaisance, elle poursuivait :

— Cette petite me donne bien du souci, et il s'agit d'une bien lourde responsabilité, car vous vous doutez bien qu'on n'ignore pas qu'elle est devenue, par la mort de sa sœur, un parti magnifique. Je fais bonne garde et je tâche d'écarter les prétendants indésirables, mais je ne peux pas grand-chose... Autrefois, on surveillait les filles. Aujourd'hui, elles font ce qui leur chante ! Iris a des amis dont je ne sais à peu près rien. J'insiste pour qu'elle les amène à la maison, mais, si j'ai bien compris, ils ne sont pas pressés d'y venir... C'est un problème qui tracassait George, et je

le comprends. Il y a notamment un certain Browne. Je ne
l'ai jamais rencontré, mais Iris et lui se voient tout le
temps et j'ai l'impression qu'un petit peu serait déjà trop.
George n'aimait pas ce garçon et, quand il s'agit d'appré-
cier les hommes, vous pouvez vous fier aux hommes. Je
me souviens d'un de nos marguilliers qui s'appelait le
colonel Pusey. Je pensais de lui énormément de bien, alors
que mon mari le tenait à distance, en me conseillant d'en
faire autant. Eh bien ! un beau dimanche, en pleine église,
alors qu'il présentait l'aumônière dans les bancs, le colonel
s'est abattu sur le sol, complètement ivre ! Après — car
c'est toujours après qu'on découvre ces choses-là, jamais
avant — on a appris qu'il achetait son cognac par douze
bouteilles à la fois !... On a cessé de le voir, bien entendu,
et ça m'a beaucoup peinée, car c'était un homme très
pieux, malgré une certaine tendance à discuter les dogmes.
Mon pauvre mari et lui, un dimanche matin, s'étaient dis-
putés comme des chiffonniers à propos du service de la
Toussaint... Le service d'avant-hier, justement. Penser que
le malheureux George est parti le Jour des Morts !

La porte s'était ouverte doucement et Iris était entrée.
Race l'avait aperçue une fois, au Petit Prieuré, mais il
n'avait gardé d'elle qu'un souvenir confus. Il fut frappé
de l'agitation qui se devinait sous son calme apparent,
frappé aussi de l'expression grave des yeux, de grands yeux
qui lui rappelaient quelqu'un, sans toutefois qu'il pût préciser qui.

Lucilla, entendant du bruit dans son dos, tourna la tête à
demi.

— C'est toi, Iris ?... Entre... Tu connais le colonel Race,
je crois ?

Iris vint vers Race et lui serra la main. Il la trouva
très pâle et sa robe noire la faisait paraître plus mince
encore qu'elle n'était en réalité.

— Je suis venu voir si je pouvais vous être de quelque
utilité, dit Race.

— Je vous remercie, colonel. C'est très aimable à vous.
Elle dit cela machinalement, du ton qui convenait, mais

sans émotion véritable. On voyait qu'elle avait reçu un choc dont elle n'était pas encore remise. La mort de George semblait l'avoir profondément affectée. Sans doute, se dit Race, l'aimait-elle beaucoup.

Elle regarda sa tante avec des yeux sévères.

— De quoi parliez-vous quand je suis entrée ? demanda-t-elle.

Lucilla rougit un peu et s'agita sur sa chaise, mal à l'aise. Race comprit qu'elle ne voulait pas faire allusion au jeune Anthony Browne.

— Mon Dieu, je ne sais plus, répondit-elle, troublée. Ah oui ! De la Toussaint et du Jour des Morts... Je faisais remarquer, à propos de la mort de George, que c'était là une de ces coïncidences comme on croit qu'il ne s'en rencontre pas dans la vie...

— Est-ce que tu penserais que Rosemary est revenue hier pour chercher George ?

Mrs Drake poussa un petit cri aigu.

— Iris, ma chère Iris ! Ne dis pas de ces choses-là !... Ce sont des pensées horribles, si peu chrétiennes !

La jeune fille sourit tristement.

— Est-ce que vous ne parliez pas plutôt d'Anthony ?... Tu sais, Anthony Browne...

La voix de Lucilla, pour répondre, monta très, très haut.

— C'est-à-dire que son nom était venu par hasard dans la conversation. J'avais dit, en passant, que nous ne savions rien de lui...

— Et pourquoi saurais-tu quelque chose de lui ?

Le ton était coupant et Lucilla s'avoua vaincue.

— Bien sûr, ça ne me regarde pas... Mais, tout de même, je le connaîtrais un peu mieux, ce serait mieux !

— Tu auras bientôt toutes les occasions de le connaître, dit Iris. Je vais l'épouser.

— Iris !

Le cri participait du bêlement et du glapissement. La voix de la vieille dame retrouva des timbres plus humains pour dire :

— Mais, Iris, ce n'est pas sérieux ! Il n'est pas possible d'arranger ce mariage dans les circonstances présentes...

— Tout est arrangé, tante Lucilla.

— Mais enfin, ma chérie, il ne peut pas être question de mariage dans cette maison, alors que les obsèques de George ne sont pas encore célébrées ! Il y a les convenances... Et puis, l'enquête, et tout le reste que je ne sais pas !... Et, sincèrement, Iris, je ne crois pas que George t'aurait donné son approbation. Tu sais comme moi qu'il n'aimait pas ce Mr Browne...

— Je sais. George n'aurait pas été d'accord, mais ça ne change rien à l'affaire. C'est de ma vie à moi qu'il s'agit, et pas de celle de George. D'ailleurs, il est mort !

Mrs Drake poussa une sorte de gémissement.

— Iris ! Ma petite Iris ! Peux-tu dire des choses pareilles ?

— Je te demande pardon, dit Iris d'un ton las, je me suis mal fait comprendre. Je voulais simplement dire que George repose en paix quelque part et qu'il n'a plus à se faire du souci pour moi et mon avenir. Il faut maintenant que je prenne mes décisions moi-même.

— Mais, ma chérie, on ne peut rien décider en des heures comme celles-ci ! Ce n'est pas le moment... La question ne se pose pas.

Iris eut un petit rire.

— Elle ne se pose plus. Anthony m'avait demandé de l'épouser avant que nous ne quittions le Petit Prieuré. Nous allions à Londres et le lendemain nous étions mariés, sans avoir rien dit à personne. Mon seul regret, c'est de ne pas l'avoir écouté.

— Il faut pourtant convenir, dit le colonel avec bonne humeur, que la proposition était au moins singulière.

Elle se tourna vers lui, le défiant du regard.

— Et pourquoi donc ? Nous aurions ainsi évité toutes sortes d'ennuis. Pourquoi ne lui aurais-je pas fait confiance ? Il me l'avait demandé, je ne l'ai pas fait. J'ai eu tort, mais je l'épouserai dès qu'il voudra.

Lucilla protesta en un torrent de paroles plus ou moins

intelligibles. Ses grosses joues tremblaient et ses yeux se mouillaient de larmes nouvelles.

Le colonel Race profita de l'occasion.

— Miss Marle, fit-il, pourrais-je, avant de m'en aller, avoir un entretien avec vous en particulier ? Il s'agit d'une conversation d'ordre purement professionnel.

Très surprise, elle murmura un « oui » à peine distinct, puis, lui montrant le chemin, se dirigea vers la porte. Quand elle l'eut franchie, il revint sur ses pas et mit sa main sur l'épaule de Mrs Drake.

— Ne vous tracassez pas, chère madame, dit-il à mi-voix. Vous verrez que tout s'arrangera. Nous y veillerons !

La brave dame ainsi réconfortée, il rejoignit Iris dans le vestibule. Elle le conduisit à une petite chambre, située sur le derrière de la maison. Par la fenêtre, on apercevait un platane mélancolique, qui perdait ses dernières feuilles.

Race parla de son ton le plus officiel.

— Ce que je voudrais que vous sachiez, miss Marle, dit-il, c'est que l'inspecteur-chef Kemp est un de mes amis personnels et qu'il fera, j'en suis convaincu, tout ce qu'il pourra pour vous venir en aide. Sa mission est fort désagréable, mais croyez qu'il s'en acquittera avec tout le tact désirable.

Elle le regarda un instant sans rien dire, puis brusquement elle lui demanda pourquoi il n'était pas venu les retrouver la veille, ainsi qu'il était convenu.

Il hocha la tête.

— George ne m'attendait pas.

— Mais il nous a dit le contraire !

— Peut-être, mais c'était inexact. George savait parfaitement que je ne viendrais pas.

— Mais alors... cette chaise vide, pour qui était-elle ?

— Pas pour moi.

La jeune fille ferma les yeux à demi et devint toute pâle.

— Je comprends, fit-elle, et sa voix était un souffle. Je comprends... C'était pour Rosemary !... Pour Rosemary !

Il crut qu'elle allait se trouver mal et s'empressa, tout

en lui prodiguant des paroles apaisantes, de l'installer sur un siège.

D'une voix qui s'entendait à peine, elle dit :

— N'ayez pas peur ! Je suis bien maintenant... Seulement, je ne sais pas ce que je dois faire !... Je ne sais pas !

— Puis-je quelque chose pour vous ?

Elle leva vers lui des yeux pleins de tristesse.

— Il faut d'abord que je mette mes idées en ordre, que je les classe...

On la sentait découragée, accablée.

— Voyons, reprit-elle... Le premier point, c'est que George ne croyait pas au suicide de Rosemary. Il était persuadé qu'on l'avait tuée. Et ça, à cause de ces lettres... Ces lettres, colonel, de qui sont-elles ?

— Malheureusement, je ne le sais pas. Personne ne le sait. Vous n'avez aucune idée ?

— Aucune. Mais George croyait ce qu'elles disaient et c'est pour ça qu'il avait organisé le souper d'hier soir avec cette chaise vide... Et il avait choisi le Jour des Morts !... Un jour, peut-être le seul, où l'esprit de Rosemary pouvait revenir... et lui apprendre la vérité !

— Il ne faut pas laisser aller votre imagination !

— Mais, cette présence, je l'ai sentie moi-même, colonel... C'était ma sœur, vous comprenez ?... Et plusieurs fois, hier soir, j'ai compris qu'elle était tout près de moi et qu'elle essayait de me dire quelque chose...

— Voyons, voyons... Calmez-vous !

— Je suis calme, mais *il faut que je parle* !... George a porté un toast à Rosemary... et il est mort ! Peut-être... peut-être, à ce moment-là, est-elle venue le chercher...

— Les esprits ne mettent pas de l'acide cyanhydrique dans les verres des vivants !

Les mots parurent la ramener à une plus saine vision des choses. Elle dit, d'une voix plus normale :

— Mais c'est tellement incroyable !... George a été tué. *Il a été tué, c'est sûr !* C'est ce que croit la police et il ne peut pas en être autrement. Il a été tué... et, pourtant, ça ne paraît pas possible !

— Croyez-vous ? Si Rosemary a été tuée et si George commençait à suspecter quelqu'un...

Elle l'interrompit :

— Oui, mais *Rosemary n'a pas été assassinée, elle !* C'est pour ça que je n'y comprends rien ! Si George avait cru ce que disaient ces lettres, c'est un peu parce qu'il est bien difficile d'admettre que quelqu'un s'est donné la mort dans un moment de dépression, sans motif sérieux. Mais *Rosemary avait une raison de se tuer...* Attendez, je vais vous montrer !

Elle quitta la pièce un instant, revenant bientôt avec un morceau de papier, plié en quatre et légèrement froissé, qu'elle lui tendit :

— Lisez !... Vous verrez vous-même...

Il déplia le papier. C'était une lettre qui commençait par ces mots : *Mon Léopard adoré...*

Il la lut deux fois avant de la rendre à la jeune fille.

— Alors ? fit-elle. Vous comprenez, maintenant ?... Elle était malheureuse, désespérée. La vie ne l'intéressait plus...

— Savez-vous à qui cette lettre était destinée ?

— Oui. A Stephen Farraday. Pas à Anthony. Elle était la maîtresse de Stephen et il la faisait souffrir. Elle s'est procuré le poison et elle l'a pris au Luxembourg, devant lui, pour qu'il la voit mourir. Sans doute voulait-elle lui donner des remords...

Race, pensif, se taisait :

— Quand avez-vous trouvé cette lettre ? demanda-t-il, au bout d'un instant.

— Il y a environ six mois dans la poche d'une vieille robe de chambre.

— Vous ne l'avez pas montrée à George ?

Elle protesta avec indignation :

— Le pouvais-je ?... Rosemary était ma sœur, je n'avais pas le droit de la trahir. George croyait qu'elle l'aimait. Je n'allais pas lui prouver le contraire, alors qu'elle était morte ! Il se trompait sur tout, bien sûr, mais je ne pouvais pas, *moi*, lui révéler la vérité !

Elle soupira et reprit :

— Mais ça, c'est le passé. Ce que je voudrais savoir, c'est ce que je dois faire, maintenant. Je vous ai montré cette lettre parce que vous étiez un ami de George. Dois-je la faire voir à l'inspecteur Kemp ?

— Sans aucun doute. Vous comprenez, il s'agit d'une preuve...

— Mais... elle sera rendue publique ?

— Pas nécessairement. L'enquête porte, ne l'oubliez pas, sur la mort de George, non sur celle de Rosemary. Rien ne sera divulgué que l'indispensable. Vous feriez mieux de me donner cette lettre dès maintenant...

— Tenez !

Elle l'accompagna jusqu'à la porte. Sur le seuil, elle lui dit :

— Cette lettre que vous emportez, colonel, c'est bien *la preuve que Rosemary s'est suicidée* ?

— C'est en tout cas la preuve qu'elle avait une raison de le faire.

Elle poussa un long soupir.

Il descendit le perron. En bas des marches, quand il se retourna, il la vit, debout dans l'encadrement de la porte. Il lui fit adieu de la main.

Elle le regarda s'éloigner.

CHAPITRE VII

Mrs Rees-Talbot n'en croyait pas ses yeux :

— Ainsi, c'est vous, colonel ! Je ne vous ai pas vu depuis je ne sais combien de temps ! Exactement depuis votre mystérieuse disparition, à Allahabad. Et qu'est-ce que vous venez faire ici ?... Ne me dites pas que vous venez me voir, je n'en croirais rien ! Vous n'êtes pas l'homme à faire des visites. Expliquez-vous et ne cherchez pas des formules diplomatiques, je vous en dispense !

— Elles ne serviraient de rien avec vous, ma chère Mary, je ne l'ignore pas. Je sais que vous lisez dans les âmes !

— Pas de compliments, je vous en prie, et arrivons au fait !

Race sourit :

— La femme de chambre qui m'a fait entrer, demanda-t-il, c'est Betty Archdade ?

— Exactement ! Vous n'allez pas me raconter que cette fille, un des plus beaux spécimens des faubourgs que j'aie jamais rencontrés, est une célèbre espionne européenne, je ne pourrais pas vous croire !

— Il n'est pas question de ça.

— Et ne me dites pas non plus qu'elle travaille pour l'Intelligence Service, là encore je vous dirais non !

— Nous sommes parfaitement d'accord. Cette fille est une femme de chambre, et pas autre chose !

— Et depuis quand vous intéressez-vous aux simples femmes de chambre ?... Je dis « simples » et j'ai tort, car Betty n'est pas simple, mais au contraire très fine et très rusée. Qu'est-ce que vous lui voulez ?

— J'ai idée qu'elle pourrait me donner quelques renseignements dont j'ai besoin.

— Si vous les lui demandez gentiment, je ne serais pas surprise de vous les voir obtenir. Sa technique est très au point. Elle est toujours à deux pas de la porte quand il y a quelque chose d'intéressant à entendre. A part ça, qu'est-ce que « M » peut faire pour vous ?

— « M » pourrait m'offrir quelque chose à boire et, pour cela, sonner Betty et lui donner des ordres.

— Et quand Betty aura apporté les boissons ?

— « M » pourrait disparaître discrètement.

— Et aller faire un peu d'écoute à la porte ?

— Si ça l'amuse !

— Après quoi elle serait bourrée d'informations sensationnelles sur la dernière crise européenne ?

— J'ai bien peur que non. Il ne s'agit pas de politique.

— Alors, je suis déçue !... Tant pis ! Je joue quand même.

Mrs Rees-Talbot, qui était une brune aimable n'ayant que de peu dépassé la quarantaine, appela sa femme de chambre, lui donna des instructions et, deux minutes plus tard, après une courte éclipse, la jolie Betty Archdale revenait dans la pièce, portant sur un plateau le whisky-soda du colonel.

Mrs Rees-Talbot avisa Betty que le colonel avait quelques questions à lui poser et disparut.

Betty dévisagea ce grand monsieur à cheveux gris, qui avait des choses à lui demander. Elle ne se sentait pas très à l'aise. On n'aurait pu dire, cependant, qu'elle était intimidée car il y avait de l'impertinence dans ses yeux.

Race prit son verre et, souriant, engagea la conversation :

— Vous avez vu les journaux, aujourd'hui ?

— Oui, monsieur.

— Vous avez vu que Mr Barton est mort, hier soir, au Luxembourg, un cabaret ?

— Oui, monsieur. C'est bien triste !

Ses yeux, brillants de plaisir, prouvaient qu'elle pensait tout le contraire. On a le droit d'aimer les beaux faits divers.

— Vous avez été à son service, n'est-ce pas ?

— Oui, monsieur. Je l'ai quitté l'hiver dernier, après la mort de madame.

— Morte, comme lui, au Luxembourg.

— Oui. C'est drôle, n'est-ce pas, monsieur ?

« Drôle » n'était pas le mot qu'il eût choisi, mais il comprenait ce qu'elle voulait dire.

— Je vois, fit-il gravement, que vous êtes intelligente.

Elle sourit, flattée, et demanda :

— Est-ce qu'il a été assassiné aussi ? Les journaux ne disent pas exactement...

— Pourquoi dites-vous « aussi » ? L'enquête sur la mort de Mrs Barton a conclu au suicide.

Elle le regardait du coin de l'œil. Evidemment, il n'était plus tout jeune, mais encore bien ! Le genre tranquille. Un vrai gentleman, c'était clair ! Seulement, où diable voulait-il en venir ?

— Oui, dit-elle, l'enquête a conclu au suicide.

— Mais, vous, vous ne l'avez pas cru ?

— Non, monsieur. Jamais !

— Et pourquoi ça ?

Elle hésitait. Ses doigts tortillaient un coin de son tablier.

— Dites-le-moi, Betty ? Cela peut être d'une importance considérable !

Elle lui trouvait une belle voix grave. Et puis, il était poli et parlait doucement. Et il vous donnait tellement l'impression qu'on était quelqu'un qu'on avait envie de lui faire plaisir. D'ailleurs, pour la mort de Rosemary, elle n'avait rien à se reprocher. Elle avait pensé ce qu'elle avait voulu, mais elle n'avait rien dit à personne...

— On l'a tuée, monsieur, dit-elle. Ce n'est pas votre avis ?

— C'est très possible ! Qu'est-ce qui vous le fait penser ?

— Eh bien, c'est... un bout de conversation que j'ai entendu un jour, par hasard !

— Ah ! oui !... C'est très intéressant !

Encouragée par son ton amical, elle poursuivit :

— La porte n'était pas fermée, ni même poussée. Je dis ça parce que je ne voudrais pas que vous vous imaginiez que j'écoute aux portes ! Ce n'est pas mon genre... Non, je passais dans le couloir. J'allais à la salle à manger pour ranger de l'argenterie que je portais sur un plateau. Ils parlaient très haut... et c'était Mrs Barton qui disait quelque chose à Mr Anthony Browne, comme quoi elle savait bien que ce n'était pas son vrai nom... Alors, lui, d'un seul coup, il est devenu vraiment mauvais !... Je n'aurais pas cru ça de lui, car en général il était gentil et plutôt doux... Il parlait de lui taillader le visage à coups de couteau et il disait aussi que si tout n'allait pas comme il voulait, il ne fallait pas qu'elle oublie qu'elle pouvait très bien « se faire descendre »... Tel que, monsieur, je n'invente rien !... Ce qui s'est passé après, je ne sais pas, vu que, comme miss Iris arrivait par le grand escalier, j'ai préféré partir... Sur le moment, tout ça ne m'avait pas trop frappée, mais, plus tard, quand on a dit qu'elle s'était suicidée et quand j'ai appris qu'il était au souper, ça m'est revenu... et j'en ai eu froid dans le dos. Parole !

— Mais vous n'avez rien dit ?

— Je ne tiens pas tellement à fréquenter la police. Et puis, qu'est-ce que je savais ?... Après tout, rien !... Sans compter que, si j'avais parlé, peut-être qu'il m'aurait descendue aussi... Ou, comme ils disent, « emmenée pour une petite promenade en voiture »... Une promenade dont on ne revient pas !

— Je vous comprends, Betty.

Du même ton aimable, il dit ensuite :

— Et c'est pour cela que vous vous êtes contentée d'envoyer une lettre anonyme à Mr Barton ?

Stupéfaite, elle ne paraissait pas comprendre.

— Qu'est-ce que vous dites ?... Une lettre anonyme ? Moi ?... Jamais de la vie !

— N'ayez pas peur, Betty, je vous comprends fort bien et l'idée n'était pas si mauvaise. Vous le préveniez sans vous découvrir. C'était adroit !

— Mais je ne lui ai pas écrit, monsieur ! Je n'ai même jamais pensé à le faire ! Vous voulez bien dire, n'est-ce pas, que j'aurais écrit à Mr Barton pour l'avertir que sa femme avait été assassinée ?... Je vous jure que c'est une idée qui ne m'est jamais venue !

Elle parlait avec une telle conviction qu'il en fut ébranlé. Dommage, car ça aurait magnifiquement « collé » ! Tout se serait si bien expliqué si elle avait été l'auteur des lettres ! Mais elle niait et elle paraissait sincère. Elle ne s'indignait pas, elle ne se troublait pas, mais elle maintenait fermement qu'elle n'était pour rien dans l'avertissement reçu par Barton. Un peu à contrecœur, il se voyait forcé de la croire.

Il porta la conversation sur un autre terrain.

— A qui avez-vous parlé de ce que vous avez entendu ?

— A personne, monsieur. Je vous le dis franchement, dans le fond, je n'étais pas rassurée. J'ai pensé qu'il valait mieux ne rien dire et j'ai essayé d'oublier tout ça ! La seule fois où je n'ai pas su tenir ma langue, c'est quand j'ai donné mes huit jours à Mrs Drake. Elle m'avait fait une vie impossible, elle m'en avait dit plus qu'une fille n'en peut supporter et voilà qu'elle voulait que j'aille m'enterrer avec elle à la campagne, dans un patelin où il n'y a ni cars, ni chemins de fer ! J'ai préféré quitter. Là-dessus, elle m'a annoncé qu'elle allait me faire un mauvais certificat, où elle dirait que je cassais et que je répondais ! Alors, pour bien lui montrer que je me fichais d'elle, je lui ai dit que je trouverais toujours une place où les patrons ne se feraient pas « mettre en l'air »... Tout de suite, j'ai pensé que j'en avais trop dit, mais j'ai été rassurée, parce qu'elle n'avait pas fait attention... Comme vous dites, peut-être que j'aurais dû parler à l'époque. Mais est-ce que je savais ?... Et puis, n'est-ce pas, peut-être aussi qu'il ne s'agissait que d'une plaisanterie ? Des fois, pour blaguer, on dit n'importe quoi et Mr Browne aimait bien rire... Non, je vous assure, monsieur, qu'il m'était vraiment difficile de dire quelque chose. Vous ne trouvez pas ?

Il en convint.

— Mrs Barton, dit-il ensuite, prétendait qu'il ne s'appe-lait pas réellement Anthony Browne. A-t-elle prononcé son véritable nom ?

— Oui. Et la preuve, c'est qu'il lui a dit qu'elle devait oublier ce nom de Tony... Tony comment, déjà ?... Je ne me rappelle plus... C'était Tony quelque chose... Un nom, c'est rigolo, qui m'avait fait penser à la confiture de cerises...

— Tony Cerisay ?... Cerisier ?...

— Non. Un nom plus curieux que ça... Et qui commen-çait par un M.

— Ne cherchez pas, Betty, il vous reviendra peut-être et vous me le donnerez à ce moment-là ! Voici ma carte. Si vous vous souvenez du nom, vous me l'écrirez à mon adresse.

Il lui remit sa carte et, en même temps, un billet de banque.

— Je vous remercie, monsieur. Vous pouvez compter sur moi !

Elle sortit, se disant qu'elle ne s'était pas trompée et que c'était bien à un gentleman qu'elle avait eu affaire. Elle aurait été très contente avec dix shillings et il lui avait bel et bien donné une livre...

— Alors, demanda Mrs Rees-Talbot, revenant dans le salon, vous êtes content ?

— Très. Il ne me reste qu'un petit problème embêtant, mais peut-être allez-vous pouvoir m'aider à le résoudre. Voyez-vous un nom, un nom de personne, auquel vous feraient penser les confitures de cerises ?

— Drôle de question !

— Réfléchissez, Mary ! Moi, n'est-ce pas, je ne suis pas

très familier avec les mystères de la cuisine. Il s'agit de confitures, de confitures de cerises plus particulièrement !

— On n'en fait pas souvent.

— Et pourquoi ça ?

— Eh bien, parce qu'elles ont tendance à devenir trop sucrées. A moins qu'on ne se serve de cerises préparées spécialement, comme les cerises Morello.

— Nous y sommes ! s'écria-t-il. Je parie que nous y sommes !

Il se leva :

— Au revoir, Mary ! Je vous suis infiniment reconnaissant de tout ! Vous permettez que je prenne ce bouton pour appeler la femme de chambre qui me reconduira ?

Déjà il était à la porte.

— Allez-vous-en, ingrat ! lui lança-t-elle. Mais, tout de même, vous auriez pu me dire de quoi il s'agissait ?

— Je vous promets que je viendrai tout vous raconter un de ces jours !

— Que vous dites !

— Vous verrez !

Betty l'attendait au pied de l'escalier. Elle l'aida à passer son pardessus, lui remit son chapeau et sa canne et l'accompagna jusqu'à la porte. Sur le seuil, il s'arrêta :

— Au fait, Betty, ce nom, ce ne serait pas Morello ?

La figure de la fille s'éclaira :

— C'est ça, monsieur ! Ou plutôt Morelli. Tony Morelli, c'est le nom qu'il lui a dit d'oublier. Et, je n'y pensais pas tout à l'heure, il lui a dit aussi qu'il avait fait de la prison.

Il s'en alla tout souriant.

Il entra dans la première cabine téléphonique qui se trouva sur son chemin et appela Kemp à l'appareil.

La conversation fut brève.

— Entendu, dit Kemp pour conclure. Je câble immédiatement. Nous serons fixés avant peu et je me sentirai rudement soulagé si vous avez vu juste !

— Attendons, fit Race. Mais j'ai bon espoir et je crois que je commence à y voir clair.

CHAPITRE VIII

L'inspecteur Kemp n'était pas de très bonne humeur. Depuis une demi-heure, il interrogeait un malheureux gosse de seize ans, un adolescent pâlot, et pour l'instant mourant de peur, qui devait à l'éminente situation de son oncle Charles de pouvoir espérer devenir quelque jour un garçon digne de servir en pied au Luxembourg. En attendant, il faisait partie des six « grouillots » qui, distingués des garçons par le tablier blanc qu'ils portaient autour de la taille, s'activaient dans le restaurant aux ordres de tous et de chacun. Ils apportaient le pain, couraient chercher le ravier ou la fourchette qui manquaient, se précipitaient des tables aux cuisines et des cuisines aux tables, toujours en mouvement, régulièrement tenus pour responsables de toutes les erreurs commises dans le service et, à longueur de jour, bousculés et commandés par tous en français, en italien, parfois même en anglais. Charles, ainsi qu'il convenait à un personnage de son importance, n'accordait aucune faveur à son neveu et ne se faisait pas faute de le réprimander sévèrement au moindre prétexte, et même sans prétexte, pour le principe. Malgré cela, Pierre était heureux, soutenu par l'idée que dans un avenir lointain il régnerait, lui aussi, en qualité de maître d'hôtel, sur quelque restaurant de grande classe.

Pour le moment pourtant, sa carrière lui paraissait assez compromise. Car, s'il ne se trompait pas, on le soupçonnait d'être un assassin. Ni plus, ni moins !

Kemp l'avait consciencieusement mis sur le gril, pour en arriver finalement à la conviction décourageante que le gosse n'avait fait que ce qu'il prétendait avoir fait : avoir ramassé par terre un sac de dame et l'avoir posé sur la table.

Une fois encore, le gosse reprenait ses explications.

— Vous comprenez, m'sieur, je faisais vite parce que Mr Robert attendait sa sauce et je le voyais qui s'impatientait. Alors la dame, en partant danser, a fait tomber son sac. Je me suis arrêté, je l'ai ramassé en vitesse et j'ai filé. Il y avait Mr Robert qui me faisait des signaux désespérés, c'était pas le moment de traîner. C'est tout, m'sieur, et je vous assure que c'est comme ça que ça s'est passé.

On ne pouvait malheureusement guère en douter. Kemp rendit sa liberté au gosse. Il dut refréner une forte tentation de lui dire : « Et, surtout, que je ne t'y reprenne plus ! »

L'agent Pollock vint lui annoncer que le service de garde téléphonait : il y avait, en bas, une jeune femme qui demandait à lui parler, ou plus exactement à voir l'officier chargé de l'enquête sur l'affaire du Luxembourg.

— Comment s'appelle-t-elle ?

— Miss Chloé West.

— Dites qu'on la fasse monter, fit-il, résigné. J'ai dix minutes à lui donner. Mr Farraday ne doit plus tarder maintenant. D'ailleurs, il ne sera pas mauvais de le faire attendre un peu et ça ne sera pas plus mal !

Quand miss Chloé West entra, Kemp eut l'impression qu'il la reconnaissait, mais il s'aperçut tout de suite, au second regard, qu'il n'en était rien. Il ne l'avait certainement jamais vue, encore qu'elle lui rappelât vaguement quelqu'un.

C'était une femme qui pouvait avoir vingt-cinq ans,

grande, très jolie, avec de beaux cheveux acajou. Sa voix était un peu apprêtée, avec une articulation parfaite, et elle paraissait nerveuse.

— Asseyez-vous, miss West. Que puis-je pour vous ?

Le ton n'était pas très engageant, mais elle ne parut pas s'en apercevoir.

— J'ai lu dans les journaux qu'un homme était mort hier soir au Luxembourg. C'est à ce sujet que je suis venue vous trouver.

— Mr George Barton. Vous le connaissiez ?

— Eh bien... non. Pas précisément. Je veux dire que je ne le connaissais pas bien.

Kemp la regarda avec plus d'attention. De nouveau, il se demandait si tout de même il ne l'avait pas déjà rencontrée. Elle avait l'air d'une femme bien élevée. Honnête, très probablement. Il décida de se faire plus aimable.

— Avant d'aller plus loin, dit-il d'un ton adouci, voudriez-vous me donner votre nom et votre adresse ?

— Je m'appelle Chloé Elisabeth West. J'habite 15, Merryvale Court, à Maida Vale. Je suis actrice.

Il l'examina de nouveau sans en avoir l'air. Elle devait dire vrai. Comédienne, sans doute, mais du genre sérieux, jouant le répertoire, probablement.

— Maintenant, miss West, je vous écoute.

— Quand j'ai appris par les journaux que la police avait ouvert une enquête sur la mort de Mr Barton, j'ai pensé que je ferais peut-être bien de venir vous voir. J'en ai parlé à une de mes amies, qui a été de mon avis, et je suis venue, bien que ce que j'ai à vous dire soit peut-être sans intérêt.

— Nous verrons ça, fit Kemp avec bonne humeur. Dites toujours...

— Voici... Pour le moment, je ne joue pas. Mais mon nom est dans les agences et ma photo paraît dans *Le Projecteur,* un journal professionnel. C'est là, d'après ce que j'ai compris, que Mr Barton l'a vue. Toujours est-il qu'il est entré en relation avec moi et qu'il m'a expliqué ce qu'il attendait de moi...

— C'est-à-dire ?

— Il me raconta qu'il donnait un souper au Luxembourg et qu'il désirait faire une surprise à ses invités. Il avait apporté une photo, un portrait de femme, et il voulait que je me maquille pour ressembler le plus possible à la personne qui avait posé. Nos cheveux, paraît-il, étaient à peu près de la même nuance...

D'un coup, Kemp se souvint. La photographie de Rosemary, il l'avait vue sur le bureau de George, à Elvaston Square, et c'était Rosemary que lui rappelait sa visiteuse. Elle lui ressemblait. Peut-être pas de façon frappante, mais pourtant de façon indiscutable.

— Je devais porter une robe qu'il m'avait donnée, poursuivait miss West, une robe verte, je devais me coiffer d'après la photographie et faire tout ce que je pourrais pour accentuer la ressemblance. Puis je devais aller au Luxembourg, arriver au moment où les attractions passent pour la première fois de la soirée et m'asseoir à la table de Mr Barton, où une chaise serait demeurée libre à mon intention. Pour être bien sûr qu'il n'y aurait pas d'erreur, il m'avait emmenée déjeuner au Luxembourg il y a quelques jours.

— Mais, miss West, hier soir, vous n'êtes pas allée au Luxembourg ?

— Non, parce que vers huit heures quelqu'un... Mr Barton... m'a appelée au téléphone pour me dire que tout était changé et remis à une date qu'il me ferait connaître plus tard. Ce matin, j'ai vu la nouvelle de sa mort dans les journaux...

— Et finalement, dit Kemp, vous avez eu la très bonne idée de venir nous voir. Je vous en suis très reconnaissant, miss West, et je vous remercie. Grâce à vous, un premier mystère, celui de la chaise vide, se trouve maintenant éclairci... A propos, pourquoi, à l'instant, après avoir dit « quelqu'un », vous êtes-vous reprise pour dire « Mr Barton » ?

— Parce que, tout d'abord, je n'ai pas reconnu Mr Barton à l'appareil. La voix m'avait paru différente.

— C'était bien une voix d'homme ?

— Oui... Du moins, il m'a semblé. C'était la voix enrouée de quelqu'un qui a un bon rhume.

— Et c'est tout ce qu'il vous a dit ?

— Absolument tout.

Kemp posa encore quelques autres questions, mais elles ne devaient rien lui apprendre.

Chloé West partie, l'agent Pollock étant venu aux ordres, il ne lui cacha pas sa satisfaction.

— Nous progressons, Pollock. Nous connaissons maintenant le fameux plan de Barton et je comprends pourquoi ils nous ont tous dit qu'il considérait avec stupeur cette chaise qui s'obstinait à rester vide, pourquoi il avait l'air d'être dans la lune, pourquoi il était « catastrophé ». Il se rendait compte que son beau plan était par terre !

— Alors, vous ne croyez pas que c'est lui qui a décommandé la femme ?

— Vous pouvez parier que non ! Et je ne suis pas tellement sûr qu'il s'agissait d'une voix d'homme. L'enrouement, pour déguiser une voix au téléphone, c'est un vieux truc ! Nous progressons, Pollock, nous progressons. Envoyez-moi Mr Farraday !

CHAPITRE IX

Stephen Farraday arriva à Scotland Yard, calme et impassible en apparence, mais en réalité en proie à une vive agitation intérieure. Il se sentait privé de tous ses moyens, écrasé, anéanti. Ce matin, tout semblait s'arranger le mieux du monde. Pourquoi donc l'inspecteur Kemp s'était-il, au téléphone, montré si pressé de le voir ? Que pouvait-il savoir ou soupçonner ? Rien que de vague, certainement. L'important était de garder son sang-froid et de tout nier.

Mais, loin de Sandra, il se découvrait sans force et sans défense. Quand ils faisaient face au danger tous les deux, la moitié de ses craintes s'évanouissaient du seul fait qu'elle était là, à ses côtés. Ensemble, ils étaient forts, courageux, puissants. Seul, il était faible et désarmé. En allait-il de même pour elle ? Il se le demandait, se la représentant, solitaire et silencieuse, dans un coin de l'immense maison, fière, torturée par ce même sentiment d'impuissance qui semblait en ce moment paralyser ses propres facultés.

L'inspecteur Kemp l'accueillit avec une courtoisie froide et sévère. Pollock était assis à une petite table, près du bureau, crayon au poing, un bloc de papier devant lui.

Ayant invité son visiteur à s'asseoir, Kemp s'adressa à lui dans les termes les plus officiels :

— J'ai l'intention, monsieur Farraday, de vous demander une déposition qui sera enregistrée et que je vous prierai de lire et de signer avant de vous retirer. Il est de mon devoir de vous avertir que vous avez le droit de refuser de faire cette déposition et que vous pouvez exiger de ne parler qu'en présence de votre avocat.

Stephen était abasourdi, mais il réussit à n'en rien laisser voir. Il trouva même moyen de sourire pour dire :

— Voilà, inspecteur, qui me paraît tout simplement formidable !

— Il n'est pas mauvais, monsieur Farraday, de bien préciser certaines choses au départ.

— Et je dois comprendre, bien entendu, que tout ce que je dirai pourra être utilisé contre moi ?

— Nous ne disons pas « contre », monsieur Farraday. Ce que vous pourrez dire pourra être utilisé en justice.

— Je vois la nuance, mais je n'arrive pas à comprendre, inspecteur, pourquoi vous me demandez une déposition, alors que vous m'avez déjà entendu ce matin ?

— C'est simplement qu'il s'agissait d'une conversation officieuse et qu'il y a des points sur lesquels il nous faut revenir. D'autre part, il est certains faits dont vous préférerez sans doute que nous discutions seulement maintenant. Pour tout ce qui me semble ne toucher à l'affaire qu'indirectement, nous nous efforçons d'être aussi discrets que le permet la recherche de la vérité. Vous voyez à quoi je fais allusion ?

— J'ai peur que non.

— Alors, je m'explique, dit Kemp avec un soupir. Vous étiez, je crois, en termes très intimes avec la défunte Mrs Barton ?

— Qui prétend ça ?

Kemp prit sur son bureau un document dactylographié et le tendit à Stephen :

— Voici la copie d'une lettre trouvée dans les affaires de Mrs Barton. L'original est dans le dossier. Il nous a été remis par miss Iris Marle, qui reconnaît l'écriture comme étant celle de sa sœur.

Stephen lut : *Mon léopard adoré...*

Des souvenirs l'assaillaient. Il croyait entendre la voix de Rosemary, plaidant sa cause, insistant... Ce passé ne consentirait-il donc jamais à se laisser oublier ?

Il se ressaisit et dit, rendant le document à Kemp :

— Vous avez peut-être raison de croire que cette lettre est de Mrs Barton, mais rien n'indique qu'elle m'était destinée.

— Reconnaissez-vous avoir payé le loyer du 21, Malland Mansions, Earl's Court ?

Ainsi, ils savaient. Il se demanda depuis quand...

— Je vois, fit-il avec effort, que vous êtes bien renseigné. Pourrais-je vous demander pourquoi on se propose de donner à mes affaires privées la plus large publicité ?

— Il n'est question de rien de tel, à moins qu'elles n'aient un rapport direct avec la mort de George Barton.

— Vous insinueriez qu'après lui avoir pris sa femme je l'ai tué ?

Kemp mit les coudes sur la table et croisa les mains :

— Monsieur Farraday, je serai franc. Vous étiez, Mrs Barton et vous, des amis très intimes. La rupture est venue de vous, et non point d'elle. Elle se proposait, cette lettre le prouve, de faire un scandale. Là-dessus, elle meurt. Pour vous, tout à fait au bon moment...

— Elle s'est suicidée. Je reconnais que je porte peut-être dans cette malheureuse affaire une certaine part de responsabilités, il se peut que j'aie des remords... Mais la justice n'a rien à voir là-dedans !

— Il est possible que Mrs Barton se soit donné la mort et il est possible aussi qu'il ne s'agisse pas d'un suicide. Cette dernière opinion était celle de George Barton. Il avait commencé des recherches. Il meurt. Coïncidence encore, mais qui donne à réfléchir.

— Peut-être. Mais pourquoi les soupçons porteraient-ils sur moi ?

— Vous admettez que la mort de Mrs Barton a aplani

pour vous de sérieuses difficultés ? Un scandale, monsieur Farraday, pouvait compromettre votre carrière.

— Il n'y aurait pas eu de scandale. Mrs Barton aurait fini par entendre la voix de la raison.

— C'est ce que je me demande... Est-ce que votre femme était au courant de votre liaison ?

— Certainement pas !

— Vous en êtes bien sûr ?

— Absolument sûr ! Ma femme pensait que Mrs Barton et moi, nous étions d'excellents amis... et j'espère qu'elle continuera à le croire.

— Votre femme est-elle jalouse, monsieur Farraday ?

— Non. Du moins, je n'ai jamais eu l'occasion de m'en apercevoir. Elle est bien trop intelligente pour ça !

L'inspecteur n'était peut-être pas d'accord sur ce que semblait impliquer cette affirmation, mais il négligea de le signaler. Il avait une autre question à poser.

— Avez-vous jamais, monsieur Farraday, détenu de l'acide cyanhydrique ?

— Jamais !

— Est-ce que vous n'en avez pas un peu chez vous, à la campagne ?

— Le jardinier en a peut-être. Je n'en sais rien.

— Vous n'en avez vous-même jamais acheté, soit chez le pharmacien, soit chez un marchand de produits photographiques ?

— Je ne fais pas de photographie et je vous répète que je n'ai jamais eu d'acide cyanhydrique en ma possession.

L'interrogatoire se poursuivit quelques instants encore, puis Kemp remercia Stephen, qui bientôt se retirait.

Après son départ, l'inspecteur se tourna vers Pollock l'air songeur :

— Il m'a paru bien soucieux de nous convaincre que sa femme n'était pas au courant de sa liaison. J'aimerais bien savoir pourquoi...

— Peut-être a-t-il peur qu'elle ne vienne à l'apprendre maintenant !

— Peut-être... Mais je pensais qu'il aurait eu l'intelli-

gence de se rendre compte que, si sa femme ne savait
rien, elle serait capable de le quitter le jour où elle appren-
drait quelque chose, ce qui ajoute une raison supplémentaire à celles qu'il pouvait avoir de supprimer Rosemary.
Je me demande pourquoi il n'a pas adopté un autre sys-
tème de défense. Il eût été si simple de nous dire que sa
femme était plus ou moins au courant, mais qu'elle fermait
les yeux..

— Il n'y aura pas pensé.

Kemp fit la moue. Farraday n'était pas un imbécile. Très
intelligent, au contraire, avec des idées claires et le cerveau agile. Et il avait fait tout le possible pour persuader
l'inspecteur que sa femme ignorait tout de sa liaison !

— Enfin, fit Kemp, nous verrons bien ! Race paraît
satisfait de la piste qu'il a découverte. S'il a raison,
les Farraday sont hors de cause, tous les deux, et je serai
le premier à m'en réjouir ! Ce type-là me plaît et personnellement je ne peux pas croire qu'il soit un assassin.

Ouvrant la porte du petit salon, Stephen dit :

— Sandra, tu es là ?

Dans le noir, elle vint à lui. Il sentit ses deux mains se
poser sur ses épaules :

— Stephen !

— Pourquoi restes-tu dans l'obscurité ?

— Je ne pouvais pas supporter la lumière. Alors ?

— Alors, ils savent.

— Pour Rosemary ?

— Oui.

— Et que pensent-ils ?

— Ils considèrent, naturellement, que j'avais un mobile.
Ah ! ma chérie, dans quelle aventure t'ai-je entraînée !...
Car, tout ça, c'est ma faute ! J'aurais dû partir après la
mort de Rosemary... C'était si simple !... Je disparaissais,
tu te retrouvais libre... et au moins tu n'aurais pas été
mêlée à cette horrible affaire !

— Non, non, ne dis pas ça !... Il ne faut pas me quitter,
Stephen ! Il ne faut pas !

Elle s'accrochait à lui. Ses membres tremblaient et il sentait des larmes chaudes couler sur ses joues.

— Je n'ai que toi, Stephen !... Tu es toute ma vie !... Toute ma vie !

— Mais, Sandra, tu m'aimes donc tant ?... Je ne savais pas...

— Je ne tenais pas à ce que tu le saches... Mais, maintenant...

— Maintenant, ma chérie, maintenant, nous sommes ensemble... Et nous ferons face ensemble !... Quoi qu'il advienne, ensemble !

Serrés l'un contre l'autre, ils sentaient une force nouvelle monter en eux.

CHAPITRE X

Anthony Browne regardait la carte que le groom venait de lui remettre.

Il se promena la main sur le menton, puis dit :

— Allons-y ! Fais-le monter !

Browne, debout près de la fenêtre, se retourna à l'entrée du colonel Race.

Il vit un homme de haute taille, à l'allure militaire, le teint bronzé et les cheveux grisonnants, un homme qu'il avait déjà rencontré, mais il y avait longtemps, et sur le compte duquel il savait beaucoup de choses.

Il alla vers lui, sans hâte et la main tendue, dit :

— Heureux de vous voir, colonel ! Je sais que vous étiez un ami de George Barton : il nous a parlé de vous le soir même de sa mort. Cigarette ?

— Volontiers. Merci !

Anthony lui offrit du feu :

— Vous avez joué à ce souper, reprit-il, le rôle de l'invité qu'on attend et qui ne vient pas. Entre nous, vous avez aussi bien fait...

— Je vous signalerai une erreur : cette place vide ne m'était pas destinée.

— Non ? fit Anthony, sincèrement étonné. Barton nous a pourtant dit...

Race lui coupa la parole :

— Quoi qu'ait pu dire Barton, il ne m'attendait pas. Cette chaise vide devait être occupée, au moment où l'on fait le noir dans la salle, par une actrice du nom de Chloé West.

Anthony était de plus en plus surpris :

— Chloé West ?... Jamais entendu parler... Qui est-ce ?

— Une jeune comédienne, de notoriété limitée, mais qui, si l'on n'y regarde pas de trop près, ressemble assez à Rosemary Barton.

Anthony émit un petit sifflement admiratif et dit :

— Je commence à comprendre.

— Barton, poursuivit Race, lui avait remis une photographie de sa femme afin qu'elle pût se coiffer comme elle le faisait et elle devait porter la robe même que Rosemary portait le soir de sa mort.

— Ainsi, s'exclama Anthony, la grande idée de Barton, c'était ça !... Nous rendons la lumière, mesdames et messieurs, et voici cinq minutes de magie noire et de terreur ! *Rosemary est revenue !* Le coupable blêmit et balbutie : « C'est elle !... Seigneur ! Je suis perdu ! »

Il sourit et ajouta :

— Pas très fort, comme trouvaille !... Même d'un type du calibre de ce pauvre vieux George, on pouvait espérer mieux !

— Je ne suis pas tellement sûr d'être de votre avis, dit Race.

— Allons donc ! Attendre d'un criminel endurci qu'il se comporte comme une petite fille impressionnable ?... Si quelqu'un a, de sang-froid, empoisonné Rosemary et si ce même quelqu'un s'apprêtait à jeter de l'acide cyanhydrique dans le verre de George, ce quelqu'un-là, je le prétends, a les nerfs solides. Il aurait fallu plus qu'une cabotine camouflée en Rosemary pour le — ou la — faire avouer !

— Souvenez-vous de Macbeth ! C'était bien un criminel endurci et il s'est effondré devant le spectre de Banco.

— Oui, mais il s'agissait d'un vrai spectre ! Ce n'était pas un acteur de second ordre affublé de la défroque de Banco et je suis prêt à admettre qu'un spectre authentique peut apporter avec lui sa propre atmosphère, celle de l'au-delà. Car je crois aux fantômes. Au moins depuis six mois. Peut-être pas à tous, mais à un fantôme, certainement !

— Vraiment ?... Et c'est le fantôme de qui ?

— De Rosemary Barton. Vous pouvez rire... Ce fantôme, je ne l'ai pas vu, mais j'ai senti sa présence... Pour une raison que j'ignore, Rosemary, la pauvre, ne peut pas demeurer chez les morts.

— Cette raison, moi, je la connais peut-être.

— Parce qu'elle a été assassinée ? C'est ça que vous allez dire ?

— Ou, pour parler un autre langage, parce qu'elle s'est fait « mettre en l'air ». Qu'en pensez-vous, monsieur Tony Morelli ?

Un silence suivit. Anthony s'était assis dans un fauteuil, au coin de la cheminée. Il jeta sa cigarette dans l'âtre, en alluma une autre et dit :

— Comment avez-vous trouvé ça ?

— Vous admettez que vous êtes Tony Morelli ?

— Vous ne pensez pas que je vais perdre mon temps à le nier ? Je suppose que vous avez câblé en Amérique et qu'on vous a donné les tuyaux ?

— Et vous reconnaissez que, lorsque Rosemary Barton a découvert votre identité, vous l'avez menacée de la « mettre en l'air » si elle ne tenait pas sa langue ?

— J'ai fait tout le possible pour lui faire peur afin de l'empêcher de parler.

Tony ne paraissait pas ému et son ton était calme. Il contemplait l'extrémité vernie de ses chaussures sur laquelle venaient jouer les rayons d'un pâle soleil d'hiver.

Et le colonel Race avait le sentiment assez étrange que cet entretien ne se déroulait pas comme il aurait dû. Ce jeune homme élégant, qui était là devant lui, renversé dans son fauteuil, il lui semblait, maintenant, l'avoir déjà vu, le connaître depuis très longtemps.

— Faut-il, Tony Morelli, que je récapitule tout ce que je sais de vous ?

— Ça pourrait être amusant !

— Aux Etats-Unis, vous êtes convaincu d'une tentative de sabotage aux usines d'aviation Ericsen et condamné de ce chef à une peine d'emprisonnement. A votre sortie de prison, les autorités vous perdent de vue. On vous retrouve à Londres, vivant au Claridge, sous le nom d'Anthony Browne. Vous réussissez à vous faire présenter à lord Dewsbury et par lui vous rencontrez d'autres magnats de l'industrie des armements. Lord Dewsbury vous reçoit chez lui et, en qualité d'invité, vous vous faites montrer des choses que vous n'auriez jamais dû voir. Coïncidence : toute une série d'accidents inexplicables, dont certains auraient pu amener de véritables catastrophes éclatent dans différentes usines que vous venez de visiter.

— Les coïncidences sont des choses extrêmement curieuses !

— Finalement, après une éclipse, vous reparaissez à Londres, où vous renouez connaissance avec Iris Marle. Vous évitez d'aller la voir chez elle, pour ne pas donner l'éveil à sa famille, et vous essayez de la convaincre qu'elle doit vous épouser en secret, sans rien dire à personne.

— Il est vraiment extraordinaire, dit Browne, que vous ayez découvert tout ça. Je ne parle pas de ce qui concerne les usines d'armement, mais du reste, les menaces que j'ai faites à Rosemary et les tendres petits rien que j'ai murmurés à Iris. Est-ce que ces choses-là seraient aussi du ressort de « M 15 » ?

Ce fut au tour de Race d'être surpris.

— Vous aurez à vous expliquer sur pas mal de choses, Morelli !

— Croyez-vous ? Admettons que tout ce que vous venez de dire soit exact. Et après ?... J'ai fait de la prison, j'ai noué des amitiés intéressantes, je suis amoureux d'une ravissante jeune fille et impatient de l'épouser...

— Si impatient que vous préfériez que le mariage eût lieu avant que la famille ne découvrît vos antécédents. Iris Marle est très riche.

— C'est bien pour ça ! Quand il y a de l'argent, les familles ont tendance à chipoter. Iris ne sait rien de mon obscur passé. J'ai le droit de préférer ça !

— J'ai bien peur que nous ne soyons obligés de la mettre au courant.

— Dommage !

— Sans doute ne vous rendez-vous pas compte...

Un éclat de rire l'interrompit :

— Oh ! fit-il, je n'ai pas besoin qu'on me fasse un dessin ! Rosemary connaissant mon passé criminel, je l'ai tuée. George Barton m'ayant soupçonné, je l'ai tué. Et, maintenant, je cours après l'argent d'Iris. C'est clair comme de l'eau de roche et ça se défend gentiment. Seulement, vous n'avez pas le quart de la moitié d'une preuve !

Race dévisagea Browne avec attention pendant un long moment, puis il se leva et se mit à marcher dans la pièce.

— Tout ce que j'ai dit est exact, dit-il lentement. *Seulement, tout est faux !*

— Comment, tout est faux ?

— Oui. Le personnage est truqué.

Continuant sa promenade, il expliqua :

— Tout tenait debout aussi longtemps que je ne vous avais pas vu. Mais, maintenant que je vous ai vu, ça s'écroule ! *Parce que vous n'êtes pas un escroc !* Et parce que, si vous n'êtes pas un escroc, *vous êtes nécessairement un des nôtres !* Je me trompe ou non ?

Anthony le regardait avec un sourire amusé :

— *Car*, dit-il, *la femme du colonel et Judy O'Grady étaient sœurs du même sang !*... Oui... Les collègues, il n'y a pas à dire, on les flaire ! C'est curieux... C'est parce que vous avez raison que je m'appliquais à vous éviter. J'avais peur d'être reconnu par vous pour ce que je suis et il était important, au moins jusqu'à ce matin, que je ne le fusse pas. Depuis aujourd'hui, Dieu merci, l'affaire est dans le sac, les principaux membres de la bande de saboteurs dont je m'occupais depuis trois ans étant maintenant tous bouclés. Drôle de travail ! Je fréquentais les meetings, je faisais de l'agitation dans les centres ouvriers, je me fabriquais une réputation. En fin de compte, il avait été entendu avec mes chefs, les vrais, que je ferais un coup retentissant et que je serais condamné. Il fallait que l'affaire eût l'air sérieux pour établir de façon indiscutable auprès des « autres », ma sincérité et ma bonne foi.

« A ma sortie de prison, les choses ont commencé à se dessiner. Petit à petit, j'approchais du centre de l'organisation, un puissant réseau international dont les chefs se trouvaient en Europe centrale. J'étais devenu *leur* agent quand je vins m'installer au Claridge. Mes ordres étaient de me lier avec lord Dewsbury. Je jouais l'homme du monde qui sort beaucoup et court les bals, et c'est ainsi que je fis connaissance de Rosemary. Un jour, elle découvrit que j'avais fait de la prison aux Etats-Unis sous le nom de Tony Morelli. J'ai eu peur. *Peur pour elle.* Les gens avec qui je travaillais n'auraient pas hésité à la supprimer s'ils étaient venus à savoir qu'elle m'avait démasqué. Pour qu'elle se tût, j'ai fait de mon mieux pour lui inspirer une sainte terreur, mais je n'avais pas grand espoir d'y être parvenu. Elle était née indiscrète, la pauvre. Et je me suis dit que, dans ces conditions, le mieux pour moi était de disparaître. Je venais de prendre cette décision quand j'entrevis Iris pour la première fois. Le fait ne pouvait rien changer à ma résolution, mais je me jurai de revenir pour l'épouser, une fois mon travail achevé.

« L'affaire bien en train et mon rôle actif terminé, je reparus à Londres. Je touchai Iris, je la vis beaucoup, mais je me tins à l'écart de sa famille, car je n'ignorais pas qu'on se renseignerait sur mon compte et il ne m'était pas encore permis d'abandonner ma personnalité d'emprunt. Seulement, Iris me donnait du souci. Elle paraissait souffrante, effrayée, et il me semblait que George Barton ne se comportait pas avec elle comme il l'aurait fallu. Je la pressai de s'enfuir avec moi et de m'épouser. Elle refusa... et peut-être eut-elle raison. Peu après, je fus invité au fameux souper. Impossible de me dérober. Comme on s'asseyait à table, George annonça qu'il *vous* attendait. Sans perdre de temps, je déclarai que j'avais retrouvé à Londres un homme que je connaissais et que je serais peut-être obligé de me retirer tôt. Effectivement, j'avais rencontré un type que j'avais connu en Amérique, un certain Gordmann « le Singe ». Il ne se souvenait pas de moi, mais ça n'avait pas d'importance. J'avais pris le premier prétexte venu. L'important, c'était de ne pas me trouver en votre présence. Car mon travail, à ce moment-là, n'était pas encore tout à fait fini.

« La suite, vous la connaissez. Je n'ai été pour rien dans la mort de George, pas plus que dans celle de Rosemary et, à l'heure actuelle encore, je ne sais pas qui les a tués.

— Vous n'avez pas une idée ?

— L'assassin ne peut être que le garçon ou l'une des cinq personnes qui étaient autour de la table. J'élimine le garçon. Ce n'est pas moi non plus, ni Iris. Ce peut être Stephen Farraday ou Sandra, ou les deux ensemble. Mais je croirais plutôt que c'est Ruth Lessing.

— Vous avez une raison pour ça ?

— Aucune. Elle me semble le coupable le plus indiqué, mais je ne vois pas du tout comment le crime a pu être commis. Aux deux soupers, elle était placée à table de telle façon qu'il lui était impossible de jeter le poison dans le verre. Plus je pense à ce qui s'est passé l'autre soir, plus il me semble invraisemblable que Barton ait été empoisonné. Et pourtant, il n'y a pas de doute, il l'a été !

Il se tut un instant et dit encore :

— Il y a aussi autre chose qui me tracasse... Avez-vous trouvé l'auteur des lettres anonymes ?

— Non. Je l'ai cru un moment, mais je me trompais.

— Ce qui me tracasse, c'est que ces lettres prouvent qu'*il y a quelque part quelqu'un qui sait que Rosemary a été assassinée*. Et, si vous n'y veillez pas, *ce quelqu'un-là sera la prochaine victime.*

CHAPITRE XI

Anthony avait appris, par un coup de téléphone, que Lucilla Drake sortirait à cinq heures pour aller prendre le thé chez de vieux amis à elle. Faisant la part de l'imprévu — le sac ou le parapluie qu'on a oublié, les derniers ordres qu'on donne sur le pas de la porte et qui se prolongent bien plus qu'on ne pensait — il décida d'arriver lui-même à Elvaston Square à cinq heures vingt-cinq. C'était Iris qu'il voulait voir, et non sa tante, et il n'ignorait pas que, s'il se présentait avant le départ de la brave dame, il n'aurait que très peu de chances d'avoir avec la jeune fille la conversation qu'il désirait.

La femme de chambre, une blonde à qui manquaient les yeux impertinents de Betty Archdale, lui dit que miss Iris venait de rentrer et qu'elle était dans le cabinet de travail.

— Ne vous dérangez pas, fit-il, passant devant elle avec son sourire, je connais le chemin.

A son entrée dans la pièce, Iris sursauta.

— Ah ! c'est vous, Tony !

Elle lui paraissait d'une nervosité insolite.

— Eh bien ! chérie, dit-il, allant rapidement vers elle, qu'est-ce qui ne va pas ?

— Rien... Rien, sinon que j'ai failli me faire écraser... Par ma faute, d'ailleurs. J'étais tellement absorbée, tellement dans la lune, que je me suis engagée sur la chaussée sans regarder et que la voiture qui tournait le coin a failli me passer dessus. Son aile m'a frôlée...

Il la gronda gentiment.

— Il faut faire attention, Iris... et vous me donnez bien du souci. Non pas parce que vous venez d'échapper miraculeusement aux roues d'une automobile, mais parce qu'il y a quelque chose qui fait que vous êtes dans la lune quand vous traversez les rues. Qu'est-ce que c'est, ce quelque chose ? C'est grave ?

Elle leva vers lui un regard plein de tristesse. La peur se lisait dans ses yeux et il était renseigné avant même qu'elle ne lui répondît :

— *J'ai peur !*

Il la prit par le bras, l'entraînant doucement vers un canapé sur lequel ils s'assirent tous les deux.

— Racontez-moi ça, Iris.

— Je ne sais pas si je peux vous le dire, Anthony.

— Ne faites pas la bête, petite fille ! Ne faites pas comme les héroïnes de romans feuilletons qui commencent, au tout premier chapitre, par avoir un secret qu'elles taisent sans raison, uniquement pour embêter le héros et permettre au bouquin de nous délayer leurs aventures en cinquante mille mots, minimum.

Elle essaya de sourire et dit :

— Je voudrais vous le dire, Tony, mais je ne sais pas ce que vous en penserez. Je me demande si vous me croirez...

Anthony leva la main gauche et, comptant sur ses doigts, répondit :

— *Primo,* vous avez un enfant naturel. *Secundo,* le père vous fait chanter. *Tertio...*

Elle protesta, indignée.

— Vous savez bien, Tony, qu'il ne s'agit de rien de tel !

— Vous me rassurez !... Allez, chère petite imbécile, dites-moi ce que c'est !

Le visage de la jeune fille se rembrunit de nouveau.

— Il n'y a pas de quoi rire, Tony !... C'est... c'est à propos de l'autre soir.

— Alors ?

Le ton était devenu sérieux.

— Vous étiez à l'enquête ce matin ? Qu'y a-t-on dit ?

— Peu de chose. Le médecin légiste a fait un cours sur les poisons en général et l'acide cyanhydrique en particulier. Un inspecteur a déposé. Pas Kemp, un autre, le type à la petite moustache qui était venu au Luxembourg pour les premières constatations. Le corps a été reconnu par l'employé principal de George. Sur quoi, l'audience a été renvoyée à huitaine par un procureur de bonne composition.

— L'inspecteur... A-t-il parlé d'un petit papier trouvé sous la table et contenant des traces d'acide cyanhydrique ?

— Naturellement, répondit Anthony, vivement intéressé. Il est évident que la personne qui a versé la poudre dans le verre de George a jeté sous la table le papier qui la contenait. C'est ce qu'elle avait de mieux à faire. Elle ne pouvait pas le garder sur elle.

Iris tremblait.

— Non, Tony, ça ne s'est pas passé comme ça !

— Que voulez-vous dire, chérie, et qu'en savez-vous ?

— Tony, *c'est moi qui ai fait tomber le papier sous la table.*

Il la considéra avec étonnement.

Elle poursuivit :

— Vous vous souvenez d'avoir vu George boire son champagne. Après, la... la chose est arrivée, une chose horrible, terrifiante... et d'autant plus effrayante qu'elle se produisait juste au moment où l'on commençait à respirer. Je veux dire par là, que, lorsque la lumière a été rendue, j'avais éprouvé comme une impression de soulagement, de délivrance. Après l'autre souper, rappelez-vous, c'est juste après les attractions que nous avions trouvé Rosemary morte... Or, je ne sais pourquoi, il m'avait semblé que tout se répétait. A table, je sentais Rosemary à côté de moi...

— Chérie...

— Je sais, ce sont les nerfs, pas autre chose ! Mais tout de même, la lumière était revenue et rien ne s'était passé. Nous étions tous là, bien vivants, et il me semblait que tout d'un coup le cauchemar se dissipait. Je me sentais revivre et c'est avec grand plaisir que j'ai dansé avec George. Enfin je m'amusais ! Et puis, nous avons regagné la table, George a parlé de Rosemary, il nous a demandé de boire à sa mémoire et il s'est écroulé, mort !... L'affreux rêve recommençait ! J'étais comme paralysée. Je restais là, secouée de tremblements. Je me suis reculée, machinalement, quand vous vous êtes approché de George, puis les garçons sont accourus et quelqu'un a réclamé un docteur. Je ne bougeais pas. J'étais glacée, avec une énorme boule dans la gorge. Puis j'ai senti des larmes couler sur mes joues et j'ai voulu les essuyer. J'ai ouvert mon sac pour prendre mon mouchoir et, en fouillant dedans pour le chercher — je n'y voyais pas très bien, parce que je pleurais, j'ai trouvé, pris dans mon mouchoir, un petit morceau de papier assez raide, avec des plis bien marqués, un petit morceau de papier comme ceux dont les pharmaciens se servent pour envelopper leurs poudres. Je me suis tout de suite demandé d'où il venait, car je savais exactement ce qu'il y avait dans mon sac, que j'avais préparé moi-même avant de quitter la maison : mon poudrier, mon rouge à lèvres, un mouchoir, un petit peigne dans son étui et un peu de monnaie. *Ce morceau de papier, quelqu'un l'avait mis dans mon sac.* Je me suis souvenue alors qu'on en avait trouvé un tout pareil dans le sac de Rosemary... et j'ai eu peur, Anthony, terriblement peur ! Mes doigts sont devenus gourds d'un seul coup et le papier est tombé sous la table. Je l'ai laissé et je n'ai rien dit. J'étais terrifiée à l'idée que *quelqu'un essayait de faire croire que c'était moi qui avais tué George !*

— Ce morceau de papier, quelqu'un l'a-t-il vu tomber ?

— Je ne sais pas, répondit-elle, après une hésitation. Je

crois que Ruth me regardait, mais elle avait l'air si stupéfait qu'elle n'a peut-être rien remarqué... Maintenant, peut-être était-elle stupéfaite justement parce qu'elle avait remarqué !

Anthony résuma son opinion en deux mots :

— Fichue salade !

— Plus le temps passe, dit Iris, plus j'ai peur. Si la police venait à découvrir...

— Au fait, demanda Anthony, comment se fait-il qu'on n'ait pas trouvé vos empreintes sur le bout de papier ?

— Je suppose que c'est parce qu'en réalité je ne l'ai pas touché. Je le tenais à travers mon mouchoir.

— Un coup de chance !

— Mais qui a pu le mettre dans mon sac ?... Mon sac ne m'a pas quittée de la soirée !

— C'est peut-être moins inexplicable que vous ne pensez, Iris. Quand vous êtes allée danser après les attractions, vous avez laissé votre sac sur la table. On peut très bien y avoir touché à ce moment-là. Il y avait deux femmes, ne l'oublions pas... A propos, si nous parlions un peu du vestiaire. Vous teniez-vous toutes rassemblées près de la même table ou bien étiez-vous chacune devant une glace différente ?

Iris réfléchit.

— Nous étions toutes devant la même table, une longue table étroite, sur laquelle nous avions posé nos sacs. Au-dessus, il y avait une glace dans laquelle nous nous regardions... Vous savez comme ça se passe...

— Précisez quand même !

— Eh bien, Ruth a commencé par se repoudrer, tandis que Sandra arrangeait sa coiffure et remettait en place deux ou trois épingles. Quant à moi, après avoir donné ma cape de renard à la dame du vestiaire, j'ai vu que j'avais une tache de boue sur le dos de la main et je suis allée jusqu'au lavabo, tout à côté.

— Votre sac était resté sur la table ?

— Oui. Je me suis lavé les mains. Pendant ce temps-là, je suppose que Ruth continuait à se repoudrer. Sandra

est allée se débarrasser de son manteau, puis elle est
retournée à la glace. Ruth est venue se laver les mains,
pendant que j'allais me donner un coup de peigne devant
la glace.

— De sorte qu'elles ont très bien pu, l'une comme l'autre, mettre quelque chose dans votre sac sans que vous vous
en aperceviez.

— Oui, mais quand je l'ai trouvé, le papier était vide.
De sorte qu'on ne peut l'avoir placé dans mon sac
qu'*après* avoir drogué le champagne de George. D'ailleurs,
je ne croirai jamais que Ruth, ou Sandra, aient pu faire une
chose pareille !

— Vous avez trop bonne opinion des gens. Sandra ressemble à ces fanatiques du Moyen Age qui envoyaient au
bûcher ceux qui n'étaient pas de leur avis et j'apprendrais
sans surprise aucune que Ruth est l'empoisonneuse la plus
redoutable que la terre ait jamais portée.

— Si vous avez raison, pourquoi n'a-t-elle pas dit qu'elle
avait vu le papier tomber de mon sac ?

— Là, je ne sais que vous répondre ! Si, ce papier,
c'est elle qui l'a mis dans votre sac, la logique voudrait
qu'elle eût soigneusement veillé à ce que vous ne vous en
débarrassiez pas. De sorte qu'il est tout de même bien
difficile de croire à sa culpabilité. En somme, le grand
favori, ce serait encore le garçon... Ah ! le garçon ! Si seulement nous avions dans le coup un garçon sortant de
l'ordinaire, un type pas très catholique, ou même seulement
un « extra »... Mais non ! Nous n'avons que Giuseppe et
Pierre... Avec ceux-là, ça ne colle pas !

Iris poussa un soupir.

— Malgré tout, dit-elle, je suis bien contente de vous
avoir parlé de ça. Naturellement, c'est un secret entre nous
deux. Personne ne le saura jamais...

Anthony se sentait un peu gêné.

— J'ai l'impression, Iris, qu'il ne va pas en être tout à
fait comme ça. En fait, nous allons prendre un taxi et filer
chez le petit père Kemp, à qui vous raconterez tout. Nous
ne pouvons pas garder ça pour nous !

— Mais, Anthony, il va croire que j'ai tué George !

— C'est certainement ce qu'il croira plus tard, s'il découvre que vous n'avez rien dit ! A ce moment-là, vous aurez bien du mal à le convaincre de votre sincérité. Votre position sera autrement meilleure si vous allez spontanément lui dire ce que vous savez

— Mais, Tony...

— Ecoutez-moi bien, petite fille. Vous êtes dans de vilains draps. Mais, indépendamment de toute autre considération, il y a une chose qui s'appelle la vérité. Vous n'avez pas le droit, quand il s'agit de justice, de ne penser qu'à vous et à votre précieuse petite personne !

— Anthony, est-ce que vous pensez vraiment ce que vous dites ?

— Ça, chérie, c'est une rosserie ! Mais ça ne change rien au problème... On va chez Kemp. En route !

A contrecœur, elle le suivit dans le vestibule. Son manteau traînait sur une chaise. Il le prit et le lui présenta.

Il la sentait tout ensemble craintive et révoltée, mais il ne voulait pas s'attendrir.

— Nous prendrons un taxi au coin, dit-il.

Comme ils approchaient de la porte, la sonnette de l'entrée se mit à tinter.

— C'est Ruth ! s'écria Iris, je l'avais oubliée ! Elle devait venir, en sortant du bureau, pour parler avec moi des obsèques, qui auront lieu après-demain. J'ai pensé qu'il valait mieux discuter de ça en l'absence de Lucilla, qui a le génie de tout embrouiller.

La tête de la femme de chambre apparut en haut de l'escalier de l'office. Sur un signe d'Iris, elle repartit vers le sous-sol. Anthony ouvrait la porte.

Ruth était un peu décoiffée et paraissait fatiguée. Elle portait sous le bras une grande serviette de cuir.

— Je m'excuse d'être en retard, dit-elle, mais il y avait un monde fou dans le métro et j'ai vu passer sous mon nez trois autobus complets. Et pas un taxi à l'horizon !

De telles excuses étaient bien peu dans la manière de Ruth, la secrétaire jamais en retard et qui ne se trompait jamais. Anthony en fit intérieurement la remarque, se disant que, décidément, la mort de George avait tout bouleversé.

Iris semblait vouloir profiter de la situation.

— Vous voyez bien, dit-elle, que je ne puis pas vous accompagner. Il faut que j'arrête avec Ruth les dispositions à prendre...

— Je crains que ce que nous avons à faire ne soit plus important, répliqua Anthony. Je suis navré, miss Lessing, de vous enlever Iris, mais il s'agit d'une affaire urgente.

— Ne vous inquiétez pas, monsieur Browne, répondit Ruth Lessing. J'arrangerai tout avec Mrs Drake quand elle rentrera.

Avec un sourire, elle ajouta :

— Je sais très bien comment la prendre, vous savez...

— J'en suis bien sûr, murmura Anthony pour lui seul.

Ruth demanda à Iris si elle avait, au sujet des obsèques, des instructions particulières à lui donner. La jeune fille répondit que non.

— Si je voulais vous voir, expliqua-t-elle, c'était uniquement pour vous épargner, à vous qui avez tant à faire, une interminable conversation avec tante Lucilla, qui change d'avis sur tout toutes les deux minutes. Autrement, ça m'est égal ! Tante Lucilla adore les enterrements. Moi, je les ai en horreur ! Evidemment, il faut bien enterrer les gens, mais pourquoi faire tant d'histoires autour des funérailles ? Les morts sont morts et ils ne reviennent pas !

Appuyant sur les mots, sur un ton de défi, elle redit :

— Non, les morts ne reviennent pas !

Anthony, la prenant par le coude, l'entraîna vers la porte.

— Allez, Iris ! On s'en va...

Un taxi passait devant la maison. Il l'arrêta, aida Iris à monter, dit au chauffeur de les conduire à Scotland Yard, puis s'installa à son tour dans la voiture.

— Dites-moi, chérie, fit-il au bout d'un instant, tout à l'heure, dans le vestibule, pour qui avez-vous jugé nécessaire d'affirmer par deux fois que les morts ne reviennent

pas ? Vous sentiez quelqu'un auprès de vous. Qui ?...
George ou Rosemary ?

— Ni l'un ni l'autre !... J'ai les enterrements en horreur,
c'est tout !

Il soupira et dit, philosophe :

— Alors, c'est probablement moi qui suis en train de
devenir médium !

CHAPITRE XII

Les trois hommes étaient assis autour d'une petite table à dessus de marbre.

Le colonel Race et l'inspecteur-chef Kemp buvaient un thé très noir, extrêmement riche en tanin. Anthony était devant une tasse de café. Un café qu'un Anglais eût jugé excellent, mais qui ne correspondait guère à l'idée qu'il se faisait, lui, d'un bon café. Il passait là-dessus, heureux d'avoir été admis sur un pied d'égalité à la conférence, Kemp, après un examen minutieux de ses titres, ayant consenti à le considérer comme un collègue.

— Si vous voulez mon avis, dit Kemp, laissant tomber plusieurs morceaux de sucre dans son noir breuvage, cette affaire est de celles qui ne viendront jamais devant la cour. Nous n'aurons jamais de quoi soutenir l'accusation.

— Vous croyez ? fit Race.

Kemp but une gorgée de thé et poursuivit :

— La seule preuve que nous pouvions espérer, c'était celle que nous aurions eue en main si nous avions pu établir qu'un des cinq invités avait acheté ou détenu de l'acide cyanhydrique. Nous n'y sommes pas parvenus. L'affaire restera donc de celles où l'on connaît l'assassin, mais où l'on ne peut rien prouver.

— Vous connaissez le coupable ? demanda Anthony.

— Ma foi, je suis à peu près convaincu que c'est lady Alexandra Farraday.

— Vos raisons ? fit Race.

— Je vous les donne. Lady Alexandra est manifestement une femme d'une jalousie maladive et qui sait ce qu'elle veut. Elle me fait penser à cette reine Eléonore de je ne sais plus quoi, qui, sûre de la trahison de la blonde Rosamund Bower, lui donna à choisir entre la dague et le poison.

— Avec cette différence, fit remarquer Anthony, que la pauvre Rosemary, elle, n'a pas eu le choix !

Kemp poursuivit :

— Quelqu'un prévient Barton. Il a des soupçons et, j'imagine, assez précis. Sinon, je doute qu'il aurait été jusqu'à acheter une maison à la campagne, uniquement pour avoir l'œil sur les Farraday. Elle a dû, elle, se douter de quelque chose, surtout à partir du moment où il lui a parlé de ce fameux souper, en lui faisant sentir combien il tenait à sa présence. Comme elle aime mieux attaquer que se défendre, elle a pris les devants et, en femme de décision, elle a exterminé l'adversaire. Tout cela, j'en conviens, est spéculation pure et psychologie. Mais j'ajoute que la seule personne, *la seule,* qui ait eu quelque chance de laisser tomber quelque chose dans le verre de Barton, juste avant qu'il ne bût, c'était bien la dame placée à sa droite.

— Et personne n'aurait rien vu ? objecta Anthony.

— Ça s'est trouvé comme ça. On aurait pu voir, on n'a rien vu. Disons, si vous voulez, qu'elle a opéré avec adresse.

— Comme un prestidigitateur ?

— Une chose me chiffonne, dit-il. J'admets que lady Alexandra est une femme énergique, jalouse et passionnément amoureuse de son mari, j'admets qu'elle n'a pas reculé devant un assassinat. Reste la question du bout de papier dans le sac. Croyez-vous qu'elle soit femme à manœuvrer pour qu'on accuse une jeune fille parfaitement

innocente et qui ne lui a jamais fait le moindre mal ?
Est-ce que ce sont là les nobles traditions de sa noble
famille ?

Mal à l'aise, l'inspecteur contemplait sa tasse vide.

— Vous savez, dit-il, les femmes sont rarement « sport ».

— Ça pourrait se discuter, fit Race dans un sourire,
mais il me suffit de constater que la question vous embar-
rasse.

Soucieux de créer une diversion, Kemp se tourna vers
Anthony et lui dit, d'un ton aimable et légèrement protec-
teur :

— A propos, monsieur Browne — je continue à vous
appeler comme ça, si vous n'y voyez pas d'inconvénient —,
je tiens à vous dire que je vous suis très reconnaissant
d'avoir fait diligence et de m'avoir amené miss Marle sans
perdre de temps.

— Il fallait que je vous l'amène ce soir. Sinon, je n'aurais
peut-être jamais pu le faire !

— Bien entendu, demanda Race, elle ne voulait pas
venir ?

— Mon Dieu, la pauvre enfant mourait de peur. C'est
assez naturel...

— Je comprends très bien ça, dit l'inspecteur, tout en se
versant une seconde tasse de thé.

Anthony, cependant, trempait des lèvres prudentes dans
son café.

— En tout cas, reprit Kemp, je crois que nous l'avons
rassurée. Elle paraissait tout heureuse quand elle est partie.

— Après les obsèques, dit Anthony, j'espère qu'elle ira
un peu à la campagne. Vingt-quatre heures de paix et de
tranquillité, loin du bavardage incessant de la tante Lucilla,
lui feront énormément de bien.

— Le bavardage de la tante Lucilla a son utilité, dit
Race.

— Eh bien ! fit Kemp, on vous l'abandonne. Une chance
que je n'aie pas cru devoir faire sténographier sa déposition ! Si je l'avais fait, mon secrétaire serait à l'hôpital en
ce moment ! Avec la crampe des écrivains !

On rit et on revint aux choses sérieuses.

— Je crois, inspecteur, dit Anthony, que vous avez raison quand vous dites que cette affaire ne viendra jamais à l'audience, mais c'est un épilogue peu satisfaisant. Ça m'ennuie... Comme, d'ailleurs, cette énigme des lettres, dont nous ne savons toujours pas qui les a écrites !

— Quant au coupable possible, demanda Race, votre opinion n'a pas changé ?

— Non. Je tiens toujours pour Ruth Lessing. Vous m'avez dit qu'elle reconnaît qu'elle était amoureuse de Barton. Rosemary l'encombrait. J'imagine qu'elle a trouvé tout d'un coup l'occasion de la supprimer et qu'elle en a profité, convaincue qu'il lui serait ensuite facile de se faire épouser par Barton.

Race admit que l'hypothèse était plausible.

— Ruth Lessing, dit-il, possède le calme et l'intelligence pratiques nécessaires pour machiner un bel assassinat et le mener à bien, et il lui manque justement cette imagination qui lui permettrait de s'apitoyer sur sa future victime. Le premier meurtre peut être d'elle. Mais je ne la vois pas commettant le second, je ne la vois pas empoisonnant l'homme qu'elle aime et dont elle veut devenir la femme. Autre point qui l'innocente à mes yeux, puisqu'elle a vu Iris se débarrasser du papier qui avait contenu le poison, pourquoi n'a-t-elle rien dit ?

— Peut-être n'a-t-elle rien vu, répondit Anthony sans grande conviction.

— Je suis à peu près sûr du contraire, répliqua Race. Quand je l'ai interrogée, j'ai eu l'impression qu'elle me cachait quelque chose et Iris Marle elle-même croit que Ruth la regardait à ce moment-là.

Les trois hommes se turent un instant.

— Et maintenant, dit Kemp, à votre tour, Colonel !... Donnez-nous votre opinion... Vous en avez une, j'espère ?

Race paraissait hésiter. Kemp insista.

— Allons, Colonel, jouons le jeu !... Vous avez critiqué nos théories, nous attendons la vôtre.

Race regarda Kemp d'abord, puis, plus longuement, Anthony, qui finit par froncer le sourcil.

— Vous n'allez pas nous dire que vous me considérez encore comme le traître de la pièce ?

Race secoua la tête.

— Je ne vois pas, fit-il, pourquoi vous auriez tué George Barton. D'ailleurs, je crois connaître l'auteur des deux crimes.

— Et ce serait ?

Race retira sa pipe de sa bouche et dit lentement :

— Vous croyez, l'un et l'autre, à la culpabilité d'une femme. Moi aussi... Je crois que l'assassin est Iris Marle.

D'un geste brusque, Anthony repoussa sa chaise en arrière. Le sang lui était monté au visage. Il était cramoisi. Il se domina cependant et, quand il parla, si sa voix tremblait un peu, elle avait cependant conservé ses inflexions ordinaires, ironiques et moqueuses :

— Voilà, dit-il, une hypothèse qu'il est indispensable de discuter à fond. Et, d'abord, si elle est coupable, pourquoi, alors que personne ne lui demandait rien, a-t-elle cru devoir parler du bout de papier trouvé dans son sac ?

— Simplement, fit Race, parce qu'elle sait qu'à ce moment-là, Ruth Lessing la regardait.

Anthony, des rides soucieuses sur le front, examina la réponse un instant, puis dit :

— Soit... Mais pourquoi est-ce sur elle que se sont portés vos soupçons ?

— Parce qu'elle a un mobile. Iris n'avait pas d'argent, alors que Rosemary avait hérité une fortune énorme. On peut penser que la cadette a eu le sentiment d'une injustice, un sentiment contre lequel peut-être elle s'est défendue pendant des années. Elle savait que, si Rosemary mourait sans enfant, l'argent lui revenait. Un jour, la tentation l'a emporté. D'autre part, il faut noter que Rosemary était malheureuse, déprimée, fatiguée par sa grippe et qu'il était, dans ces conditions, très probable que l'enquête conclurait au suicide.

— Tout cela est exact, dit Anthony. Mais, alors, cette petite est un monstre ?

— Non. Car il y a une autre raison qui me porte à la considérer comme coupable, une raison dont vous penserez sans doute que j'ai été la chercher très loin : Victor Drake.

— Victor Drake ?

Anthony ne comprenait plus.

— Autrement dit, hérédité chargée. Ce n'est pas pour rien que j'ai subi les bavardages de la tante Lucilla. Maintenant, je connais la famille. Victor n'est pas tellement un faible. C'est un être qui a de mauvais penchants. Sa mère n'a pas de volonté et est incapable de suivre une idée. Hector Marle, un faible comme elle, était un débauché et un ivrogne. Rosemary, une instable. Les traits caractéristiques de la famille sont nets... et je crois aux prédispositions héréditaires.

Anthony alluma une cigarette. Sa main tremblait :

— Et vous n'admettez pas, dans une telle famille, la possibilité d'un rejeton sain ?

— Si. Mais ce rejeton sain, ce n'est pas Iris Marle. Je ne crois pas...

— Et mon témoignage serait sans valeur, du fait même que je l'aime.

Après un court silence, il ajouta :

— Quant au second crime, c'est tout simple. George lui a montré les lettres, elle a eu peur et elle l'a tué. C'est bien ça ?

— Oui. Avec son tempérament, elle devait nécessairement prendre peur.

— Et comment a-t-elle mis le poison dans le verre de George ?

— Ça, j'avoue que je n'en sais rien !

— Je suis heureux qu'il y ait tout de même quelque chose que vous ne sachiez pas !

Anthony essayait de plaisanter, mais ses yeux disaient son angoisse.

— En tout cas, ajouta-t-il, lançant à Race un regard où

il y avait tout autre chose que la sympathie, vous avez un certain cran de me raconter ça, à moi !

— Je sais, dit Race de son ton calme, mais il fallait le faire.

Kemp, qui avait suivi le dialogue avec un vif intérêt, se taisait, remuant son thé d'une main distraite.

Anthony s'était complètement ressaisi :

— Très bien, dit-il. Maintenant, les choses se présentent sous un aspect nouveau. Il n'est plus question de s'asseoir en rond autour d'une table, chargée de breuvages plus ou moins savoureux, et de faire prendre l'air à des théories académiques, il s'agit d'en finir une bonne fois avec cette affaire. Il faut que nous trouvions la vérité. Au besoin, je la trouverai tout seul, et par n'importe quel moyen ! Je me colletterai si énergiquement avec les difficultés qui nous arrêtent que je finirai bien par en venir à bout et j'ai idée que, les points de détail éclaircis, le reste ira tout seul !

« Je reprends le problème. Qui savait que Rosemary a été assassinée ? Qui a écrit à George pour l'avertir ? Et pourquoi ?

« Pour le moment, passons. Et laissons de côté le premier crime. Les faits sont trop anciens, nous ne savons pas exactement comment ils se sont déroulés. Mais le second a eu lieu sous mes yeux. J'ai tout vu. *Je devrais donc savoir ce qu'il s'est passé.* Le moment idéal pour jeter le poison dans le verre de George, c'est celui où la salle était plongée dans le noir, pendant les attractions. Mais ce moment n'est pas celui qu'a choisi l'assassin, puisque George a bu dans son verre dès que la lumière a été rendue. *Je l'ai vu boire.* Par la suite, personne n'a rien mis dans son verre, personne n'a touché à son verre et, pourtant, quand il l'a repris pour boire, il était plein d'acide cyanhydrique. *George ne devait pas s'empoisonner en buvant et il est tombé raide mort.* Dans ce verre que personne n'avait touché, il y avait du poison. Progressons-nous ?

— Non, dit Kemp.

— Si, répliqua Anthony. Nous sommes maintenant dans le domaine de la prestidigitation ou dans celui des mani-

festations spirites. J'avancerai donc une théorie psychique.
Pendant que nous dansions, l'esprit de Rosemary s'est
penché sur le verre de George et a laissé délicatement tomber dedans le poison nécessaire. Le premier esprit venu
peut fabriquer de l'acide cyanhydrique avec un peu d'ec-
toplasme. George revient, porte un toast et... Mon Dieu !

Les deux autres le regardaient avec étonnement. Il se
tenait le front à deux mains et balançait la tête de droite et
de gauche, en articulant des mots sans suite :

— Mais c'est ça !... C'est ça !... Le sac... Le garçon !

— Le garçon ? dit Kemp.

— Non, non, ce n'est pas ce que vous pensez !... Moi
aussi, j'ai cru un moment que, pour tout expliquer, nous
n'avions besoin que d'un garçon qui n'aurait pas été un
vrai garçon, mais un illusionniste, un garçon de hasard
engagé la veille. Mais ça ne « collait » pas puisque nous
avions affaire à un vieux professionnel parfaitement authentique et à un gosse qui appartient à l'aristocratie de l'office
et qui se trouvait être, comme son aîné, au-dessus de tout
soupçon. Il est toujours innocent, le gosse, mais il a joué
un rôle dans la pièce. Et un rôle de premier plan, encore !

Il les dévisageait, comme surpris qu'ils n'eussent pas
encore compris :

— Vous ne voyez pas ? reprit-il. Le garçon n'a pas
drogué le champagne, mais un garçon a pu le faire.
Personne n'a touché au verre de George, mais George a
été empoisonné. « Un », adjectif indéfini, « le », article
défini... Et le verre de George et George lui-même, ça fait
deux !... De l'argent, en masse, sûr !... Et peut-être
l'amour avec !... Ne me regardez pas comme si j'étais
devenu fou !... Venez, je vais vous montrer...

Il les força à se lever et prit Kemp par le bras :

— Venez avec moi !

Kemp coulait un regard de regret vers sa tasse, encore
à moitié pleine.

— Il faudrait payer, murmura-t-il.

— Inutile, nous revenons tout de suite ! Nous en avons
pour une minute. Vous venez, Race ?

Il repoussa la table et les conduisit dans le hall d'entrée :

— Vous voyez cette cabine téléphonique ?

— Oui. Et après ?

Il fouillait dans ses poches :

— Zut ! Je n'ai pas de monnaie... Ça ne fait rien ?
Réflexion faite, je peux m'arranger autrement. Rentrons !

Ils revinrent dans la salle de café, Kemp en tête, Race
derrière lui, avec Anthony.

Kemp s'assit, prit sa pipe sur la table, souffla dans le
tuyau et, constatant qu'il était toujours bouché, glissa la
main dans la poche de son gilet pour y prendre l'épingle à
cheveux dont il se prémunissait régulièrement pour parer
à cette éventualité.

Race, très intrigué, regardait Anthony. Il prit sa tasse
et but :

— Sacrédié ! s'écria-t-il, la première gorgée avalée. Ce
thé est plein de sucre !

Il vit, de l'autre côté de la table, Anthony qui souriait.
Kemp buvait à son tour :

— Bigre ! fit-il, dès qu'il eut trempé ses lèvres dans le
breuvage. Qu'est-ce que c'est que ça ?

— Ils prétendent que c'est du café, répondit Anthony,
mais ça ne m'étonne pas que vous ne l'aimiez pas. Il ne
m'a pas plu non plus !

CHAPITRE XIII

Anthony eut le plaisir de constater, par un simple coup d'œil échangé avec chacun de ses deux compagnons, qu'ils avaient compris.

Mais sa satisfaction dura peu. Il venait de songer à quelque chose à quoi il n'avait pas pensé jusqu'alors et c'est d'une voix angoissée qu'il s'écria :

— Mon Dieu ! *La voiture !*

Il s'était levé d'un bond :

— Quel imbécile je fais ! Elle m'a dit qu'une automobile avait failli lui passer dessus et je l'ai à peine écoutée !... Filons !

— En quittant Scotland Yard, elle a déclaré qu'elle rentrait directement, fit Kemp.

— Oui. Pourquoi diable ne l'ai-je pas accompagnée ?

— Qui y a-t-il là-bas ?

— Quand je suis parti, Ruth Lessing attendait le retour de Mrs Drake. Il est possible qu'elles soient encore toutes les deux en train de discuter des obsèques.

— Ou de tout autre chose, ajouta Race. A moins que Mrs Drake n'ait beaucoup changé...

Immédiatement, il redevint grave pour demander si Iris avait d'autres parents.

— Pas que je sache, répondit Anthony.

— Je crois que je vois ce à quoi vous songez, reprit Race. Mais est-ce physiquement possible ?

— Pourquoi pas ? Réfléchissez à tout ce que nous avons tenu pour vrai *sur le témoignage d'une seule personne* !

Kemp paya et les trois hommes sortirent.

— Vous croyez, demanda l'inspecteur, que miss Iris Marle est en danger ?

— Je le crains.

Dans le taxi qui les emportait vers Elvaston Square, Kemp dit :

— Je ne vois encore que les grandes lignes de l'affaire, mais les Farraday me paraissent hors de cause.

— Aucun doute.

— Tant mieux !... Mais croyez-vous à une nouvelle tentative d'assassinat, si peu de temps après le dernier crime ?

— Pourquoi non ? fit Race. Est-ce qu'il ne vaut pas mieux finir le travail avant que nous ayons mis le nez sur la bonne piste ?

Ils ne parlaient que par intervalles, le chauffeur, suivant à la lettre les instructions qu'il avait reçues, battant des records de vitesse et se souciant comme d'une guigne des règlements de police sur la circulation. Un dernier coup de frein, un peu brutal, arrêta la voiture devant la maison d'Elvaston Square.

Tout paraissait tranquille.

Anthony, qui devait lutter pour conserver son calme, dit en mettant le pied sur le trottoir :

— Je commence à avoir peur de vous avoir dérangé pour rien !

Ce qui ne l'empêcha pas d'escalader quatre à quatre les marches du perron, tandis que Race payait la voiture.

La femme de chambre vint ouvrir.

— Miss Iris est rentrée ?

— Oui, monsieur, répondit la fille, un peu surprise. Il y a une demi-heure environ !

Anthony se sentit un peu soulagé. Tout paraissait si

calme dans la maison qu'il avait un peu honte, maintenant, de ses récentes angoisses.

— Où est-elle ?

— Je crois qu'elle est avec Mrs Drake, dans la petite chambre du premier.

Montrant le chemin, Anthony grimpa l'escalier. Kemp et Race venaient sur ses talons.

Assise devant un petit bureau qu'éclairait une lampe à la lumière voilée, Mrs Drake fouillait dans ses tiroirs. Elle était toute seule, mais elle parlait tout haut :

— Voyons, voyons... Où ai-je pu fourrer la lettre de Mrs Marsham ?... Il me semblait pourtant bien...

Anthony, qui n'avait eu qu'à pousser la porte pour entrer dans la pièce, interrompit brusquement son monologue :

— Où est Iris ?

Lucilla se retourna, surprise, et répondit :

— Iris est... Mais, pardon, puis-je savoir qui vous êtes ?

Elle s'était levée. Race passa devant Anthony et le visage de la vieille dame s'éclaira. Elle n'avait pas encore aperçu l'inspecteur qui entra le dernier.

— Mon cher colonel Race, s'écriait Lucilla, quel plaisir de vous voir ! Mais pourquoi n'êtes-vous pas venu un peu plus tôt ?... J'aurais tant aimé vous consulter au sujet des arrangements à prendre pour les obsèques ! Il est toujours bon d'avoir l'avis d'un homme... Et puis, comme je le disais à miss Lessing, la mort de George m'a tellement bouleversée que c'est comme si j'avais le cerveau vide... Je dois dire que, pour une fois, miss Lessing a été très gentille : elle s'est mise à mon entière disposition et elle se chargera de tout. Je n'aurai à m'occuper que de choisir les hymnes qu'on chantera à l'église, parce que je suis censée connaître celles que George préférait. En réalité, je n'en sais rien, car il n'allait pas souvent à l'église. Mais, naturellement, en ma qualité de femme d'un clergyman — je veux dire « de veuve » — je sais mieux que n'importe qui ce qu'il convient de chanter...

Race, qui guettait l'occasion, réussit sur cette fin de phrase à demander où était Iris.

— Iris ?... Elle est rentrée il y a un moment. Elle a dit qu'elle avait la migraine et qu'elle montait directement à sa chambre. Les jeunes filles d'aujourd'hui, voyez-vous, manquent de globules rouges, elles ne mangent pas assez d'épinards. La vérité, c'est qu'elle ne voulait rien avoir à faire avec les obsèques. Pourtant, il faut bien que quelqu'un s'en occupe si l'on veut que les choses soient faites comme elles doivent l'être et que les morts soient traités avec le respect auquel ils ont droit !... Cette question du corbillard automobile, par exemple... Personnellement, je trouve ça un peu trop moderne, pas assez solennel, et je préfère les chevaux avec leurs panaches... Mais j'ai été tout de suite d'accord et je dois dire que, dans l'ensemble, Ruth et moi — oui, je l'ai appelée Ruth tout le temps, et non pas miss Lessing —, nous nous sommes parfaitement entendues et que par conséquent Iris pouvait bien nous laisser nous débrouiller toutes seules !

— Miss Lessing est partie ? demanda Kemp.

— Oui, il y a dix minutes à peu près. Tout était réglé. Elle a même emporté l'avis de décès pour les journaux. Pas de fleurs, en raison des circonstances, le service à onze heures...

Tandis qu'elle poursuivait, Anthony s'éclipsait sans se faire remarquer et c'est seulement un peu après sa sortie qu'elle se souvint de lui :

— Au fait, demanda-t-elle, qui était ce jeune homme qui vous accompagnait ? Je ne me suis pas rendu compte tout de suite que c'était vous qui me l'ameniez et je l'avais pris pour un de ces reporters qui nous ont tellement ennuyées depuis quarante-huit heures !

Anthony, cependant, avançant sur la pointe des pieds, montait au second étage. Entendant du bruit, il se retourna. Kemp le suivait :

— Tiens ! fit-il. Vous avez déserté aussi ? Pauvre vieux colonel !

— Il écoute si gentiment ! Moi, je ne suis pas bien vu...

Arrivés au second étage, ils se préparaient à se mettre en route pour le troisième quand Anthony entendit un pas léger qui descendait. Il se réfugia avec Kemp dans une salle de bains dont la porte était entrouverte.

Les pas s'étant éloignés vers le bas de l'escalier, Anthony grimpa rapidement à l'étage supérieur. Il savait que la chambre de la jeune fille était au bout du couloir.

Frappant doucement à la porte, il appela à mi-voix :

Iris !

Pas de réponse. Il frappa plus fort. Rien ne bougeait à l'intérieur. Il tâta le bouton. La porte était fermée à clé.

Après avoir donné dans le panneau supérieur une volée de coups de poing demeurés sans résultat, il renonça. Il était debout sur un tapis de haute laine, assez épais, évidemment placé là pour parer aux courants d'air. Il l'écarta du pied. Bien que l'espace qui séparait le bas de la porte du sol fût d'une largeur inusitée, ce qui expliquait le tapis de haute laine, aucune lumière ne passait sous la porte. La chambre n'était pas éclairée.

Anthony se baissa pour regarder si la clé était restée dans la serrure. Il ne vit rien. Mais, comme il se redressait, une odeur étrange surprit ses narines...

Vivement, il s'agenouilla sur le sol, le nez contre le bas de la porte.

Deux secondes plus tard, il se relevait et appelait Kemp à pleine voix.

Ce fut le colonel Race qui, tout courant, déboucha sur le palier. Anthony ne lui laissa pas le temps de placer un mot :

— Le gaz, Race ! Il faut enfoncer la porte !

Race était un solide gaillard et la porte ne résista pas longtemps à leurs efforts conjugués.

Ils reculèrent, fouillant des yeux la pièce, d'où s'échappait une forte odeur de gaz.

— Je la vois, fit Race. Là, près du radiateur... Je vais foncer sur la fenêtre et casser les vitres. Vous, vous vous chargerez d'elle...

Iris était allongée, près du radiateur à gaz éteint. Le

robinet était grand ouvert et le visage de la jeune fille se trouvait à quelques centimètres de la grille.

Deux minutes plus tard, à demi asphyxiés eux-mêmes, toussant et crachant, Race et Anthony allongeaient Iris sur le sol, à l'autre bout du couloir, non loin d'une fenêtre grande ouverte.

— Je m'occupe d'elle, dit Race. Appelez un médecin !

Déjà Anthony se jetait dans l'escalier. Comme il arrivait dans le hall, il entendit la voix de Race :

— Rassurez-vous, Browne ! Tout ira bien ! Nous sommes arrivés à temps !

Il se précipita sur le téléphone et parla dans l'appareil cependant que dans son dos, Lucilla Drake réclamait des explications.

Ayant remis le récepteur en place, il se retourna, soupira et dit :

— Je l'ai eu. Il habite de l'autre côté du square et sera ici dans deux minutes !

— Mais enfin, s'écriait Mrs Drake, que se passe-t-il ? Est-ce qu'Iris est malade ?

— Iris était dans sa chambre, répondit-il. La tête sur le radiateur à gaz et le robinet ouvert en grand !

Lucilla poussa un cri perçant :

— Iris !... *Iris se serait suicidée ?*... Je ne peux pas croire ça !... *Et je ne le crois pas !*

— Vous n'avez pas besoin de le croire, car il n'est pas question de suicide !

CHAPITRE XIV

— Maintenant, Tony, vous allez être gentil et vous allez tout me raconter.

Iris était allongée sur un divan et un courageux soleil de novembre faisait de son mieux pour mettre de la gaieté dans le salon du Petit Prieuré.

Anthony consulta du regard le colonel Race, assis dans l'embrasure de la fenêtre, et, sur un signe d'encouragement, commença :

— Je ne vous cacherai pas, Iris, qu'il y a longtemps que j'attends ce moment. Si je ne dis pas bientôt à quelqu'un combien j'ai été épatant dans toute cette affaire, c'est bien simple, j'éclaterai ! Je ne ferai pas le modeste au cours de mon récit. J'emboucherai en mon propre honneur les trompettes de la Renommée et je prendrai le temps convenable au moment opportun pour que vous puissiez dire : « Anthony, c'était rudement fort de votre part ! » ou bien : « Tony, c'est tout simplement un trait de génie ! » ou quelque autre phrase non moins bien sentie. Ceci posé, nous partons !

« *L'affaire, dans son ensemble, paraissait assez simple.* Je veux dire par là que les relations de causes à effets semblaient assez faciles à établir. Rosemary, contrairement à ce qu'on avait cru à l'époque, ne s'était pas suicidée. George avait commencé à s'en douter et fait des recherches, il approchait vraisemblablement de la vérité et on le tua avant qu'il n'eût eu le temps de démasquer l'assassin. Tout s'enchaînait logiquement, tout était parfaitement clair.

« Mais, presque dès le départ, on se heurtait à des contradictions évidentes. Exemple : A. George n'a pas pu être empoisonné. B. George a été empoisonné. Ou bien : A. Personne n'a touché au verre de George. B. Il est impossible qu'on n'ait pas touché au verre de George.

« En fait, ces contradictions n'existaient que parce qu'on avait le tort de ne pas faire suffisamment attention aux différents emplois du génitif. L'oreille de George, c'est son oreille à lui, indiscutablement, parce qu'elle est attachée à sa tête et qu'on ne peut pas l'enlever sans une opération chirurgicale. Mais, quand je dis « la montre de George », je veux dire la montre qu'il porte, que ce soit la sienne propre ou une montre qu'on lui a prêtée. Et quand j'en arrive à dire « le verre de George » ou « la tasse de George », je ne veux plus guère dire que le verre ou la tasse dans lequel — ou laquelle — George vient de boire, un verre ou une tasse que rien ne distingue des autres verres ou des autres tasses du même service.

« Pour illustrer cette remarque, j'ai fait une expérience. Race buvait du thé sans sucre, Kemp du thé très sucré et moi du café. Le thé était très fort, le café plutôt léger, et nos breuvages se trouvaient être sensiblement de la même couleur. Nous étions assis autour d'une petite table ronde. Prétendant qu'une idée « formidable » venait de me traverser la cervelle, j'ai demandé à Race et à Kemp de m'accompagner dans le hall du café où nous nous trouvions. Ils se sont levés et nous sommes sortis un instant, mais je m'étais arrangé, d'abord, pour éloigner les chaises de la table, et, ensuite, pour placer près de ma propre tasse la pipe de Kemp, qu'il avait posée auprès de la sienne. Ni l'un ni l'autre ne virent rien, cela va de soi ! Une fois dans le hall, j'ai raconté une blague quelconque et nous sommes rentrés. Kemp, qui marchait le premier, a empoigné une chaise et s'est assis devant la tasse marquée par sa pipe. Race s'est placé à sa droite, comme précédemment, et moi à sa gauche. Conclusion : nous nous trouvions, à partir de ce moment-là, devant une de ces contradictions dont je vous parlais tout à l'heure. A. Il y a du thé sucré dans la tasse de Kemp. B. Il y a du café dans la tasse de Kemp. Deux propositions contradictoires *qui ne peuvent pas être vraies toutes les deux et qui pourtant sont vraies toutes les deux*. Ce qui provoque l'erreur, c'est le génitif : la tasse *de* Kemp. Parce que la tasse de Kemp quand il s'est levé et la tasse de Kemp quand il est revenu ne sont pas une seule et même tasse.

« Et cela, Iris, *c'est exactement ce qui s'est passé au Luxembourg le soir de la mort de George.* Quand nous sommes tous allés danser, après les attractions, vous avez fait tomber votre sac. Un garçon l'a ramassé. Je dis *un* garçon. Ce n'était pas *le* garçon, le nôtre, qui savait parfaitement quelle était votre place, mais *un* garçon, un malheureux petit bonhomme, bousculé de tous côtés, qui courait porter une sauce à l'autre bout du restaurant. Il s'est baissé vivement, il a ramassé le sac et il l'a posé sur la table, près d'un couvert, exactement près du couvert qui se trouvait à gauche de la place où vous-même vous vous étiez assise. George et vous, vous revenez à la table les premiers et vous allez directement, vous, vous asseoir à la place marquée par votre sac, exactement comme Kemp, dans mon expérience, va s'asseoir à la place marquée par sa pipe. George s'assied à la place qu'il croit être la sienne, à votre droite. Et, quand il proposera de boire au souvenir de Rosemary, il prendra en main *un verre qu'il croit être le sien et qui est en réalité le vôtre*, un verre dans lequel on a pu jeter du poison sans recourir à des pratiques magiques, puisque la seule personne *qui n'a pas bu* immédiatement après les attractions, c'est nécessairement *la personne à qui le toast était porté*.

« Maintenant, reprenez toute l'affaire. Les choses se présentent autrement. La personne qu'on veut supprimer·

c'est vous, et non pas George. Et il semble bien, alors,
qu'on s'est servi de George. Qu'aurait-on dit si les choses
s'étaient passées comme l'assassin l'espérait ? Qu'au cours
d'un souper, qui était une réplique de celui au cours
duquel Rosemary s'était donné la mort, sa sœur s'était
suicidée. On aurait parlé d'une épidémie de suicides dans
la famille, on aurait trouvé dans votre sac le morceau de
papier ayant contenu le poison et l'affaire était fort claire.
Vous aviez trop songé à la mort de votre sœur et l'on
déclarait : « C'est très triste ; mais, vous savez, ces jeunes
filles riches sont très souvent neurasthéniques ! »

— Mais, dit Iris, pourquoi quelqu'un pouvait-il vouloir
me tuer ? *Pourquoi ?*

— Pourquoi ?... Mais simplement parce que vous avez
de l'argent, petite fille ! L'argent, uniquement. Vous avez
hérité la fortune de Rosemary. Supposons que vous veniez
à mourir, non mariée. A qui va votre argent ? Réponse :
à votre parent le plus proche. Autrement dit à Lucilla
Drake. D'après ce que nous savons de la brave dame, il
est difficile de la supposer capable de commettre un meurtre. Mais n'y a-t-il personne d'autre qui se trouverait bénéficier de votre mort ? Mais si ! Victor Drake. Que Lucilla
ait de l'argent, et c'est exactement comme s'il l'avait dans
sa poche. Pour ça, on peut compter sur lui. N'a-t-il pas
toujours fait de sa mère ce qu'il a voulu ? Lucilla Drake est
à écarter, mais Victor est à retenir. C'est un meurtrier
très possible... Et, d'ailleurs, depuis le début de l'affaire,
nous entendons parler de lui. Il est là, un peu estompé,
un peu inconsistant, il demeure dans l'ombre, mais il est
là !

Iris n'était pas convaincue. Elle protesta :

— On parle de lui, c'est vrai, mais il est en Argentine ! Il y a plus d'un an qu'il est en Amérique du Sud !

— Vraiment ?... Nous en arrivons à ce qui constitue la
substance même de toutes les histoires qui ont été écrites.
Le vieil axiome : « Les garçons sont pour les filles !... »
Et inversement. L'histoire qui nous occupe a commencé
avec la rencontre de Ruth et de Victor. Tout de suite, il

la tient. Eh bien ! J'imagine qu'elle est tombée follement amoureuse de lui. Il arrive encore assez souvent qu'une femme à la tête froide, respectueuse des lois et des institutions, s'amourache d'une fripouille bien conditionnée.

« Réfléchissez un instant et vous serez obligée d'admettre, Iris, que la seule preuve que nous ayons de la présence de Victor en Amérique du Sud, c'est le témoignage de Ruth. On ne l'a jamais vérifié, ce témoignage, parce qu'on ne pensait pas sérieusement à Victor. Mais réfléchissez ! C'est Ruth qui, six jours avant la mort de Rosemary, déclare qu'elle a vu Victor s'éloigner des côtes anglaises sur le *Cristobal*. C'est Ruth qui, le jour de la mort de George, propose de passer un coup de téléphone à Rio ! Et c'est elle encore qui, le même jour, un peu plus tard, congédie la téléphoniste qui pourrait, sans y voir malice, révéler que ce prétendu coup de téléphone n'a jamais été donné !

« Et voici ce que nous avons trouvé. Victor Drake est arrivé à Rio par un paquebot qui avait quitté l'Angleterre, *le lendemain de la mort de Rosemary*. Ogilvie, l'agent de George Barton à Rio, n'a pas eu de conversation téléphonique avec Ruth au sujet de Victor le jour de la mort de George. Enfin, *Victor Drake a quitté Rio pour New York il y a quelques semaines*. Il lui a été facile, là-bas, de prendre des dispositions pour qu'un câble signé de lui fût envoyé à sa mère à un jour déterminé, un de ces câbles dans lesquels il demandait de l'argent et qui, celui-là, apporterait en Europe la preuve indiscutable qu'il était, le soir de la mort de George, à des milliers de kilomètres de Londres. Alors qu'en réalité...

— Alors qu'en réalité ?...

Anthony arrivait au point culminant de son récit avec un évident plaisir. Il dit lentement :

— Alors qu'il se trouvait en réalité au Luxembourg, assis à la table voisine de la nôtre, avec une petite blonde qui n'était pas tellement bête !

— Vous ne voulez pas dire que c'était cet homme si vilain ?

— Il n'était pas tellement vilain, malgré sa peau jaunâtre et ses yeux injectés de sang, particularités physiques qui s'obtiennent l'une et l'autre par le maquillage et qui changent considérablement l'aspect d'un individu. De tous ceux qui étaient assis à notre table, j'étais le seul, Ruth exceptée, à connaître Victor Drake... *et encore ne l'avais-je jamais connu sous ce nom-là !* Je lui tournais le dos avec application. En arrivant, tandis que nous prenions des cocktails au bar, j'avais bien pensé reconnaître un certain Gordmann « le Singe », que j'avais connu en prison, mais, comme je menais maintenant une vie digne et respectable, je ne tenais pas à ce qu'il me reconnût. Je ne me suis jamais douté que Gordmann était pour quelque chose dans le crime et encore moins qu'il ne faisait qu'un avec Victor Drake !

— Mais, ce crime, comment a-t-il pu le commettre !

D'un geste, Anthony passa la parole au colonel Race, qui dit :

— De la façon la plus simple du monde ! Pendant les attractions, il est allé au téléphone, passant pour cela devant notre table. Drake avait été acteur et aussi, ce qui, en l'espèce, lui était plus utile encore, *garçon de restaurant.* Pour un ancien comédien, se faire une tête et jouer le rôle de Pedro Moralès, c'était l'enfance de l'art. Mais se mouvoir aisément autour d'une table, verser le champagne, avoir le geste et le maintien d'un professionnel, voilà qui exigeait quelqu'un qui eût vraiment *été un vrai garçon de restaurant.* Une maladresse aurait suffi à attirer l'attention sur lui, mais, tout le monde ayant les meilleures raisons de le prendre pour un garçon authentique, personne ne devait le remarquer. D'ailleurs, vous regardiez le spectacle et vous ne vous intéressiez pas aux garçons qui, en somme, dans un restaurant, font partie des meubles.

— Mais... Ruth ? demanda Iris, après un instant d'hésitation.

— C'est Ruth, répondit Anthony, qui a glissé le morceau de papier dans votre sac, probablement au vestiaire, au commencement de la soirée. Elle ne faisait que répéter là un geste qu'elle avait accompli il y a un an, dans les mêmes conditions, pour Rosemary.

— Une chose m'étonne, dit Iris. Comment se fait-il que George, qui consultait Ruth sur tout, ne lui ait pas parlé des lettres ?

— Mais c'est la première chose qu'il a faite ! répondit Anthony en riant. Et c'est parce qu'elle savait bien qu'il n'aurait rien de plus pressé que de les lui montrer qu'elle les lui a écrites ! Il ne lui restait plus, ensuite, qu'à pousser George à adopter ce « plan » mirifique, dont il se croyait l'auteur, alors que c'était elle qui l'avait combiné ! Une mise en place parfaite, tout était prêt pour le suicide numéro 2 ! Pour la suite, que George pense qu'ayant tué Rosemary vous vous donniez la mort par remords ou par crainte, il pouvait choisir, pour Ruth ça ne faisait pas de différence !

— Et dire que je l'aimais !... Que je l'aimais beaucoup même et que je souhaitais lui voir épouser George !

— Elle eût peut-être été pour lui une excellente femme si elle n'avait pas rencontré Victor, remarqua Anthony. Moralité : il n'y a pas une criminelle qui n'ait été une brave fille à un certain moment.

— Et tout ça pour de l'argent !

— Mais oui, petite innocente, c'est pour de l'argent qu'on fait ces choses-là ! Victor lui, ne songeait qu'à l'argent. Ruth, elle, songeait un peu à l'argent, un peu à Victor, qu'elle aimait, et un peu aussi, je crois, à Rosemary, pour qui elle avait une véritable haine. Un crime ne lui coûtait plus lorsque, après avoir essayé de vous écraser avec une voiture, elle est montée à votre chambre, non sans avoir au préalable été faire claquer la porte d'entrée pour donner le change à Mrs Drake, qu'elle venait de quitter. Quand elle est arrivée dans votre chambre, était-elle calme ?

Iris réfléchit :

— Mon Dieu, oui. Elle a frappé doucement à la porte, est entrée, elle m'a annoncé que tout était arrangé pour les obsèques et m'a demandé si j'allais mieux. J'ai répondu que je me sentais encore un peu fatiguée. A ce moment-là, elle a pris sur ma table ma grosse lampe électrique et m'a dit qu'elle était vraiment très belle. Après, je ne me souviens plus de rien !

— Et ce n'est pas étonnant, chérie, fit Anthony, parce qu'avec la belle lampe électrique elle vous a administré sur la nuque, et au bon endroit, un bon petit coup bien calculé, pas trop violent, mais suffisant pour vous estourbir. Après, elle vous a gentiment allongée près du radiateur, a vérifié la fermeture de la fenêtre et ouvert le gaz en grand, elle est sortie, a passé la clé sous la porte, a bien appliqué le tapis contre le bas de la porte et elle est partie. Kemp et moi, quand nous l'avons entendue descendre, nous avons eu tout juste le temps de nous cacher dans la salle de bains. Puis, tandis que je me précipitais en haut, Kemp la prenait en filature et la suivait jusqu'à l'endroit où elle avait garé sa voiture. Je vous dirai, au passage, que j'avais trouvé assez bizarre la façon dont elle essaya de nous convaincre qu'elle avait eu toutes les peines du monde à venir par le métro et l'autobus.

Iris poussa un soupir :

— Toute cette peine qu'elle a pu se donner pour me tuer ! C'est vraiment horrible ! Mais elle me haïssait donc aussi ?

— Je ne crois pas. Mais miss Ruth Lessing se flattait de ne pas perdre son temps, que ce fût au bureau ou ailleurs. Complice de deux assassinats, elle ne pouvait se faire à l'idée qu'elle avait deux fois risqué sa tête pour rien. Je suis convaincu que Lucilla Drake lui aura fait part de votre intention de m'épouser d'un jour à l'autre et qu'elle en a conclu qu'il ne fallait pas attendre plus longtemps pour en finir avec vous. Car, après notre mariage, votre plus proche parent aux yeux de la loi, ce sera moi, et non plus Lucilla...

— Pauvre tante ! Je suis bien triste pour elle !

— Nous le sommes tous. C'est une brave femme, bien gentille et bien inoffensive.

— Est-ce que Victor est vraiment arrêté ?

Du regard Anthony interrogea Race, qui répondit :

— On l'a arrêté à New York ce matin, à sa descente de bateau.

— Est-ce qu'il avait vraiment l'intention d'épouser Ruth, plus tard ?

— C'était l'idée de Ruth... Et sans doute aurait-il fini par la faire sienne...

Elle réfléchit un instant et dit :

— Anthony, il me semble que je déteste mon argent !

— Eh bien, ma chérie, nous trouverons moyen de l'employer à des nobles tâches. J'ai de quoi vivre et de quoi assurer à ma femme un confort raisonnable. Votre argent, à vous, nous le distribuerons, nous créerons des orphelinats, nous achèterons du tabac pour les vieillards nécessiteux, nous financerons une campagne de presse qui apprendra aux Anglais ce qu'est le véritable café, nous...

— C'est ça, fit-elle, souriant. Et j'en garderai un peu pour moi. Comme ça, si un jour j'en ai envie, je pourrai vous tirer ma révérence et aller vivre de mon côté !

— C'est dans cet esprit-là, Iris, que vous comptez vous marier ?... Au fait, vous ne m'avez pas interrompu une fois pour me dire : « Tony, vous êtes magnifique ! » ou « Tony, je vous admire ! »... Que signifie ?

Le colonel Race jugea le moment venu de se lever.

— Je vais prendre le thé chez les Farraday, annonça-t-il.

Clignant de l'œil pour le bénéfice de Browne, il ajouta :

— Je suppose que vous ne venez pas avec moi ?

Anthony fit non de la tête et Race se dirigea vers la porte. La main sur le bouton, il se retourna à demi et dit, par-dessus son épaule :

— Vous avez fait une belle exhibition, Browne !

La porte refermée, Anthony dit :

— Il faut croire que c'est là le plus beau compliment qu'un Anglais puisse décerner...

Iris ne sourit pas.

— Il pensait que j'étais coupable, n'est-ce pas ? demanda-t-elle.

— Il ne faut pas lui en vouloir pour ça ! Il a rencontré

dans sa vie tant d'espions étonnants, qui volaient les formules secrètes et roulaient les états-majors, que ça lui a
aigri le caractère et perverti le jugement. Dans toutes les
affaires, pour lui, le coupable, c'est la jolie fille !

— Pourquoi, vous, ne m'avez-vous pas crue coupable ?

— Probablement parce que je vous aimais !

Il avait lancé la phrase en plaisantant, avec un léger
haussement des épaules.

Mais, soudain, son visage changea d'expression. Ses traits
devinrent graves. Sur la table placée près du divan, il venait
d'apercevoir un petit vase dans lequel il n'y avait qu'une
fleur.

Une fleur mauve...

Presque à mi-voix, il fit :

— Le romarin fleurit en cette saison ?

— Quelquefois, répondit-elle. Quand l'automne a été
doux...

Il la prit délicatement et la tint un instant contre sa
joue. Il fermait les yeux à demi et revoyait de beaux cheveux acajou, de grands yeux rieurs, une bouche rouge et
passionnée...

D'un ton qu'il voulait sans émotion, il dit :

— Elle ne rôde plus autour de vous, n'est-ce pas ?

— Que voulez-vous dire, Tony ?

— Vous savez bien de qui je parle... Rosemary... Il
me semble, Iris, qu'elle savait que vous étiez en danger...

Il porta la fleur à ses lèvres.

Puis il alla à la fenêtre, qu'il ouvrit, et, d'un geste très
doux, il jeta la fleur dans le jardin, disant :

— Adieu, Rosemary !... Merci !

— Rosemary, merci ! dit Iris en écho

IMPRIMÉ EN FRANCE PAR BRODARD ET TAUPIN
7, bd Romain-Rolland - Montrouge.
Usine de La Flèche, le 26-08-1975.
6954-5 - Dépôt légal 3ᵉ trimestre 1975.
ISBN : 2 - 7024 - 0067 - 1